JUÍZO FINAL

OBRAS DO AUTOR PUBLICADAS PELA EDITORA RECORD

As areias do tempo
Um capricho dos deuses
O céu está caindo
Escrito nas estrelas
Um estranho no espelho
A herdeira
A ira dos anjos
Juízo final
Lembranças da meia-noite
Manhã, tarde & noite
Nada dura para sempre
A outra face
O outro lado da meia-noite
O plano perfeito
Quem tem medo de escuro?
O reverso da medalha
Se houver amanhã

INFANTOJUVENIS
Conte-me seus sonhos
Corrida pela herança
O ditador
Os doze mandamentos
O estrangulador
O fantasma da meia-noite
A perseguição

MEMÓRIAS
O outro lado de mim

COM TILLY BAGSHAWE
Um amanhã de vingança (sequência de
Em busca de um novo amanhã)
Anjo da escuridão
Depois da escuridão
Em busca de um novo amanhã (sequência de *Se houver amanhã*)
Sombras de um verão
A senhora do jogo (sequência de *O reverso da medalha*)
A viúva silenciosa
A fênix

Sidney Sheldon
JUÍZO FINAL

27ª EDIÇÃO

tradução de **A.B. PINHEIRO DE LEMOS**

EDITORA RECORD
RIO DE JANEIRO • SÃO PAULO
2024

CIP-BRASIL. CATALOGAÇÃO NA FONTE
SINDICATO NACIONAL DOS EDITORES DE LIVROS, RJ

Sheldon, Sidney, 1917-2007
S548j   Juízo final / Sidney Sheldon; tradução de A. B. Pinheiro de Lemos.
27ª ed. – 27ª ed. – Rio de Janeiro: Record, 2024.

Tradução de: The doomsday conspiracy
ISBN 978-85-01-09435-3

1. Romance americano. I. Lemos, A. B. Pinheiro de (Alfredo Barcellos Pinheiro de), 1938-. II. Título.

11-1718

CDD: 813
CDU: 821.111(73)-3

Título original em inglês:
The doomsday conspiracy

Copyright © 1991 by Sidney Sheldon Family Limited Partnership

Texto revisado segundo o novo Acordo Ortográfico da Língua Portuguesa.

Todos os direitos reservados. Proibida a reprodução, no todo ou em parte, através de quaisquer meios. Os direitos morais do autor foram preservados.

Direitos exclusivos de publicação em língua portuguesa somente para o Brasil adquiridos pela
EDITORA RECORD LTDA.
Rua Argentina, 171 – Rio de Janeiro, RJ – 20921-380 – Tel.: (21) 2585-2000, que se reserva a propriedade literária desta tradução.

Impresso no Brasil

ISBN: 978-85-01-09435-3

Seja um leitor preferencial Record.
Cadastre-se no site www.record.com.br e receba informações sobre nossos lançamentos e nossas promoções.

Atendimento e venda direta ao leitor:
sac@record.com.br

Este livro é para Jerry Davis

*Desejo expressar meus agradecimentos a James J. Hurtak, Ph.D.,
e sua esposa Desirée, por colocarem à minha disposição seus
valiosos conhecimentos técnicos.*

Que você possa viver em tempos interessantes.
Antiga praga chinesa

Prólogo

UETENDORF, SUÍÇA, DOMINGO, 14 DE OUTUBRO, 15 HORAS

As testemunhas à beira do campo olhavam num silêncio horrorizado, atordoadas demais para falarem. A cena à frente era grotesca, um pesadelo. Cada testemunha teve uma reação diferente. Uma desmaiou. Outra vomitou. Uma mulher tremia de forma incontrolável. Alguém pensou: *Vou ter um infarto!* O idoso sacerdote apertou as contas do rosário e fez o sinal da cruz. *Ajude-me, Pai. Ajude a todos nós. Proteja-nos desse mal encarnado. Finalmente vimos a face de Satã. É o fim do mundo. O Dia do Juízo Final chegou.*

Armagedon está aqui... Armagedon... Armagedon...

LIVRO PRIMEIRO

O CAÇADOR

DOMINGO, 14 DE OUTUBRO, 21 HORAS

MENSAGEM URGENTE
ULTRASSECRETA
ASN PARA VICE-DIRETOR
ASSUNTO: OPERAÇÃO JUÍZO FINAL
MENSAGEM: ATIVAR
NOTIFICAR NORAD, CIRVIS, GEPAN, DIS, GHG, VSAF, INS.
FIM DA MENSAGEM

DOMINGO, 14 DE OUTUBRO, 21H15

MENSAGEM URGENTE
ULTRASSECRETA
ASN PARA VICE-DIRETOR –
SERVIÇO SECRETO NAVAL 17º DISTRITO
ASSUNTO: COMANDANTE ROBERT BELLAMY
PROVIDENCIAR TRANSFERÊNCIA TEMPORÁRIA DESTA
AGÊNCIA,
EM VIGOR IMEDIATAMENTE.
PRESUME-SE SUA CONCORDÂNCIA COM O ASSUNTO ACIMA.
FIM DA MENSAGEM

Capítulo 1

DIA 1, SEGUNDA-FEIRA, 15 DE OUTUBRO

Ele voltara à enfermaria lotada na base de Cu Chi, no Vietnã, e Susan, adorável no uniforme branco de enfermeira, se inclinou sobre sua cama, sussurrando:

— Acorde, marujo. Você não quer morrer.

Ao ouvir a magia da voz dela, ele quase esqueceu a dor. Ela murmurava alguma coisa em seu ouvido, mas uma campainha alta ressoava, e ele não conseguia entender direito as palavras. Estendeu as mãos, a fim de puxá-la para mais perto, mas agarrou apenas o ar.

Foi o som do telefone que despertou Robert Bellamy por completo. Ele abriu os olhos, relutante, sem querer renunciar ao sonho. O telefone na mesinha de cabeceira era insistente. Ele olhou para o relógio. Quatro horas da madrugada. Tirou o fone do gancho, irritado pela interrupção do sono.

— Sabe que horas são?

— Comandante Bellamy?

Uma voz de homem, grave.

— Isso mesmo!

— Tenho uma mensagem para lhe transmitir, comandante. Deve se apresentar ao general Hilliard, na Agência de Segurança Nacional, em Fort Meade, às 6 horas desta manhã. Mensagem entendida, comandante?

— Sim.

E, ao mesmo tempo, não. O comandante Robert Bellamy repôs o fone no gancho, lentamente, perplexo. O que a ASN podia querer com ele? Servia no ONI, o Serviço Secreto naval. E o que podia ser tão urgente para convocarem uma reunião às 6 horas da manhã? Ele tornou a recostar a cabeça no travesseiro, fechou os olhos, tentando retornar ao sonho. Fora tão real... Claro que sabia o que o desencadeara. Susan telefonara na noite anterior.

— Robert...

O som da voz dela provocou a mesma sensação de sempre. Ele respirou fundo, tremendo.

— Olá, Susan.

— Você está bem, Robert?

— Muito bem. Ótimo. Como vai Monte de Grana?

— Não comece, por favor.

— Ok. Como vai Monte Banks?

Robert não era capaz de dizer "seu marido". *Ele* era o marido dela.

— Muito bem. Só queria avisá-lo que vamos nos ausentar por algum tempo. Não queria que você se preocupasse.

Aquilo era típico de Susan. Ele fez um esforço para manter a voz firme.

— Para onde vão desta vez?

— Iremos para o Brasil.

No 727 particular do ricaço.

— Monte tem alguns negócios lá — acrescentou Susan.

— É mesmo? Pensei que ele era o dono do país.

— Pare com isso, Robert. Por favor.

— Desculpe.

Houve uma pausa.

— Eu gostaria que você estivesse mais bem-humorado.

— Estaria se você voltasse para mim.

— Quero que encontre uma mulher maravilhosa e seja feliz.

— Já encontrei uma mulher maravilhosa, Susan. — O aperto na garganta tornava difícil falar. — E sabe o que aconteceu? Eu a perdi.

— Se insistir nisso, nunca mais ligarei para você. — Ele foi dominado por uma sensação de pânico repentina.

— Não diga isso, por favor. — Susan era sua salvação. Não podia suportar a perspectiva de nunca mais falar com ela. Tentou parecer descontraído. — Vou sair e encontrar uma loura sensual e transar até não poder mais.

— Quero que encontre alguém.

— Prometo que encontrarei.

— Estou preocupada com você, querido.

— Não precisa ficar. Estou muito bem.

Ele quase engasgou com a mentira. Se ao menos Susan soubesse a verdade... Mas não podia discutir o problema com ninguém. Muito menos com ela. Não suportaria a compaixão dela.

— Telefonarei do Brasil.

Houve um silêncio prolongado. Não podiam se despedir um do outro porque havia muita coisa a dizer, coisas demais que era melhor não dizer, que não podiam ser ditas.

— Tenho de desligar agora, Robert.

— Susan...

— O que é?

— Eu amo você, meu bem. Sempre amarei.

— Sei disso. E eu também amo você, Robert.

E essa era a amarga ironia de toda a história. Eles ainda se amavam muito.

Vocês dois têm o casamento perfeito, todos os amigos costumavam dizer. O que saíra errado?

O COMANDANTE Robert Bellamy saiu da cama e atravessou descalço a sala de estar silenciosa. Tudo naquele local remetia à ausência de Susan. Havia dezenas de fotografias do casal em toda parte, momentos congelados no tempo. Os dois pescando nas terras altas da Escócia, parados na frente de uma estátua de Buda, à margem de um *klong* tailandês, passeando numa charrete sob a chuva pelos jardins Borghese, em Roma. E em cada fotografia estavam sorrindo e se abraçando, duas pessoas perdidamente apaixonadas.

Ele foi para a cozinha e fez um café. O relógio marcava 4h15. Robert hesitou por um momento, depois discou um número. O telefone tocou seis vezes antes que ele ouvisse a voz do almirante Whittaker, no outro lado da linha.

— Alô?

— Almirante...

— Quem está falando?

— Sou eu, Robert. Lamento profundamente acordá-lo, senhor. Acabei de receber um estranho telefonema da Agência de Segurança Nacional.

— A ASN? O que eles queriam?

— Não sei. Recebi a ordem de me apresentar ao general Hilliard, às 6 horas da manhã.

Houve um momento de silêncio.

— Talvez esteja sendo transferido para lá.

— Não é possível, senhor. Não faz sentido.

— É óbvio que se trata de algo urgente, Robert. Por que não me liga depois da reunião?

— Farei isso, senhor. Obrigado.

A ligação foi cortada. *Eu não deveria ter incomodado o velho,* pensou Robert. O almirante se afastara do cargo de diretor do

Serviço Secreto naval dois anos antes. *Fora forçado* a se afastar, era a expressão mais apropriada. O rumor era de que a Marinha, como um osso jogado para um cachorro, instalara-o numa pequena sala em algum lugar, com a incumbência de contar as cracas nos navios retirados do serviço ativo e mantidos em reserva, ou qualquer merda parecida. O almirante não teria a menor noção das atividades atuais do Serviço Secreto. Mas ele era o mentor de Robert. Era mais íntimo que qualquer outra pessoa no mundo, à exceção, é claro, de Susan. E Robert precisava falar com alguém. Com Susan ausente, ele tinha a impressão de que vivia em outra dimensão. Fantasiava que em algum lugar ele e Susan ainda formavam um casal feliz, sempre rindo, despreocupados, apaixonados. Ou talvez não, pensou Robert, cansado. Talvez eu apenas não saiba quando devo renunciar.

O café estava pronto. Tinha um gosto amargo. Ele especulou se não seria café brasileiro.

Levou a xícara para o banheiro e estudou sua imagem no espelho. Contemplava um homem de 40 e poucos anos, alto e esguio, em boas condições físicas, um rosto rude, queixo saliente, olhos escuros, inteligentes e penetrantes. Havia uma cicatriz longa e profunda no peito, lembrança do desastre de avião. Mas isso era passado. Era Susan. E agora era o presente. Sem Susan. Ele fez a barba, tomou um banho de chuveiro, deu uma olhada nas roupas no armário. *O que devo usar, o uniforme da Marinha ou um terno civil? E quem se importa com isso?* Ele acabou escolhendo um terno cinza-escuro, uma camisa branca, e uma gravata cinza de seda. Sabia muito pouco sobre a Agência de Segurança Nacional, exceto que o Palácio dos Enigmas, como era apelidado, suplantava todas as outras agências de informações americanas e era a mais secreta de todas. *O que querem comigo? Descobrirei em breve.*

Capítulo 2

A Agência de Segurança Nacional fica discretamente escondida em 82 acres de terreno irregular, em Fort Meade, Maryland, ocupando dois prédios que, juntos, têm o dobro do tamanho do complexo da CIA em Langley, na Virgínia. A agência, criada para oferecer apoio técnico na proteção das comunicações dos Estados Unidos e obter dados de informações eletrônicas no mundo inteiro, emprega milhares de pessoas. Suas operações geram tantas informações, que mais de 40 toneladas de documentos são destruídas todos os dias.

Ainda estava escuro quando o comandante Robert Bellamy chegou ao primeiro portão. Ele parou junto à cerca de arame farpado eletrificada. Havia uma guarita ali, com dois guardas armados. Um deles permaneceu lá dentro, vigiando, enquanto o outro se aproximava do carro.

— O que deseja?

— Sou o comandante Bellamy. Vim falar com o general Hilliard.

— Posso ver sua identificação, comandante?

Robert Bellamy tirou a carteira do bolso e mostrou o cartão de identificação do 17º Distrito do Serviço Secreto Naval. O guarda examinou-o com toda atenção, antes de devolvê-lo.

— Obrigado, comandante.

Ele acenou com a cabeça para o guarda na guarita, e o portão foi aberto. O guarda pegou o telefone e avisou:

— O comandante Bellamy está a caminho.

Um minuto depois, Robert Bellamy parou diante de um portão eletrificado, fechado. Um guarda armado aproximou-se do carro.

— Comandante Bellamy?

— Isso mesmo.

— Posso ver sua identificação, por favor?

Robert já ia protestar, mas pensou: *Ora, que se dane. O espetáculo é deles.* Ele tornou a tirar a carteira do bolso e mostrou a identificação ao guarda.

— Obrigado, comandante.

O guarda fez algum sinal invisível, e o portão foi aberto. Ao seguir em frente, Robert Bellamy avistou uma terceira cerca eletrificada à sua frente. *Santo Deus,* pensou ele, *estou na Terra de Oz!*

Outro guarda uniformizado aproximou-se do carro. Quando Robert Bellamy já estendia a mão para a carteira, o guarda olhou para a placa do carro e disse:

— Por favor, comandante, siga direto para o prédio da administração, em frente. Haverá alguém para recebê-lo.

— Obrigado.

O portão foi aberto, Robert seguiu pelo caminho, na direção de um enorme prédio branco. Um homem à paisana esperava do lado de fora, tremendo ao ar frio de outubro.

— Pode deixar seu carro aqui mesmo, comandante — disse ele. — Cuidaremos dele.

Robert Bellamy deixou as chaves no carro e saiu. O homem que o cumprimentou parecia estar na casa dos 30 anos, alto, magro e pálido. Dava a impressão de que há anos não via a luz do sol.

— Sou Harrison Keller. Vou levá-lo ao general Hilliard.

Entraram num saguão enorme, de teto alto. Outro homem à paisana estava sentado por trás de uma mesa.

— Comandante Bellamy...

Robert Bellamy virou-se. Ouviu o estalido de uma câmera.

— Obrigado, senhor.

Robert Bellamy virou-se para Keller.

— Mas o que...?

— Só vai demorar um minuto — assegurou Harrison Keller.

Sessenta segundos depois, Robert Bellamy recebeu um crachá azul e branco, com sua fotografia.

— Por favor, comandante, use isso durante todo o tempo que permanecer no prédio.

— Certo.

Começaram a avançar por um corredor comprido e branco. Robert Bellamy notou que havia câmeras de segurança instaladas a intervalos de 6 metros, nos dois lados do corredor.

— Qual é o tamanho deste prédio?

— Quase 200 mil metros quadrados.

— *O quê?*

— É isso mesmo. Este corredor é o mais longo do mundo... Tem 300 metros. Somos completamente autossuficientes aqui. Temos um shopping center, restaurante, agência dos correios, oito lanchonetes, um hospital completo, incluindo um centro cirúrgico, consultório dentário, uma agência do banco estadual Laurel, uma lavanderia, uma sapataria, uma barbearia, e mais algumas coisas.

É um lar longe do lar, pensou Robert, achando estranhamente depressivo.

Passaram por uma enorme área aberta, ocupada por um grande número de computadores. Robert parou, espantado.

— Não é impressionante? E esta é apenas uma de nossas salas de computadores. O complexo contém máquinas decodificadoras e computadores no valor de 3 bilhões de dólares.

— Quantas pessoas trabalham aqui?

— Cerca de 16 mil.

Então para que precisam de mim?, especulou Robert Bellamy.

Ele foi conduzido a um elevador particular, que Keller acionou com uma chave. Subiram um andar, percorreram outro longo corredor, até alcançarem um conjunto de salas.

— É aqui, comandante.

Entraram numa sala de recepção grande, com quatro mesas de secretárias. Duas delas já estavam ocupadas. Harrison Keller acenou com a cabeça para uma das secretárias, que apertou um botão, abrindo uma porta interna, com um estalido.

— Entrem, por favor, senhores. O general está esperando.

— Vamos — disse Harrison Keller.

Robert Bellamy seguiu-o para a sala interna. Era ampla, o teto e as paredes à prova de som, mobiliada com conforto, com muitas fotografias e objetos. Era evidente que o homem por trás da mesa passava muito tempo ali.

O general Mark Hilliard, vice-diretor da ASN, parecia ter 50 e poucos anos, muito alto, o rosto firme, olhos frios, uma postura empertigada. Vestia um terno cinza, camisa branca, gravata cinza. *Calculei certo,* pensou Robert. Harrison Keller fez a apresentação:

— General Hilliard, este é o comandante Bellamy.

— Obrigado por ter vindo, comandante.

Como se fosse um convite para o chá da tarde.

Os dois homens trocaram um aperto de mãos.

— Sente-se. Aposto que gostaria de tomar um café.

O homem lê pensamentos.

— Sim, senhor.

— Harrison?

— Não, obrigado.

Ele foi sentar numa cadeira ao canto. Uma campainha foi apertada, a porta se abriu, e um oriental com o jaleco do rancho entrou na sala, trazendo uma bandeja com café e biscoitos. Robert notou que ele não usava um crachá de identificação. *Lamentável.* O café foi servido. O aroma era maravilhoso.

— Como prefere o seu? — perguntou o general Hilliard.
— Puro, por favor.

O café estava mesmo delicioso. Os dois homens estavam sentados de frente um para o outro, em cadeiras macias de couro.

— O diretor pediu que eu conversasse com você.

O diretor. Uma figura lendária nos círculos da espionagem. Um manipulador brilhante e implacável, a quem se creditava dezenas de golpes audaciosos, no mundo inteiro. Um homem raramente visto em público, sobre o qual se sussurrava em particular.

— Há quanto tempo está no Serviço Secreto do 17º Distrito Naval, comandante? — perguntou o general Hilliard. Robert foi franco na resposta:

— Quinze anos.

Seria capaz de apostar um mês de soldo como o general era capaz de informá-lo sobre o dia exato em que ingressara no ONI.

— Antes disso, creio que comandou uma esquadrilha aeronaval no Vietnã.

— Isso mesmo, senhor. — Foi derrubado. Não esperavam que pudesse sobreviver. *O médico estava dizendo: "Esqueça-o. Ele não vai se recuperar."* E ele quisera morrer. A dor era insuportável. Até que de repente Susan se inclinou sobre sua cama. *"Abra os olhos, marujo. Você não quer morrer."* Ele forçara os olhos a se abrirem e, através do nevoeiro de dor, descobrira-se a contemplar a mulher mais linda que já vira. Ela tinha um rosto oval meigo, cabelos pretos abundantes, olhos castanhos faiscantes, e um sorriso que parecia uma bênção. Ele tentara falar, mas o esforço era demais.

O general Hilliard estava dizendo alguma coisa. Robert Bellamy trouxe a mente de volta ao presente.

— Temos um problema, comandante. Precisamos de sua ajuda.
— Pois não, senhor.

O general levantou-se, começou a andar de um lado para outro.

— O que vou lhe contar é extremamente delicado. Ultrassecreto.
— Sim, senhor.

— Ontem, um balão meteorológico da OTAN caiu nos Alpes suíços. Havia alguns artefatos militares experimentais no balão que são altamente secretos.

Robert descobriu-se a especular para onde aquela conversa o levaria.

— O governo suíço removeu esses artefatos do balão, mas parece que houve, infelizmente, algumas testemunhas do incidente. É de importância vital que nenhuma delas fale com quem quer que seja sobre o que viu. Qualquer comentário poderia proporcionar informações valiosas a determinados países. Está me entendendo?

— Acho que sim, senhor. Quer que eu fale com as testemunhas, advertindo-as a não comentarem o que viram.

— Não exatamente, comandante.

— Então não...

— Quero que simplesmente localize essas testemunhas. Outros conversarão com elas sobre a necessidade de silêncio.

— Entendo. Todas as testemunhas estão na Suíça?

O general Hilliard parou na frente de Robert.

— É esse o nosso problema, comandante. Não temos a menor ideia do lugar em que se encontram. Ou de quem são.

Robert pensou que perdera alguma coisa.

— Como assim?

— A única informação de que dispomos é que as testemunhas se encontravam num ônibus de turismo. Por acaso passavam pelo local quando o balão meteorológico caiu, perto de uma aldeia chamada...

Ele virou-se para Harrison Keller.

— Uetendorf.

O general tornou a se virar para Robert.

— Os passageiros saltaram do ônibus por alguns minutos para olhar os destroços, depois seguiram viagem. Concluída a excursão, os passageiros dispersaram-se.

Robert indagou, falando bem devagar:

— General Hilliard, está querendo dizer que não há registro de quem são essas pessoas ou para onde foram?

— Correto.

— E quer que eu as descubra?

— Exatamente. Foi muito bem recomendado. Estou informado de que fala meia dúzia de línguas com fluência e tem os melhores antecedentes como agente de campo. O diretor providenciou a sua transferência temporária para a ASN.

Incrível!

— Posso presumir que trabalharei em cooperação com o governo suíço?

— Não. Terá de trabalhar sozinho.

— Sozinho? Mas...

— Não devemos envolver ninguém nesta missão. Não tenho palavras suficientes para ressaltar a importância do que havia no balão, comandante. O tempo é essencial. Quero que me apresente um relatório de progresso todos os dias.

O general escreveu um número num cartão e o entregou a Robert.

— Pode falar comigo por esse número, de dia ou à noite. Há um avião esperando para levá-lo a Zurique. Será escoltado até seu apartamento para pegar o que precisar para a viagem e depois será conduzido ao aeroporto.

Robert sentiu-se tentado a perguntar "Alguém vai alimentar meu peixinho dourado enquanto estou ausente?", mas teve o pressentimento de que a resposta seria "Você não tem nenhum peixinho dourado".

— Em seu trabalho com o ONI, comandante, por acaso adquiriu contatos com a comunidade de informações no exterior?

— Sim, senhor. Tenho alguns amigos que poderiam ser úteis...

— Não está autorizado a entrar em contato com nenhum deles. As testemunhas que vai procurar com certeza são de várias nacionalidades. — O general virou-se para Keller. — Harrison...

Keller foi até um arquivo no canto e o abriu. Tirou um envelope pardo grande, entregou-o a Robert.

— Há 50 mil dólares aqui, em diferentes moedas europeias, e mais 20 mil em dólares americanos. Também encontrará vários jogos de documentos de identidade falsos, que poderão ser úteis.

O general Hilliard estendeu um cartão de plástico grosso, de um preto lustroso com uma faixa branca.

— Aqui está um cartão de crédito que...

— Duvido que eu vá precisar, general. O dinheiro será suficiente, e ainda tenho o cartão de crédito do ONI.

— Pegue-o.

— Está bem. — Robert examinou o cartão. Era de um banco de que nunca ouvira falar. No fundo do cartão, havia um número de telefone. — Não tem nenhum nome aqui.

— É o equivalente a um cheque em branco. Não exige identificação. Basta pedir que liguem para o telefone no cartão quando efetuar um pagamento. É muito importante que o tenha com você em todas as ocasiões.

— Certo.

— E mais uma coisa, comandante...

— Pois não, senhor?

— Precisa encontrar as testemunhas. Todas, sem exceção. Comunicarei ao diretor que já iniciou a missão.

A reunião estava encerrada.

HARRISON KELLER acompanhou Robert à sala externa. Um fuzileiro uniformizado estava sentado ali. Levantou-se quando os dois homens entraram.

— Este é o capitão Dougherty. Ele o levará ao aeroporto. Boa sorte.

— Obrigado.

Os dois homens trocaram um aperto de mãos. Keller virou-se e voltou à sala do general Hilliard.

— Está pronto, comandante? — perguntou o capitão Dougherty.

— Estou.

Mas pronto para o quê? Ele já cuidara de missões difíceis no passado, mas nunca de algo tão absurdo assim. Esperavam que localizasse uma quantidade desconhecida de testemunhas desconhecidas de países desconhecidos. *Quais são as chances contra isso?*, especulou Robert. *Estou me sentindo como a Rainha Branca no País das Maravilhas. "Por que às vezes acredito em até seis coisas impossíveis antes do desjejum?" Pois o que aconteceu aqui equivaleu a todas as seis.*

— Tenho ordens de levá-lo direto a seu apartamento e depois à base Andrews, da Força Aérea — informou o capitão Dougherty.

— Há um avião esperando para...

Robert sacudiu a cabeça.

— Tenho de passar primeiro no meu escritório.

Dougherty hesitou.

— Está certo. Vou acompanhá-lo e ficarei à sua espera.

Era como se não confiassem nele, como se não quisessem perdê-lo de vista. Só porque sabia que um balão meteorológico caíra? Não fazia sentido. Robert entregou seu crachá na recepção e deixou o prédio. Seu carro desaparecera. Em vez dele, uma limusine o aguardava. — Cuidaremos de seu carro, comandante — informou o capitão Dougherty. — Usaremos esta limusine agora.

Aquilo tudo era arbitrário e desconcertante.

— Está certo.

Partiram para o escritório do Serviço Secreto naval. O sol pálido do amanhecer logo desapareceu por trás de nuvens de chuva. Seria um dia horrível. *Sob mais de um aspecto,* pensou Robert.

Capítulo 3

OTTAWA, CANADÁ, MEIA-NOITE

Seu codinome era Janus. Falava para 12 homens, numa sala fortemente guardada de um complexo militar.

— Como todos já foram informados, a Operação Juízo Final foi acionada. Há diversas testemunhas que devem ser encontradas o mais depressa possível, com absoluta discrição. Não podemos tentar localizá-las pelos canais regulares de segurança por causa do perigo de um vazamento.

— Quem estamos usando? — quis saber o russo. *Enorme. Estourado.*

— Seu nome é comandante Robert Bellamy.

— Como foi selecionado? — perguntou o alemão. *Aristocrata. Implacável.*

— O comandante foi escolhido depois de meticulosa busca nos arquivos da CIA, FBI e outras agências de segurança.

— Posso perguntar, por favor, quais são as suas qualificações? — perguntou o japonês. *Polido. Astucioso.*

— O comandante Bellamy é um experiente agente de campo, fala seis línguas fluentemente e possui uma ficha exemplar. Já demonstrou muitas vezes que é um homem bastante engenhoso.

— Ele está a par da urgência da missão? — inquiriu o inglês. *Esnobe. Perigoso.*

— Está, sim. Tudo indica que ele será capaz de localizar todas as testemunhas bem depressa.

— Ele sabe qual é o propósito da missão? — questionou o francês. *Propenso a discussões. Obstinado.*

— Não.

— E o que acontecerá depois que ele as encontrar? — indagou o chinês. *Esperto. Paciente.*

— Será devidamente recompensado.

Capítulo 4

O QUARTEL-GENERAL do ONI, o Serviço Secreto naval, ocupa todo o quinto andar do vasto Pentágono, um enclave no meio do maior prédio de escritórios do mundo, com 28 quilômetros de corredores e 29 mil funcionários, entre civis e militares.

O interior do ONI reflete as tradições navais. As escrivaninhas e arquivos são pintadas de verde-oliva, da época da Segunda Guerra Mundial, ou de cinza-couraçado, da época do Vietnã. As paredes e os tetos são pintados de amarelo-claro ou bege. No começo, Robert ficara desolado com a decoração espartana, mas há muito que já se acostumara.

Agora, ao entrar no prédio e se aproximar da mesa da recepção, o guarda lhe disse:

— Bom-dia, comandante. Posso ver seu crachá?

Robert trabalhava ali há sete anos, mas o ritual nunca mudava. Obediente, ele mostrou o crachá.

— Obrigado, comandante.

A caminho de sua sala, Robert pensou no capitão Dougherty, esperando-o no estacionamento, na entrada à beira do rio. Aguardando para escoltá-lo ao avião que o levaria à Suíça, onde iniciaria uma caçada impossível.

Quando chegou à sua sala, Robert encontrou ali sua secretária, Barbara.

— Bom-dia, comandante. O vice-diretor pediu que fosse à sala dele.

— Ele pode esperar. Ligue-me para o almirante Whittaker, por favor.

— Pois não, senhor.

Um minuto depois, Robert estava falando com o almirante.

— Devo presumir que sua reunião já acabou, Robert?

— Há poucos minutos.

— Como foi?

— Foi... interessante. Está livre para me fazer companhia no café da manhã, almirante?

Robert tentou manter a voz casual. Não houve qualquer hesitação.

— Claro. Vamos nos encontrar aí?

— Isso mesmo. Deixarei um crachá de visitante à sua espera na entrada.

— Combinado. Chegarei em uma hora.

Robert repôs o fone no gancho e pensou: *É irônico que eu tenha de deixar um crachá de visitante para o almirante. Há poucos anos ele mandava em tudo aqui, o chefe do Serviço Secreto naval. Como ele deve se sentir?*

Robert tocou a campainha do interfone para falar com a secretária.

— Pois não, comandante?

— Estou esperando o almirante Whittaker. Providencie um crachá para ele.

— Cuidarei disso imediatamente.

Estava na hora de se apresentar ao vice-diretor. Dustin Escroto Thornton.

Capítulo 5

Dustin "Dusty" Thornton, vice-diretor do Serviço Secreto naval, conquistara sua fama como um dos maiores atletas que já saíra de Annapolis. Thornton devia sua atual posição a uma partida de futebol americano. Uma partida entre o Exército e a Marinha, para ser mais preciso. Thornton, um homem enorme, atuara como zagueiro, em seu último ano em Annapolis, na partida mais importante da Marinha naquele ano. No início do quarto tempo, com o time do Exército vencendo por 13 a 0, dois *touchdowns* e uma conversão à frente, o destino interferira e mudara a vida de Dustin Thornton. Ele interceptara um passe do time do Exército, girara e arremetera a fim de marcar um *touchdown,* o lance em que a bola é jogada ao solo através da linha do gol adversário. O time da Marinha perdera o ponto extra, mas logo em seguida marcara um ponto de campo. Reiniciado o jogo, o ataque do Exército fora detido. O placar era Exército 13, Marinha 9, o tempo se aproximava do fim.

A partida recomeçara, a bola fora passada para Thornton, que caiu sob uma pilha de uniformes do Exército. Levara muito tempo para se levantar. Um médico entrara correndo no campo. Thornton acenara para que ele se retirasse, irritado.

Faltando apenas alguns segundos para o jogo terminar, foram dados os sinais para um passe lateral. Thornton pegou a bola na própria linha de 10 jardas. Não houvera como detê-lo. Avançara pela oposição como um tanque, derrubando todos os que se colocaram em seu caminho. A dois segundos do final da partida, Thornton cruzara a linha do gol para o *touchdown* vitorioso. Era a primeira vitória da Marinha contra o Exército em quatro anos. Isso, por si só, teria pouco efeito na vida de Thornton. O que tornara o evento significativo fora o fato de que, no camarote reservado às autoridades, estavam sentados Willard Stone e sua filha, Eleanor. Enquanto os espectadores se punham de pé, aclamando freneticamente o herói da Marinha, Eleanor virou-se para o pai e disse:

— Quero conhecê-lo.

Eleanor Stone era uma mulher de grandes apetites. Tinha o rosto feio, mas um corpo sensual e uma libido insaciável. Observando Dustin Thornton arremeter selvagemente pelo campo, ela fantasiara como ele seria na cama. Se sua virilidade fosse tão potente quanto o restante do corpo... Eleanor não se desapontaria.

Seis meses depois, Eleanor e Dustin Thornton se casaram. Dustin Thornton passara a trabalhar com o sogro, ingressando num mundo arcano, que jamais sonhara que existia.

Willard Stone, o novo sogro de Thornton, era um homem misterioso. Um bilionário com poderosas ligações políticas e um passado envolto em segredo, era um personagem furtivo que mandava e desmandava em capitais do mundo inteiro. Tinha 60 e tantos anos, um homem meticuloso, cada movimento seu era preciso e metódico. Tinha feições marcantes e olhos que não deixavam transparecer coisa alguma. Willard Stone achava que não devia desperdiçar palavras nem emoções e era implacável para conseguir o que queria.

Os rumores a seu respeito eram fascinantes. Dizia-se que assassinara um concorrente na Malásia e que tivera um tórrido caso de amor com a esposa favorita de um emir. Dizia-se também que apoiara uma revolução vitoriosa na Nigéria. O governo já o indiciara meia dúzia de vezes, mas as ações judiciais sempre eram misteriosamente arquivadas. Havia histórias de subornos, senadores comprados, segredos industriais roubados, e testemunhas que desapareciam. Stone era conselheiro de presidentes e reis. Era poderoso. Entre suas muitas propriedades, havia um sítio grande e isolado, nas montanhas do Colorado, onde cientistas, capitães da indústria e líderes mundiais se reuniam todos os anos, em seminários. Guardas armados mantinham a distância os visitantes indesejáveis.

Willard Stone não apenas aprovara o casamento da filha, mas também o encorajara. Seu novo genro era inteligente, ambicioso e, o mais importante, maleável.

Doze anos depois do casamento, Stone providenciara para que Dustin fosse nomeado embaixador na Coreia do Sul. Anos depois, o presidente dos Estados Unidos designara-o para embaixador na ONU. Quando o almirante Ralph Whittaker fora subitamente afastado do cargo de diretor em exercício do ONI, Thornton ficara em seu lugar.

E nesse dia Willard Stone chamara o genro para uma conversa.

— Isto é apenas o começo — prometera Stone. — Tenho grandes planos para você, Dustin.

E ele passara a descrever seus planos.

DOIS ANOS ANTES, Robert tivera seu primeiro encontro com o novo diretor em exercício.

— Sente-se, comandante. — Não havia qualquer cordialidade na voz de Dustin Thornton. — Vejo na sua ficha que é uma espécie de operador independente.

O que ele está querendo insinuar com isso?, especulara Robert. E decidira permanecer de boca fechada. Thornton fitara-o nos olhos, antes de acrescentar:

— Não sei como o almirante Whittaker dirigia este serviço quando estava no comando, mas daqui por diante faremos tudo de acordo com as normas. Espero que minhas ordens sejam cumpridas ao pé da letra. Estou sendo bem claro?

Santo Deus, pensara Robert, *o que vamos ter aqui?*
— Estou sendo bem claro, comandante?
— Está, sim. Espera que suas ordens sejam cumpridas ao pé da letra.

E ele se perguntara se Thornton esperava que batesse continência.

— Isso é tudo.

Mas não era tudo.

Um mês depois, Robert fora enviado à Alemanha Oriental para buscar um cientista que queria desertar. Era uma missão perigosa, porque a Stasi, a polícia secreta alemã oriental, tomara conhecimento da possível deserção e vigiava atentamente o cientista. Apesar disso, Robert conseguira levar o homem são e salvo pela fronteira, até uma casa segura. Providenciava a ida do cientista para Washington quando recebera um telefonema de Dustin Thornton, informando que a situação mudara e que deveria suspender a missão.

— Não podemos largá-lo aqui — protestara Robert. — Eles o matariam.

— É problema dele — respondera Thornton. — Suas ordens são para voltar imediatamente.

Vá se foder!, pensara Robert. *Não vou abandonar o pobre coitado.* Ele ligara para um amigo no MI6, o Serviço Secreto britânico, e explicara a situação.

— Se ele voltar para a Alemanha Oriental, será liquidado. Não quer tomar conta dele?

— Verei o que se pode fazer, companheiro. Traga-o para mim.

E o cientista recebera asilo na Inglaterra.

Dustin Thornton jamais perdoara Robert por desobedecer às suas instruções. Daquele momento em diante, houvera uma hostilidade manifesta entre os dois. Thornton discutira o incidente com o sogro.

— Operadores independentes como Bellamy são perigosos — advertira Willard Stone. — Constituem um risco de segurança. Homens assim são dispensáveis. Lembre-se disso.

E Thornton se lembrara.

Agora, seguindo pelo corredor a caminho da sala de Dustin Thornton, Robert não podia deixar de pensar na diferença entre Thornton e Whittaker. Num trabalho como o seu, a confiança era indispensável. E ele não confiava em Dustin Thornton. Thornton estava sentado atrás de sua mesa quando Robert entrou na sala.

— Queria falar comigo?

— Queria, sim. Sente-se, comandante.

— Fui informado de sua transferência temporária para a Agência de Segurança Nacional. Quando voltar, tenho uma...

— Não voltarei. Esta é minha última missão.

— O quê?

— Estou largando o serviço.

Mais tarde, pensando a respeito, Robert não teve certeza de que reação exatamente esperava. Talvez alguma cena. Dustin Thornton poderia demonstrar surpresa, argumentar, ficar irritado ou aliviado. Em vez disso, limitou-se a acenar com a cabeça e murmurar:

— Então é isso.

Ao voltar à sua sala, Robert disse à secretária:

— Vou me ausentar por algum tempo. Partirei dentro de uma hora.

— Há algum lugar em que poderei encontrá-lo?

Robert lembrou as ordens do general Hilliard.

— Não.

— Há algumas reuniões que...

— Cancele-as.

Ele olhou para o relógio. Estava na hora de receber o almirante Whittaker.

FORAM TOMAR CAFÉ no pátio central do Pentágono, no Café Ponto Zero, assim chamado porque se pensava que o Pentágono seria o primeiro alvo de um ataque com bombas nucleares contra os Estados Unidos. Robert reservara uma mesa num canto, onde teriam alguma privacidade. O almirante Whittaker foi pontual. Ao observá-lo se aproximar da mesa, Robert teve a impressão de que o almirante parecia mais velho e menor, como se a semirreforma o tivesse de alguma forma envelhecido e encolhido. Ainda era um homem de aparência impressionante, com as feições fortes, nariz aquilino, malares salientes, cabelos prateados. Robert servira sob o comando do almirante no Vietnã, mais tarde no ONI, e sentia muita admiração por ele. *Mais do que uma admiração profissional,* Robert admitiu para si mesmo. O almirante Whittaker era seu pai substituto. O almirante sentou-se.

— Bom dia, Robert. Foi mesmo transferido para a ASN?

— Robert acenou com a cabeça.

— Temporariamente.

A garçonete chegou e os dois estudaram o cardápio.

— Eu tinha até esquecido como a comida daqui é horrível — comentou o almirante, sorrindo.

Ele correu os olhos ao redor, o rosto refletindo uma nostalgia silenciosa. *Ele gostaria de voltar para cá,* pensou Robert. *Amém.* Fizeram o pedido. Depois que a garçonete se afastou, Robert disse:

— Almirante, o general Hilliard me designou uma missão urgente, uma viagem de 5 mil quilômetros, a fim de localizar algumas testemunhas da queda de um balão meteorológico. Acho isso muito estranho. E há algo que parece ainda mais estranho. "O tempo é essencial", disse o general, mas recebi a ordem de não recorrer, em busca de ajuda, a qualquer dos meus contatos no exterior.

O almirante Whittaker ficou perplexo.

— Imagino que o general deve ter seus motivos.

— Não posso imaginar quais sejam.

O almirante estudou Robert. O comandante Bellamy servira sob seu comando no Vietnã, fora o melhor piloto do esquadrão. O filho do almirante, Edward, era o bombardeiro de Robert. Naquele dia terrível em que o avião fora derrubado, Edward morrera. Robert escapara por um triz. O almirante fora visitá-lo no hospital.

— Ele não vai sobreviver — asseguraram os médicos. Robert, estendido no leito, dominado por uma dor agonizante, balbuciara:

— Sinto muito por Edward... sinto muito...

O almirante Whittaker apertara a mão dele.

— Sei que você fez tudo o que podia. E agora tem de se recuperar. Vai ficar bom.

Ele queria desesperadamente que Robert vivesse. Na mente do almirante, Robert era seu filho, o que tomaria o lugar de Edward.

E Robert sobrevivera.

— Robert...

— Pois não, almirante?

— Espero que sua missão na Suíça seja bem-sucedida.

— Eu também. Será a última.

— Está mesmo decidido a sair?

O almirante era o único a quem Robert podia confidenciar.

— Já aguentei demais.

— Thornton?

— Não é apenas ele. Sou eu também. Estou cansado de interferir nas vidas de outras pessoas.

Estou cansado das mentiras e trapaças, das promessas violadas, que foram feitas sem a menor intenção de serem cumpridas. Estou cansado de manipular pessoas e ser manipulado. Estou cansado dos jogos, perigos e traições. Custa-me tudo a que já dei importância na vida.

— Tem alguma ideia do que vai fazer depois?

— Tentarei encontrar algo útil para fazer com minha vida, algo positivo.

— E se não quiserem deixá-lo?

— Eles não têm opção, não é?

Capítulo 6

A LIMUSINE AGUARDAVA no estacionamento junto à entrada pelo rio.

— Está pronto, comandante? — perguntou o capitão Dougherty.

Tão pronto quanto jamais estarei, pensou Robert.

— Estou, sim.

O capitão Dougherty acompanhou Robert a seu apartamento, para que ele pudesse fazer as malas. Robert não tinha a menor ideia de quantos dias passaria na viagem. *Quanto tempo demora uma missão impossível?* Ele pegou roupas suficientes para uma semana e, no último instante, pôs uma fotografia emoldurada de Susan na mala. Contemplou-a por um longo momento, especulando se ela estaria se divertindo no Brasil. E pensou: *Espero que não. Torço para que ela esteja passando pelas piores coisas.* E no instante seguinte sentiu-se envergonhado de tal pensamento.

O avião aguardava quando a limusine chegou à base Andrews da Força Aérea. Era um jato C20A. O capitão Dougherty estendeu a mão.

— Boa sorte, comandante.

— Obrigado.

Vou mesmo precisar. Robert subiu os degraus para a cabine. A tripulação se encontrava a postos, concluindo a verificação que antecedia a decolagem. Havia um piloto, um copiloto, um navegador e um comissário de bordo, todos em uniformes da força aérea. Robert conhecia o avião. Era carregado de equipamentos eletrônicos. No lado de fora, perto da cauda, havia uma antena de alta frequência, que parecia uma enorme vara de pescar. Dentro da cabine, havia nas paredes 12 telefones vermelhos e um branco, a linha que não era segura. As transmissões de rádio eram em código, e o radar se achava sintonizado numa frequência militar. A cor no interior era o azul da Força Aérea, e a cabine estava equipada com poltronas confortáveis. Robert descobriu que era o único passageiro. O piloto cumprimentou-o.

— Bem-vindo a bordo, comandante. Gostaria que afivelasse o cinto de segurança, pois já temos autorização para a decolagem.

Robert prendeu o cinto de segurança e se recostou na poltrona, enquanto o avião taxiava pela pista. Um minuto depois, sentiu a pressão familiar da gravidade, enquanto o jato alçava voo. Não pilotava um avião desde o desastre, quando o informaram que nunca mais poderia pilotar. *Muito mais do que pilotar!,* pensou Robert. *Disseram que eu não sobreviveria. Foi um milagre... Não. Foi Susan...*

VIETNÃ. ELE FORA enviado para lá com o posto de capitão de corveta, estacionado no porta-aviões *Ranger* como oficial tático, responsável pelo treinamento de pilotos de caça e o planejamento da estratégia de ataque. Comandara uma esquadrilha de bombardeiros Intruder A-6A, e quase não havia tempo de folga das pressões da batalha. Uma de suas poucas licenças fora em Bangkok, durante uma semana, e nunca perdera tempo em dormir. A cidade era uma espécie de parque de diversões para homens. Conhecera uma refinada jovem tailandesa em sua primeira hora na cidade, ela permanecera ao seu lado durante todo o tempo e lhe ensinara algumas frases em tai. Ele achara a língua suave e doce.

> Bom-dia. *Arun sawasdi.*
> De onde você é? *Khun na chak nai?*
> Para onde vai agora? *Khun kamrant chain pai?*

Ela ensinara outras frases também, mas sem explicar o que significavam; e ria quando ele as dizia.

Quando Robert voltara ao *Ranger,* Bangkok parecia um sonho distante. A guerra era a realidade, e era um horror. Alguém lhe mostrara um dos folhetos que os fuzileiros lançavam sobre o Vietnã do Norte.

> Caros cidadãos,
> Os fuzileiros dos Estados Unidos estão lutando ao lado das forças sul-vietnamitas em Duc Pho, a fim de proporcionarem ao povo vietnamita uma oportunidade de levar uma vida livre e feliz, sem medo da fome e sofrimento. Mas muitos vietnamitas pagaram com suas vidas, e suas casas foram destruídas, porque ajudaram os vietcongues.
> Os povoados de Hai Mon, Hai Tan, Sa Bih, Ta Binh, e vários outros foram destruídos por causa disso. Não hesitaremos em destruir todo e qualquer povoado que ajudar os vietcongues, que são impotentes para conter o poderio combinado dos aliados. A escolha é de vocês. Se recusarem permissão para que os vietcongues usem suas aldeias e povoados como campo de batalha, suas casas e suas vidas estarão salvas.

ESTAMOS SALVANDO *os pobres coitados, sem dúvida,* pensava Robert, deprimido. *E ao mesmo tempo estamos destruindo seu país.*

O porta-aviões *Ranger* era equipado com a tecnologia mais moderna. Era a base de 16 aviões, 40 oficiais e 350 praças. Os planos de voo eram distribuídos três ou quatro horas antes do primeiro lançamento do dia.

Na seção de planejamento de voo do centro de informações do navio, as últimas informações e fotos de reconhecimento eram entregues aos bombardeiros, que planejavam então os padrões de voo.

— Mas que beleza nos deram esta manhã! — comentara Edward Whittaker, o bombardeiro de Robert.

Edward Whittaker parecia uma versão mais jovem do pai, mas tinha uma personalidade completamente diferente. Enquanto o almirante era uma figura formidável, distinto e austero, Edward era simples, efusivo e afável. Conquistara o seu lugar como "apenas um dos homens". Os companheiros perdoavam-no por ser o filho do comandante. Era o melhor bombardeiro da esquadrilha e havia se tornado grande amigo de Robert.

— Para onde vamos? — indagara Robert.

— Por nossos pecados, vamos para Pacote Seis.

Era a mais perigosa de todas as missões. Significava voar para o norte, até Hanói, Haiphong e o delta do rio Vermelho, onde o fogo antiaéreo era o mais intenso. Não tinham permissão para bombardear alvos estratégicos se houvesse civis nas proximidades; e os norte-vietnamitas, que não eram estúpidos, imediatamente postaram civis em torno de todas as suas instalações militares. Houvera muitos protestos entre os militares aliados, mas o presidente Lyndon Johnson, são e salvo em Washington, dava as ordens.

Os 12 anos em que soldados dos Estados Unidos lutavam no Vietnã constituíam o período mais longo em que o país ficara em guerra. Robert Bellamy entrara na guerra no fim de 1972, quando a Marinha enfrentava grandes problemas. Suas esquadrilhas de F-4 estavam sendo destruídas. Apesar de seus aviões serem superiores aos MiGs russos, a Marinha estava perdendo um F-4 para cada dois MiGs derrubados. Era uma proporção inadmissível.

Robert fora chamado ao quartel-general do almirante Ralph Whittaker.

— Mandou me chamar, almirante?

— Tem a reputação de ser um piloto competente, comandante. Preciso de sua ajuda.

— Pois não, senhor.

— Estamos sendo assassinados pelo inimigo. Mandei fazer uma análise meticulosa. Não há nada de errado com nossos aviões... O problema é o treinamento dos homens que os tripulam. Está me entendendo?

— Sim, senhor.

— Quero que pegue um grupo e o submeta a um novo treinamento de manobras e uso de armamentos...

O NOVO GRUPO FOI chamado de Top Gun, e não demorou muito para que a proporção deixasse de ser 2 para 1 e se tornasse de 12 para 1. Ou seja, a cada dois F-4 perdidos, 24 MiGs eram derrubados. A missão consumira oito semanas de treinamento intensivo. O comandante Bellamy finalmente retornara a seu navio. O almirante Whittaker ali estava para cumprimentá-lo.

— Fez um excelente trabalho, comandante.

— Obrigado, almirante.

— Agora, vamos voltar ao trabalho.

— Estou pronto, senhor.

Robert voara 34 missões do *Ranger* sem incidentes. Sua 35ª missão era o Pacote Seis.

PASSARAM POR HANÓI e seguiam para noroeste, na direção de Phu Tho e Yen Bai. O fogo antiaéreo era cada vez mais intenso. Edward Whittaker sentava à direita de Robert, olhando para a tela do radar, escutando os tons sinistros dos radares de busca inimigos varrendo o céu.

Diretamente à frente, o céu parecia o espetáculo de fogos de artifício do 4 de Julho, com a fumaça branca dos canhões leves lá embaixo, as explosões em cinza-escuro das granadas de 100 milímetros, e as balas rastreadoras coloridas das metralhadoras pesadas.

— Estamos nos aproximando do alvo — informara Robert.

Sua voz, pelos fones, parecia estranhamente distante.

— Ok.

O Intruder A-6A voava a 450 nós, e nessa velocidade, mesmo com o arrasto e o peso da carga de bombas, tinha um desempenho extraordinário, deslocando-se depressa demais para ser rastreado pelo inimigo.

Robert estendera a mão e acionara o controle mestre de armamento. As 12 bombas de 250 quilos estavam agora prontas para serem lançadas. Ele seguia direto para o alvo. Uma voz surgira no rádio:

— Romeu... você tem um espantalho no seu encalço.

Robert virara-se para olhar. Um MiG se aproximava, da direção do sol. Robert efetuara uma manobra de inclinação lateral e iniciara um mergulho íngreme. O MiG permanecera em seu encalço. Lançara um míssil. Robert verificara o painel de instrumentos. O míssil se aproximava rapidamente. Trezentos metros de distância... 200... 150...

— Mas que merda! — berrara Edward. — O que estamos esperando?

Robert aguardara até o último segundo, depois lançara uma chuva de aparas de metal, ao mesmo tempo que iniciava uma subida íngreme; o míssil seguiria as aparas, explodindo inofensivamente no solo.

— Obrigado, Deus — murmurara Edward. — E a você também, companheiro.

Robert continuara a subir, indo se postar por trás do MiG. O piloto inimigo ainda tentara manobras evasivas, mas já era tarde demais. Robert lançara um míssil Sidewinder, observara-o alcançar a cauda do MiG e explodir. Um instante depois, o céu estava coalhado de fragmentos de metal. Uma voz dissera pelo interfone:

— Bom trabalho, Romeu.

O avião se encontrava sobre o alvo agora.

— Lá vamos nós! — gritara Edward.

Ele apertara o botão vermelho que lançava as bombas, observara-as caindo para o alvo. Missão cumprida. Robert iniciara a viagem de volta ao porta-aviões.

E fora nesse instante que eles haviam sentido o impacto. O bombardeiro veloz e ágil se tornara subitamente lerdo.

— Fomos atingidos! — anunciara Edward.

As luzes vermelhas de alerta de incêndio estavam piscando. O avião sacudia-se de maneira irregular, fora de controle. Uma voz soara pelo rádio:

— Romeu, aqui é Tigre. Quer que lhe demos cobertura?

Robert tomara a decisão numa fração de segundo.

— Não precisa. Prossigam para seus alvos. Tentarei voltar à base.

O avião perdera velocidade num grau considerável, era cada vez mais difícil comandá-lo.

— Mais depressa — murmurara Edward, muito nervoso — ou vamos chegar atrasados para o almoço.

Robert olhara para o altímetro. A agulha baixava rapidamente. Ele ativara seu microfone do rádio.

— Romeu para a base. Fomos atingidos.

— Base para Romeu. Qual a extensão dos danos?

— Não tenho certeza. Acho que posso levá-lo para casa.

— Espere um instante. — A voz retornara um momento depois. — Seu sinal é "Charlie chegando".

Isso significava que estavam autorizados a pousar no porta-aviões imediatamente.

— Entendido.

— Boa sorte.

O avião começara a entrar em rolamento. Robert esforçara-se para corrigi-lo, ao mesmo tempo em que tentava ganhar altitude.

— Vamos, meu bem, você pode conseguir. — O rosto de Robert estava tenso. Perdiam altitude muito depressa. — Qual é nosso ETA?

Edward verificara em seu painel.

— Sete minutos.

— Vou oferecer aquele almoço quente.

Robert conduzia o avião com toda a habilidade, usando o manete e o leme para tentar mantê-lo num curso reto. A altitude ainda baixava de maneira alarmante. Até que finalmente Robert avistara, à sua frente, as águas azuis faiscantes do golfo de Tonkin.

— Estamos em casa, companheiro — murmurara Robert.

— Só mais alguns quilômetros.

— Maravilhoso! Nunca duvidei...

E fora nesse instante que dois MiGs, vindos do nada, atacaram o avião, com um barulho ensurdecedor. As balas começaram a acertar a fuselagem.

— Eddie! Salte!

Robert se virara para olhar. Edward arriara contra o cinto de segurança, o lado direito do corpo dilacerado, o sangue espalhando-se pela carlinga.

— Não!

Era um grito. Um segundo depois, Robert sentira um golpe súbito e torturante no peito. O uniforme de voo ficara imediatamente encharcado de sangue. O avião começara a descer em espiral. Ele sentira que estava perdendo a consciência. Com suas últimas forças, soltara o cinto de segurança. Ainda se virara para um último olhar a Edward, balbuciando:

— Sinto muito.

Apagara então, e mais tarde não se lembrara como fora ejetado do avião e caíra de paraquedas no mar lá embaixo. Um chamado de Mayday fora transmitido, e um helicóptero Sikorsky SH-3A Sea King, do *Yorktown,* circulava pela área, esperando para recolhê-lo. A distância, a tripulação avistara juncos chineses se aproximando depressa, para o golpe de misericórdia; só que chegaram tarde demais.

Ao levarem Robert para o helicóptero, um paramédico olhara para seu corpo dilacerado e comentara:

— Santo Deus, ele nem conseguirá chegar ao hospital!

Aplicaram-lhe uma injeção de morfina, puseram bandagens de pressão em seu peito e transportaram-no para o 12º Hospital de Evacuação, na base de Cu Chio.

O "12º Evac", que servia às bases de Cu Chio, Tay Ninh e Dau Tieng, tinha quatrocentos leitos, em doze enfermarias, instaladas em galpões de metal, dispostos no formato de U, ligados por passagens cobertas. O hospital dispunha de duas unidades de tratamento intensivo, uma para casos de cirurgia, a outra de queimaduras, e cada unidade estava com excesso de lotação. Ao entrar, Robert deixara uma trilha de sangue no chão do hospital.

Um cirurgião assoberbado de trabalho removera as bandagens do peito de Robert, efetuara um exame rápido e dissera, cansado:

— Ele não vai sobreviver. Podem levá-lo para a enfermaria.

Robert, perdendo e recuperando os sentidos a todo instante, ouvira a voz do médico de uma enorme distância. *Então é isso,* pensara ele. *Que maneira horrível de morrer.*

— Não quer morrer, não é mesmo, marujo? Abra os olhos. Vamos.

Ele abrira os olhos e vira uma imagem borrada de um uniforme branco e um rosto de mulher. Ela dissera mais alguma coisa, mas Robert não conseguira entender as palavras. Havia muito barulho na enfermaria, povoada por uma cacofonia de gritos e gemidos dos pacientes, médicos berrando ordens, enfermeiras correndo frenéticas de um lado para outro, cuidando dos corpos dilacerados.

A lembrança de Robert das 48 horas seguintes era a de um nevoeiro de dor e delírio. Só mais tarde é que ele soubera que a enfermeira, Susan Ward, persuadira um médico a operá-lo e doara o próprio sangue para uma transfusão. Lutando para mantê-lo vivo, colocaram, ao mesmo tempo, três tubos intravenosos no corpo devastado de Robert. Concluída a operação, o cirurgião no comando deixara escapar um suspiro.

— Desperdiçamos o nosso tempo. Ele não tem mais que dez por cento de chance de sobreviver.

Mas o médico não conhecia Robert Bellamy. E não conhecia Susan Ward. Robert tinha a impressão de que sempre que abria os olhos, Susan se encontrava ali, segurando sua mão, afagando sua testa, cuidando dele, querendo que ele vivesse. Durante a maior parte do tempo, Robert permanecera em delírio. Susan sentava a seu lado na enfermaria escura, ao longo das noites solitárias, escutando suas divagações.

— ...O DOD está errado, não se pode seguir em perpendicular para o alvo, ou a gente acaba caindo no rio... Diga a eles para calcularem os mergulhos alguns graus além do curso do alvo... Diga a eles...

E Susan murmurava, suavemente:

— Eu direi.

O corpo de Robert ficava encharcado de suor. Ela o limpava com uma esponja.

— ...Você tem de remover todos os cinco pinos de segurança, caso contrário o assento não será ejetado... Verifique-os...

— Está certo. Volte a dormir agora.

— ...As argolas do ejetor múltiplo estão com defeito... Só Deus sabe onde as bombas caíram...

Durante a metade do tempo, Susan Ward não conseguia entender o que seu paciente dizia.

Susan Ward era chefe das enfermeiras da sala de cirurgia. Nascera numa pequena cidade de Idaho, crescera junto com o menino da casa ao lado, Frank Prescott, o filho do prefeito. Todos na cidade presumiam que os dois acabariam se casando.

Susan tinha um irmão mais jovem, Michael, a quem ela adorava. Ao completar 18 anos, ele ingressara no Exército e fora mandado para o Vietnã. Susan escrevia-lhe todos os dias. Três meses depois, a família de Susan recebera um telegrama; ela sabia o que continha antes mesmo que fosse aberto. Ao saber da notícia, Frank Prescott viera correndo.

— Lamento profundamente, Susan. Eu gostava muito de Michael. — E depois ele cometera o erro de dizer: — Vamos nos casar logo.

Susan fitara-o nos olhos e tomara uma decisão.

— Não. Tenho de fazer algo importante com minha vida.

— Pelo amor de Deus! O que pode ser mais importante que casar comigo?

A resposta era o Vietnã.

Susan Ward entrara na escola de enfermagem.

Estava no Vietnã há 11 meses, trabalhando sem parar, quando o comandante Robert Bellamy chegara ao hospital numa maca, condenado à morte. A triagem era uma prática comum nos hospitais de emergência. Os médicos examinavam dois ou três pacientes e faziam julgamentos sumários sobre qual tentariam salvar. Por razões que nunca ficaram muito claras para ela, Susan dera uma olhada no corpo dilacerado de Robert Bellamy e concluíra que não podia deixá-lo morrer. Era seu irmão que ela tentava salvar? Ou seria outra coisa? Ela andava exausta, com excesso de trabalho, mas em vez de descansar nos momentos de folga, passava todo o tempo cuidando de Bellamy.

Susan dera uma olhada na ficha do paciente. Piloto e instrutor, um ás da Marinha, ganhara a Cruz Naval. Nascera em Harvey, Illinois, uma pequena cidade industrial, ao sul de Chicago. Ingressara na Marinha depois de concluir os dois anos do colegial, fizera o curso em Pensacola. Era solteiro.

Todos os dias, enquanto Robert Bellamy se recuperava, caminhando na frágil linha entre a vida e a morte, Susan lhe sussurrava:

— Vamos, marujo. Estou à sua espera.

Uma noite, seis dias depois de entrar no hospital, quando divagava em delírio, Robert sentara na cama subitamente, contemplara Susan e dissera, a voz firme e clara:

— Não é um sonho. Você é real.

Susan sentira seu coração disparar.

— Isso mesmo, sou real.

— Pensei que estava sonhando. Pensei que fora para o paraíso, e Deus me entregara a seus cuidados.

Ela fitara Robert nos olhos, muito séria.

— Eu seria capaz de matá-lo, se você morresse.

Ele correra os olhos pela enfermaria lotada.

— Onde... onde estou?

— No 12º Hospital de Evacuação, em Cu Chio.

— Há quanto tempo estou aqui?

— Seis dias.

— Eddie... ele...

— Sinto muito.

— Tenho de dizer ao almirante.

Susan pegara a mão de Robert e dissera, gentilmente:

— Ele sabe. Já esteve aqui para visitá-lo.

Os olhos de Robert encheram-se de lágrimas.

— Odeio esta maldita guerra. Não tenho palavras para expressar o quanto a odeio.

Daquele momento em diante, a recuperação de Robert espantara os médicos. Todos os sinais vitais estabilizaram.

— Vamos tirá-lo daqui muito em breve — comunicaram a Susan.

E ela sentira uma pontada de angústia.

Robert jamais tivera certeza de quando exatamente se apaixonara por Susan Ward. Talvez tivesse sido no momento em que ela lhe fazia curativos, ouviram bombas caindo, e Susan murmurara:

— Estão tocando a nossa canção.

Ou talvez tenha sido no momento em que comunicaram a ele que já se encontrava em condições de ser transferido para o Hospital Walter Reed, em Washington, a fim de concluir sua convalescença, e Susan declarara:

— Acha mesmo que ficarei aqui, deixando que outra enfermeira cuide de você? De jeito nenhum! Falarei com todo mundo para poder acompanhá-lo!

Casaram-se duas semanas depois. Robert levara um ano para se recuperar por completo. Susan atendia a todas as suas necessidades, dia e noite. Ele jamais conhecera alguém assim, nem sonhara que pudesse amar uma mulher com tanta intensidade. Amava sua compaixão e sensibilidade, sua paixão e vitalidade. Amava sua beleza e senso de humor. No primeiro aniversário de casamento, ele dissera:

— Você é a pessoa mais linda, mais maravilhosa e mais desprendida do mundo. Não há ninguém neste mundo com seu amor, espírito e inteligência.

E Susan o abraçara com força, sussurrando, em sua voz nasalada de corista:

— Você também é assim, tenho certeza.

Partilhavam mais do que amor. Apreciavam sinceramente e respeitavam um ao outro. Todos os amigos os invejavam, e com bons motivos. Sempre que se falava de um casamento perfeito, o exemplo invariável apresentado era o de Robert e Susan. Eram compatíveis sob todos os aspectos, almas irmãs que se completavam. Susan era a mulher mais sensual que Robert já conhecera, e eram capazes de inflamar um ao outro com um toque, uma palavra. Uma noite, quando tinham o compromisso de ir a um jantar formal, Robert se atrasara. Estava no chuveiro quando Susan entrara no banheiro, já maquiada, usando um adorável vestido longo, sem alças.

— Puxa, como você está maravilhosa! — exclamara Robert. — É uma pena que não tenhamos mais tempo.

— Ora, não se preocupe com isso — murmurara Susan.

E no instante seguinte ela tirara as roupas e entrara debaixo do chuveiro, com Robert.

Não foram ao jantar.

SUSAN SENTIA as necessidades de Robert quase antes mesmo de conhecê-las, e providenciava para que fossem satisfeitas. E Robert se mostrava igualmente atencioso com ela. Susan encontrava bilhetinhos de amor na penteadeira, ou em seus sapatos, quando ia calçá-los. Flores e pequenos presentes lhe eram entregues sob qualquer pretexto, no Dia da Marmota, no aniversário de nascimento do presidente Polk, no dia em que se comemorava a expedição de Lewis e Clark.

E o riso que partilhavam, o riso maravilhoso...

A VOZ DO PILOTO soou pelo interfone:

— Pousaremos em Zurique dentro de dez minutos, comandante.

Os pensamentos de Robert Bellamy voltaram ao presente, à sua missão. Em 15 anos no Serviço Secreto naval, ele estivera envolvido em dezenas de operações desafiadoras, mas aquela prometia ser a mais bizarra de todas. Viajava para a Suíça com a incumbência de descobrir os passageiros de um ônibus lotado, testemunhas anônimas que haviam desaparecido em pleno ar. *É como procurar uma agulha num palheiro. E nem mesmo sei onde fica o palheiro. Onde se encontra Sherlock Holmes quando preciso dele?*

— PODE PRENDER o cinto de segurança, por favor?

O C20A voava sobre florestas escuras, e um momento depois deslizou sobre a pista delimitada pelas luzes de pouso do aeroporto internacional de Zurique. O avião taxiou para o lado leste do aeroporto, encaminhou-se para o pequeno prédio da General Aviation, longe do terminal principal. Ainda havia poças na pista de uma tempestade anterior, mas agora o céu noturno estava claro.

— Um tempo maluco — comentou o piloto. — Fez sol aqui no domingo, choveu durante todo o dia de hoje, e agora o céu limpou. Não se precisa de um relógio aqui, mas apenas de um barômetro. Quer que eu lhe providencie um carro, comandante?

— Não, obrigado.

Daquele momento em diante, ele estava sozinho, só devia contar consigo mesmo. Robert ficou observando até que o avião taxiou para longe, depois embarcou num micro-ônibus para o hotel do aeroporto, onde caiu num sono sem sonhos.

Capítulo 7

DIA 2, 8 HORAS

Na manhã seguinte, Robert aproximou-se do recepcionista por trás do balcão da Europcar.

— *Guten Tag.*

Era um lembrete de que ele se encontrava na parte da Suíça que falava alemão.

— *Guten Tag.* Tem um carro disponível?

— Temos, sim, senhor. Por quanto tempo vai precisar?

Boa pergunta. Uma hora? Um mês? Talvez um ou dois anos?

— Não tenho certeza.

— Pretende devolver o carro neste aeroporto?

— Possivelmente.

O recepcionista lançou-lhe um olhar estranho.

— Muito bem. Pode preencher estes formulários, por favor?

Robert pagou o aluguel do carro com o cartão de crédito preto especial que o general Hilliard lhe dera. O recepcionista examinou-o, perplexo, depois murmurou:

— Com licença.

Ele desapareceu numa sala por trás do balcão. Ao voltar, Robert perguntou:

— Algum problema?

— Não, senhor. Absolutamente nenhum.

O carro era um Opel Omega cinza. Robert pegou a estrada do aeroporto e seguiu para o centro de Zurique. Gostava da Suíça. Era um dos países mais bonitos do mundo. Esquiara ali anos antes. Em épocas mais recentes, efetuara missões no país, como oficial de ligação com a Abteilung Espionagem, o serviço de segurança suíço. Durante a Segunda Guerra Mundial, a agência fora organizada em três departamentos, D, P e I, cobrindo respectivamente a Alemanha, França e Itália. Agora, seu propósito principal relacionava-se com a descoberta de operações conduzidas dentro dos vários organismos da ONU instalados em Genebra. Robert tinha vários amigos na Abteilung, mas lembrou-se das palavras do general Hilliard: "Não deve entrar em contato com nenhum deles."

A viagem para a cidade demorou 25 minutos. Robert pegou a saída para o centro chamada Dübendorf, e seguiu para o Dolder Grand hotel. Era exatamente como o recordava: um enorme *château* suíço de madeira, imponente, cercado por jardins, com uma vista para o lago Zurique. Ele estacionou o carro e entrou no saguão. A recepção ficava à esquerda.

— *Guten Tag.*

— *Guten Tag. Haben Sie ein Zimmer für eine Nacht?*

— *Ja. Wie möchten Sie bezahlen?*

— *Mit Kredilkarte.*

Usou o cartão de crédito entregue pelo general Hilliard. Robert pediu um mapa da Suíça e foi conduzido a um quarto confortável, na ala nova do hotel. Tinha uma pequena varanda, que dava para o lago. Robert saiu para a varanda, respirando o ar frio do outono, pensando na missão que tinha pela frente.

Não tinha coisa alguma em que se basear. Absolutamente nada. Todos os fatores da equação daquela missão eram completamente desconhecidos. O número de passageiros. Seus nomes e paradeiros. *"Todas as testemunhas estão na Suíça?" "Esse é o nosso problema. Não temos a menor ideia de onde estão, ou quem são."* A única informação de que ele dispunha era o lugar e a data: Uetendorf, domingo, 14 de outubro.

Precisava de um suporte, algo em que pudesse se apoiar.

Se bem lembrava, os ônibus turísticos partiam apenas de duas grandes cidades: Zurique e Genebra. Robert abriu uma gaveta na mesa e retirou o volumoso *Telefonbuch*. *Eu deveria procurar em M, de milagre,* pensou ele. Havia mais de meia dúzia de companhias de excursões turísticas relacionadas: Sunshine Tours, Swisstour, Tour Service, Touralpino, Tourisma Reisen... Teria de verificar todas. Ele anotou os endereços das empresas, seguiu de carro para o escritório da mais próxima.

Havia dois funcionários por trás do balcão, atendendo aos turistas. Assim que um deles ficou livre, Robert disse:

— Com licença. Minha esposa participou de uma de suas excursões no domingo passado e esqueceu a bolsa no ônibus. Acho que ficou animada por ter visto o balão meteorológico que caiu perto de Uetendorf.

O funcionário franziu o rosto.

— *Est tut mir vielleid.* Deve estar enganado. Nossas excursões nem chegam perto de Uetendorf.

— Desculpe.

Primeiro ponto.

A escala seguinte prometia ser mais proveitosa.

— Suas excursões passam por Uetendorf?

— Claro. — O homem sorriu. — Nossas excursões vão a todos os cantos da Suíça. São as mais espetaculares. Temos uma excursão para Zermalt, muito especial. Há também a Excursão das Geleiras. A Grande Excursão Circular parte dentro de 15 minutos...

— Teve uma excursão no domingo que parou para observar aquele balão meteorológico que caiu? Sei que minha esposa se atrasou na volta ao hotel e...

O funcionário por trás do balcão protestou, indignado:

— Temos o maior orgulho do fato de que nossas excursões *nunca* atrasam. Não fazemos paradas imprevistas.

— Quer dizer que um de seus ônibus não parou para observar aquele balão meteorológico?

— Claro que não!

— Obrigado.

Segundo ponto.

O TERCEIRO ESCRITÓRIO visitado por Robert ficava na Bahnhofplatz, a placa na porta indicava Sunshine Tours. Robert aproximou-se do balcão.

— Boa-tarde. Eu queria perguntar sobre um de seus ônibus de excursão. Soube que um balão meteorológico caiu perto de Uetendorf, e seu motorista parou durante meia hora, a fim de que os passageiros pudessem dar uma olhada.

— Não, não! Ele só parou por 15 minutos. Temos regras rigorosas.

Bingo!

— Posso lhe perguntar qual é o seu interesse nisso?

Robert tirou do bolso um dos documentos de identificação que recebera.

— Sou repórter e estou preparando uma reportagem para a revista *Travel and Leisure* sobre a eficiência dos ônibus na Suíça, em comparação com outros países. Será que eu poderia entrevistar o motorista?

— Seria de fato uma matéria muito interessante. Nós, suíços, nos orgulhamos de nossa eficiência.

— E esse orgulho é bem merecido — garantiu Robert.

— O nome de nossa empresa seria mencionado?

— Com destaque.

O recepcionista sorriu.

— Então não vejo mal algum.

— Eu poderia falar com ele agora?

— Hoje é seu dia de folga.

Ele escreveu um nome num pedaço de papel. Robert Bellamy leu-o de cabeça para baixo. *Hans Beckerman.* O recepcionista acrescentou um endereço.

— Ele mora em Kappel. É uma pequena aldeia a cerca de 40 quilômetros de Zurique. Deve encontrá-lo em casa agora.

Robert Bellamy pegou o papel.

— Muito obrigado. Por falar nisso, só para termos todos os fatos da história, tem um registro de quantas passagens vendeu para essa excursão em particular?

— Claro. Mantemos registros de todas as nossas excursões. Espere um instante. — Ele pegou um livro embaixo do balcão e virou algumas páginas. — Ah, aqui está, domingo, Hans Beckerman. Havia sete passageiros. Ele guiou o Iveco naquele dia, o ônibus pequeno.

Sete passageiros desconhecidos e o motorista. Robert resolveu disparar um tiro no escuro.

— Por acaso tem os nomes desses passageiros?

— Senhor, as pessoas vêm da rua, compram a passagem, entram na excursão. Não pedimos uma identificação.

Maravilhoso.

— Obrigado, mais uma vez.

Robert encaminhou-se para a porta. O recepcionista acrescentou:

— Espero que nos mande uma cópia da reportagem.

— Claro.

A PRIMEIRA PEÇA do quebra-cabeça era o ônibus da excursão. Robert foi à Talstrasse, de onde os ônibus partiam, como se pensasse que poderia encontrar ali alguma pista oculta. O ônibus Iveco era marrom e prateado, bastante pequeno para percorrer as íngremes estradas alpinas, com assentos para 14 passageiros. *Quem são os sete, e como desapareceram?* Robert voltou a seu carro. Estudou o mapa, fez as marcações. Saiu da cidade pela Lavesneralle, entrou na Albis, no começo dos Alpes, a caminho da aldeia de Kappel. Seguiu para o sul, passando pelas colinas baixas que cercavam Zurique, começou a subir para a magnífica cordilheira que eram os Alpes. Passou por Adliswil, Langnau e Hausen, por povoados anônimos, com chalés e paisagens de cartão-postal. Chegou a Kappel quase uma hora depois. A pequena aldeia consistia em um restaurante, uma igreja, uma agência dos correios, e uma dezena ou pouco mais de casas, espalhadas pelas colinas. Robert estacionou o carro e entrou no restaurante. Uma garçonete limpava uma mesa, perto da porta.

— *Entschuldigen Sie bitte, Fraulein. Welche Richtung ist das Haus von Herr Beckerman?*

— *Ja.* — Ela apontou pela estrada. — *An der Kirche rechts.*

— *Danke.*

Robert virou à direita ao chegar à igreja, seguiu até uma modesta casa de pedra, com dois andares, e telhado de cerâmica. Saiu do carro e foi até a porta. Não viu nenhuma campainha e bateu. Uma mulher corpulenta, com a insinuação de um bigode, abriu a porta.

— *Ja?*

— Desculpe incomodá-la. O Sr. Beckerman está?

Ela fitou-o com uma expressão desconfiada.

— O que quer com ele?

Robert ofereceu-lhe um sorriso cativante.

— Deve ser a Sra. Beckerman. — Ele tirou do bolso a carteira de identificação de repórter. — Estou fazendo uma reportagem para uma revista sobre os motoristas de ônibus suíços. Seu marido foi recomendado à minha revista como um dos que possuem os melhores registros de segurança no país.

A mulher se animou no mesmo instante e declarou, orgulhosa:

— Meu Hans é um excelente motorista.

— É o que todos me disseram, Sra. Beckerman. Eu gostaria de entrevistá-lo.

— Uma entrevista com meu Hans para uma revista? — Ela estava atordoada. — Mas isso é emocionante! Entre, por favor!

Ela levou Robert a uma sala de estar pequena, mas impecável.

— Espere aqui, *bitte*. Vou chamar Hans.

A casa tinha um teto baixo, as vigas à mostra, chão de madeira escura, móveis simples de madeira. Havia uma pequena lareira de pedra, cortinas de renda nas janelas.

Robert ficou parado ali, pensando. Aquela era não apenas a sua melhor pista, mas também a única. *"As pessoas vêm da rua, compram a passagem, entram na excursão. Não pedimos identificação..." Não há lugar para ir daqui,* pensou Robert, sombriamente. *Se isso não der certo, sempre posso publicar um anúncio: Os sete passageiros do ônibus de excursão que viram um balão meteorológico cair no domingo devem se reunir em meu quarto de hotel, ao meio-dia de amanhã. Será servido um lanche.*

Um homem magro e calvo apareceu. A pele era pálida, e ostentava um enorme bigode preto que destoava enormemente do restante de sua aparência.

— Boa-tarde, *Herr*...

— Smith. Boa tarde. — A voz de Robert era animada. — Não imagina como eu estava ansioso em conhecê-lo, Sr. Beckerman.

— Minha esposa me disse que está escrevendo uma matéria sobre os motoristas.

Ele falava com um carregado sotaque alemão. Robert sorriu, insinuante.

— Isso mesmo. Minha revista está interessada em sua maravilhosa folha corrida...

— *Scheissdreck!* — interrompeu Beckerman, bruscamente. — Está interessado mesmo é na coisa que caiu na tarde de ontem, não é?

Robert conseguiu parecer desconcertado.

— Para ser franco, estou muito interessado em conversar sobre isso também.

— Então, por que não disse logo? Sente-se.

— Obrigado.

Robert sentou no sofá. Beckerman disse:

— Lamento não poder lhe oferecer um drinque, mas não temos mais *schnapps* em casa. — Ele bateu com a mão na barriga. — Úlcera. Os médicos não podem nem sequer me dar remédios para aliviar a dor. Sou alérgico a todos.

Ele sentou-se na frente de Robert, acrescentando:

— Mas não veio até aqui para falar sobre a minha saúde, não é? O que deseja saber?

— Quero falar sobre os passageiros que estavam em seu ônibus no domingo, quando parou perto de Uetendorf, no local da queda do balão meteorológico.

Hans Beckerman fitou-o espantado.

— Balão meteorológico? Que balão meteorológico? Mas do que está falando?

— O balão que...

— Está se referindo à espaçonave.

Foi a vez de Robert ficar espantado.

— *Espaçonave?*

— Sim, o disco voador.

Robert levou um momento para absorver as palavras. Sentiu um calafrio.

— Está me dizendo que viu um disco voador?

— Sim. Com corpos lá dentro.

"*Ontem, um balão meteorológico da OTAN caiu nos Alpes suíços. Havia alguns artefatos militares experimentais no balão que são altamente secretos.*"

Robert tentou parecer calmo.

— Sr. Beckerman, tem certeza de que o que viu era mesmo um disco voador?

— Claro. O que chamam de OVNI.

— E havia pessoas mortas lá dentro?

— Pessoas, não. *Criaturas*. É difícil descrevê-las. — Ele estremeceu ligeiramente. — Eram muito pequenas, com olhos enormes e esquisitos. Vestiam trajes de uma cor prateada metálica. Foi bastante assustador.

A mente de Robert era um turbilhão.

— Seus passageiros também viram isso?

— Oh, *ja*. Todos viram. Fiquei parado ali durante cerca de 15 minutos. Eles queriam que eu ficasse por mais tempo, mas a companhia é muito rigorosa com os horários.

Robert sabia que a pergunta era inútil, antes mesmo de formulá-la:

— Sr. Beckerman, por acaso sabe os nomes de seus passageiros?

— Senhor, apenas dirijo um ônibus. Os passageiros compram uma passagem em Zurique, e iniciamos uma excursão para sudoeste, até Interlaken, e depois para noroeste, até Berna. Eles podem desembarcar em Berna, ou voltar a Zurique. Ninguém me dá seu nome.

Robert insistiu, desesperado:

— Não há a menor possibilidade de poder identificar nenhum deles?

O motorista do ônibus pensou por um momento.

— Bom, posso lhe dizer que não havia crianças naquela excursão. Apenas homens.

— Só homens?

Beckerman pensou mais um pouco.

— Não. Isso não é o certo. Havia uma mulher também.

Sensacional. Isso reduz bastante as possibilidades, pensou Robert. *Próxima pergunta: Por que aceitei essa missão?*

— O que está dizendo, Sr. Beckerman, é que um grupo de turistas embarcou em seu ônibus, em Zurique, e depois, quando a excursão terminou, simplesmente se dispersou?

— Isso mesmo, Sr. Smith.

Então não havia sequer um palheiro.

— Lembra de *qualquer coisa* sobre os passageiros? Algo que disseram ou fizeram?

Beckerman sacudiu a cabeça.

— Senhor, ficamos tão acostumados que nem prestamos mais qualquer atenção aos passageiros. A menos que eles causem algum problema. Como aquele alemão.

Robert ficou imóvel e perguntou baixinho:

— Que alemão?

— *Affenarsch!* Todos os outros passageiros ficaram agitados ao verem o OVNI e aquelas criaturas mortas no interior, mas o velho se queixou que tínhamos de nos apressar para chegar a Berna, porque precisava preparar uma palestra que faria na universidade pela manhã.

Um começo.

— Lembra mais alguma coisa a respeito dele?

— Não.

— Absolutamente nada?

— Ele usava um sobretudo preto.

Ótimo.

— Sr. Beckerman, quero lhe pedir um favor. Importa-se de ir comigo até Uetendorf?

— É meu dia de folga. Estou ocupado...

— Terei o maior prazer em lhe pagar pelo serviço.

— Quanto?

— Duzentos marcos.

— Eu não...

— Aumentarei para 400 marcos.

Beckerman pensou por um momento.

— Por que não? É um belo dia para um passeio, *nicht?*

Seguiram para o sul, passando por Luzern e as pitorescas aldeias de Immensee e Meggen. A paisagem era de uma beleza deslumbrante, mas Robert tinha outras coisas na cabeça.

Passaram por Engelberg, com seu antigo mosteiro beneditino, e Brünig, o passo que levava a Interlaken. Passaram por Leissigen e Faulensee, com seu adorável lago azul, pontilhado por barcos de velas brancas.

— Ainda está muito longe? — perguntou Robert.

— Já estamos chegando — assegurou Hans Beckerman.

Viajavam há quase uma hora quando chegaram a Spiez. Hans Beckerman informou:

— Não está longe agora. Fica logo depois de Thun.

Robert sentiu o coração começar a bater mais depressa. Estava prestes a testemunhar algo muito além da imaginação, visitantes alienígenas das estrelas. Passaram pela pequena aldeia de Thun, e poucos minutos depois, ao se aproximarem de um agrupamento de árvores, no outro lado da estrada, Hans Beckerman apontou e disse:

— Ali!

Robert experimentava um crescente excitamento.

— Certo. Vamos dar uma olhada.

Um caminhão se aproximava em grande velocidade. Depois que passou, Robert e Hans Beckerman atravessaram a estrada. Robert seguiu o motorista de ônibus por um pequeno aclive para o meio das árvores.

A estrada se encontrava agora completamente fora de vista. Ao entrarem numa clareira, Beckerman anunciou:

— É bem ali.

No chão, à frente deles, havia os restos dilacerados de um balão meteorológico.

Capítulo 8

*E*STOU FICANDO VELHO *demais para essas coisas*, pensou Robert, cansado. *Já começava realmente a acreditar no conto de fadas do disco voador.*

Hans Beckerman olhava aturdido para o objeto no chão, com uma expressão confusa.

— *Verfalschen!* Não foi isso o que vimos!

Robert suspirou.

— Não foi?

Beckerman sacudiu a cabeça.

— Estava aqui ontem.

— Seus homenzinhos verdes provavelmente saíram voando nele.

Beckerman era teimoso.

— Não, não. Ambos estavam *tot...* mortos.

Tot... mortos. É um bom sumário para minha missão. Minha única pista é um velho maluco que vê espaçonaves.

Robert aproximou-se do balão para examiná-lo mais atentamente. Era um envelope de alumínio enorme, com cerca de 4 metros de diâmetro, as beiras serradas, que rasgaram ao bater no solo. Todos os instrumentos haviam sido removidos, como o general Hilliard lhe dissera. *"Não tenho palavras suficientes para ressaltar a importância do que havia no balão."*

Robert circulou o balão murcho, os sapatos guinchando na relva molhada, procurando por qualquer coisa que pudesse constituir uma pista, por menor que fosse. Nada. Era idêntico a dezenas de outros balões meteorológicos que ele já vira ao longo dos anos. O velho ainda não desistira, com uma típica obstinação germânica.

— Essas coisas alienígenas... Fizeram com que parecesse assim. Podem fazer isso, já deve saber.

Não há mais nada a se fazer aqui, concluiu Robert. Suas meias haviam ficado encharcadas, da passagem pela relva molhada. Ele começou a se afastar, depois hesitou, um pensamento lhe ocorrendo. Voltou ao balão.

— Levante um canto disso, está bem?

Beckerman fitou-o, surpreso.

— Deseja que eu levante?

— *Bitte.*

Beckerman deu de ombros. Pegou um canto do material muito leve e levantou, enquanto Robert suspendia outro canto. Robert ergueu o pedaço de alumínio por cima da cabeça, avançou por baixo, na direção do centro do balão. Os pés afundavam na relva.

— Está molhado aqui embaixo! — gritou ele.

— Claro. — O *Dummkopf* ficou por dizer. — Choveu durante todo o dia de ontem. O solo inteiro ficou molhado.

Robert saiu de debaixo do balão.

— Deveria estar seco.

"Um tempo maluco", comentara o piloto. *"Fez sol aqui no domingo."* O dia em que o balão caíra. *"Choveu durante todo o dia de hoje, e agora o céu limpou. Não se precisa de um relógio aqui, mas apenas de um barômetro."*

— E daí?

— Como estava o tempo quando vocês viram o OVNI?

Beckerman pensou por um momento.

— Era uma tarde de sol.

— De sol?

— *Ja*. De sol.

— Mas choveu durante todo o dia de ontem?

Beckerman estava perplexo.

— E daí?

— Se o balão estivesse aqui durante toda a noite, o solo por baixo ficaria seco... ou úmido, no máximo. Mas se encontra encharcado, como o restante desta área.

Beckerman fitava-o fixamente.

— Não entendo. O que isso significa?

— Pode significar que alguém pôs este balão aqui ontem, depois que a chuva começou, e levou o que você viu.

Ou haveria alguma outra explicação mais racional, em que ele não pensara?

— Quem poderia fazer uma coisa tão absurda?

Não é tão absurda assim, pensou Robert. O governo suíço pode ter feito isso, para enganar visitantes curiosos. O primeiro estratagema de uma operação para encobrir algo é a desinformação. Robert circulou pela relva molhada, examinando o terreno, censurando a si mesmo por ser um idiota tão crédulo. Hans Beckerman observava-o com crescente desconfiança.

— Qual é mesmo a revista para a qual trabalha?

— *Travel and Leisure*.

Hans Beckerman se animou.

— Ah, então creio que vai querer uma fotografia minha, como o outro cara.

Robert sentiu um calafrio.

— Que outro cara?

— O fotógrafo que tirou fotos de todos nós junto aos destroços. Ele disse que nos mandaria cópias. E alguns passageiros também estavam com câmeras.

— Espere um instante — disse Robert, lentamente. — Está querendo dizer que alguém tirou uma fotografia dos passageiros bem aqui, na frente do OVNI?
— Exatamente.
— E ele prometeu mandar uma cópia para cada um?
— Isso mesmo.
— Então ele deve ter anotado os nomes e endereços.
— Claro. De outra maneira, como poderia saber para onde mandar as fotos?

Robert estava imóvel, dominado por um sentimento de euforia. *Um golpe de sorte, Robert, seu filho da puta afortunado!*

UMA MISSÃO IMPOSSÍVEL tornava-se de repente muito fácil. Ele não mais procurava por sete passageiros desconhecidos. Só precisava descobrir o fotógrafo.

— Por que não o mencionou antes, Sr. Beckerman?
— Perguntou sobre os passageiros.
— E ele não era um passageiro?

Hans Beckerman sacudiu a cabeça.

— *Nein.* — Ele apontou. — Seu carro estava enguiçado no outro lado da estrada. Um caminhão-reboque começava a suspendê-lo. Houve o estrondo, ele atravessou correndo a estrada para ver o que estava acontecendo. Ao descobrir o que era, o cara voltou correndo para seu carro, a fim de buscar suas câmeras. E depois pediu a todos nós para posarmos na frente do disco voador.

— Esse fotógrafo disse o nome?
— Não.
— Lembra alguma coisa sobre ele?

Hans Beckerman concentrou-se.

— Ele era estrangeiro. Americano ou inglês.
— Disse que um caminhão-reboque se preparava para levar o carro dele?

— Isso mesmo.

— Lembra em que direção o caminhão seguiu?

— Foi para o norte. Calculei que rebocaria o carro até Berna. Thun fica mais perto, mas todas as suas oficinas fecham aos domingos.

Robert sorriu.

— Obrigado. Ajudou-me muito.

— Não vai se esquecer de me mandar a reportagem quando sair?

— Claro que não. Aqui está seu dinheiro, e mais cem marcos por ter sido tão útil. E agora vou levá-lo de volta para casa.

Encaminharam-se para o carro. Beckerman abriu a porta, parou, virou-se para Robert.

— Foi muito generoso.

Ele tirou do bolso um pequeno pedaço de metal, retangular, do tamanho de um isqueiro, contendo um pequeno cristal branco.

— O que é isto?

— Encontrei no chão, no domingo, antes de voltarmos ao ônibus.

Robert examinou o estranho objeto. Era tão leve quanto papel, da cor de areia. Uma beirada áspera num lado indicava que podia ter sido parte de outra peça. *Parte do equipamento que estava num balão meteorológico. Ou parte de um OVNI?*

— Talvez lhe dê sorte — acrescentou Beckerman, enquanto guardava na carteira as notas que Robert lhe entregara. — Sem dúvida trouxe para mim.

Ele sorriu satisfeito e entrou no carro.

Estava na hora de fazer a si mesmo a pergunta objetiva: *Acredito realmente em OVNIs?* Já lera muitas histórias delirantes nos jornais sobre pessoas que alegavam ter entrado em espaçonaves, passando pelas experiências mais esquisitas, e sempre atribuíra tais relatos a gente que queria publicidade, ou devia ser entregue aos cuidados de um bom psiquiatra. Nos últimos anos, porém, houvera relatos que não podiam ser descartados com tanta facilidade. Relatos de OVNIs avistados por astronautas, pilotos da força aérea e policiais, pessoas com credibilidade, que detestavam a publicidade. Além disso, houvera o relato perturbador do acidente com um OVNI em Roswell, Novo México, quando se teria encontrado corpos de alienígenas. O governo, ao que se dizia, abafara o caso, removendo todas as provas. Durante a Segunda Guerra Mundial, pilotos haviam informado terem avistado estranhos objetos, a que chamavam de caças Foo, objetos não identificados que passavam zunindo, para desaparecerem em seguida. Havia histórias de cidades visitadas por objetos inexplicáveis, que haviam chegado a toda velocidade pelo céu. *E se houver de fato alienígenas em OVNIs, procedentes de outra galáxia?*, especulou Robert. *Como isso afetaria nosso mundo? Traria a paz? A guerra? O fim da civilização como a conhecemos?* Ele se descobriu quase a torcer para que Hans Beckerman fosse um lunático desvairado, e para que a coisa que caíra ali fosse mesmo um balão meteorológico. Teria de encontrar outra testemunha, para confirmar a história de Becker ou refutá-la. À primeira vista, a história parecia inacreditável; mas havia algo que o incomodava. *Se fosse apenas um balão meteorológico que caiu aqui, mesmo que contivesse equipamentos especiais, por que fui convocado a uma reunião na Agência de Segurança Nacional às 6 horas da manhã e informado de que era urgente que todas as testemunhas fossem encontradas, o mais depressa possível? Seria uma cobertura? E se fosse... por quê?*

Capítulo 9

MAIS TARDE, NAQUELE mesmo dia, houve um encontro com a imprensa em Genebra, nas austeras dependências do ministério do interior suíço. Havia mais de cinquenta repórteres na sala, e muitos outros que transbordavam para o corredor. Havia representantes da televisão, rádio e imprensa de mais de uma dúzia de países, muitos munidos de microfones e câmeras. Todos pareciam falar ao mesmo tempo.

— Recebemos informações de que não foi um balão meteorológico...

— É verdade que foi um disco voador?

— Há rumores de que foram encontrados corpos de alienígenas na nave...

— Algum dos alienígenas estava vivo?

— O governo está tentando esconder a verdade do povo?

O secretário de imprensa alteou a voz para recuperar o controle.

— Senhoras e senhores, houve um simples mal-entendido. Estamos sempre recebendo avisos. As pessoas veem satélites, estrelas cadentes... Não é sintomático que todos os relatos sobre OVNIs sejam feitos de forma anônima? Talvez essa pessoa acreditasse sinceramente que era um OVNI, mas na verdade foi mesmo um balão meteorológico que caiu. Já providenciamos o transporte de todos até o local. Se quiserem me acompanhar, por favor...

Quinze minutos depois, dois ônibus cheios de repórteres e câmeras de televisão estavam a caminho de Uetendorf, a fim de observar o que restava da queda de um balão meteorológico. Quando chegaram, pararam na relva molhada, contemplando o envelope metálico todo arrebentado. O secretário de imprensa disse:

— Este é o misterioso disco voador. Foi lançado ao céu de nossa base aérea em Vevey. Ao nosso conhecimento, senhoras e senhores, não existem objetos voadores não identificados que nosso governo não possa explicar de modo satisfatório. Também de nosso conhecimento, não existem extraterrestres visitando o nosso planeta. A política inabalável de nosso governo é comunicar imediatamente ao público se encontrarmos alguma prova em contrário. Se não há mais perguntas...

Capítulo 10

O HANGAR 17, NA BASE da Força Aérea em Langley, Virgínia, estava envolto pela mais rígida e absoluta segurança. No lado de fora, quatro fuzileiros armados guardavam o perímetro do prédio; lá dentro, oficiais superiores do Exército mantinham turnos de vigia alternados, de oito horas para cada um, vigiando uma sala lacrada, no interior do hangar. Nenhum dos oficiais sabia o que estava guardando. Além dos cientistas e médicos que trabalhavam ali, apenas três visitantes tiveram permissão para entrar na câmara.

O quarto visitante acabara de chegar. Foi recebido pelo general Paxton, o oficial no comando da segurança.

— Seja bem-vindo ao nosso zoológico.
— Há muito tempo que aguardava por essa oportunidade.
— Não ficará desapontado. Por aqui, por favor.

Do lado de fora da câmara lacrada havia uma prateleira com quatro trajes brancos, esterilizados, que cobriam inteiramente o corpo.

— Pode vestir um desses trajes, por favor? — pediu o general.
— Pois não.

Janus vestiu o traje por cima do terno. Apenas o rosto era visível, através da máscara de vidro. Ele calçou as chinelas brancas enormes por cima dos sapatos, e o general conduziu-o até a entrada da câmara secreta. O fuzileiro de guarda deu um passo para o lado, e o general abriu a porta.

— Pode entrar.

Janus entrou na câmara e olhou ao redor. No centro da sala estava a espaçonave. Sobre as mesas brancas de necrópsia, no outro, estavam os corpos dos dois alienígenas. Um patologista efetuava uma necrópsia num deles.

O general Paxton orientou a atenção do visitante para a espaçonave.

— Temos aqui o que acreditamos ser uma nave de reconhecimento — explicou o general Paxton. — Temos certeza de que possui alguma forma de comunicação com a nave-mãe.

Os dois homens se adiantaram para examinar a espaçonave. Tinha cerca de 10 metros de diâmetro. O interior tinha o formato de uma pérola, com um teto expansível, e continha três divãs, que pareciam poltronas reclináveis. As paredes eram cobertas por painéis, com discos de metal que vibravam.

— Há muita coisa aqui que ainda não conseguimos entender — admitiu o general Paxton. — Mas o que já descobrimos é espantoso. — Ele apontou para um conjunto de equipamentos, em pequenos painéis. — Há um sistema óptico integrado de campo de visão amplo, o que parece ser um sistema de exame de funções vitais, um sistema de comunicação com capacidade de sintetizar a voz, e um sistema de navegação que, para ser franco, está nos deixando perplexos. Achamos que funciona na base de alguma pulsação eletromagnética.

— Alguma arma a bordo? — perguntou Janus.

O general Paxton abriu os braços, num gesto de derrota.

— Não temos certeza. Há muitas coisas que ainda nem começamos a entender.

— Qual é a fonte de energia?

— Nosso melhor palpite é de que usa hidrogênio monoatômico num circuito fechado, a fim de que o seu refugo, água, possa ser continuamente reciclado em hidrogênio para energia. Com toda essa energia perpétua, pode percorrer o espaço interplanetário. Talvez se passem anos antes que decifremos todos os segredos aqui. E há mais uma coisa que é desconcertante. Os corpos dos dois alienígenas estavam presos nos divãs. Mas as depressões no terceiro divã indicam que também se achava ocupado.

— Está querendo dizer que um deles pode ter desaparecido?

— É o que parece.

Janus ficou imóvel por um instante, o rosto franzido.

— Vamos dar uma olhada em nossos invasores.

Os dois homens se encaminharam para as mesas em que se encontravam os alienígenas. Janus parou, contemplando as estranhas figuras. Era incrível que coisas tão diferentes da humanidade pudessem existir como seres conscientes. A testa dos alienígenas era maior do que ele esperava. As criaturas eram completamente calvas, sem pestanas nem pálpebras. Os olhos pareciam bolas de pingue-pongue. O médico que efetuava a necrópsia levantou os olhos à aproximação dos dois homens, comentando:

— É fascinante. A mão de um dos alienígenas foi cortada. Não há sinal de sangue, mas encontramos o que parecem ser veias, contendo um líquido verde. A maior parte foi drenada.

— Um líquido verde? — murmurou Janus.

— Isso mesmo. — O médico hesitou. — Acreditamos que essas criaturas são uma forma de vida vegetal.

— Um vegetal pensante? Fala sério?

— Observe isto.

O médico pegou um regador e despejou um pouco de água no braço do alienígena sem a mão. E de repente, na extremidade do braço, uma matéria verde escorreu e lentamente começou a se transformar numa mão. Os dois homens ficaram chocados.

— Santo Deus! Essas coisas estão mortas ou não?

— É uma pergunta interessante. Essas duas figuras não estão vivas, no sentido humano, mas também não se ajustam à nossa definição de morte. Eu diria que se encontram em hibernação.

Janus ainda olhava fixamente para a mão recém-formada.

— Muitas plantas demonstram várias formas de inteligência.

— Inteligência?

— Isso mesmo. Há plantas que se disfarçam, se protegem. Neste momento, estamos realizando algumas experiências espantosas com a vida vegetal.

— Eu gostaria de assistir a essas experiências — disse Janus.

— Claro. Terei o maior prazer em providenciar.

O ENORME laboratório-estufa ficava num complexo de prédios do governo, a cerca de 50 quilômetros de Washington, D.C. Na parede estava pendurada uma inscrição que dizia:

"Os bordos e samambaias ainda não foram corrompidos, mas quando adquirirem a consciência, sem a menor dúvida, também vão maldizer e blasfemar."

— Ralph Waldo Emerson
Nature, 1836

O PROFESSOR RACHMAN, que estava no comando do complexo, era um autêntico gnomo sábio, transbordando de entusiasmo por sua profissão.

— Charles Darwin foi o primeiro a perceber a capacidade de pensar das plantas. Luther Burbank seguiu-o, conseguindo se comunicar com as plantas.

— Acha mesmo que isso é possível?

— Sabemos que é. George Washington Carver comunicava-se com as plantas, que lhe deram centenas de novos produtos. Carver disse: "Quando toco numa flor, estou tocando no Infinito. As flores já existiam muito antes de haver seres humanos neste mundo e continuarão a existir por milhões de anos depois. Através da flor, falo com o Infinito..."

Janus correu os olhos pela vasta estufa em que se encontravam. Estava cheia de plantas e flores exóticas, com as cores do arco-íris. A mistura de perfumes era inebriante.

— Tudo aqui está vivo — acrescentou o professor Rachman. — Estas plantas podem sentir amor, ódio, dor, excitamento... exatamente como os animais. Sir Jagadis Chandra Bose provou que reagem a um tom de voz.

— Como se pode provar algo assim? — indagou Janus.

— Terei o maior prazer em demonstrar.

Rachman foi até uma mesa coberta por plantas. Ao lado da mesa havia um polígrafo. Ele pegou um dos eletrodos, prendeu-o numa planta. A agulha no mostrador do polígrafo estava imóvel.

— Observe agora — disse Rachman.

Ele inclinou-se para a planta e sussurrou:

— Acho você muito bonita. É mais bonita do que todas as outras plantas aqui...

Janus viu a agulha se deslocar ligeiramente. E, de repente, o professor Rachman gritou para a planta:

— Você é horrível! E vai morrer! Está me entendendo? Vai morrer!

A agulha começou a tremer, depois subiu abruptamente.

— Santo Deus! — murmurou Janus. — Não posso acreditar!

— O que está vendo aqui — explicou Rachman — é o equivalente aos gritos de um ser humano. Diversas revistas nacionais já publicaram artigos sobre essas experiências. Uma das mais interessantes foi conduzida por seis estudantes. Um deles, sem que os outros soubessem, foi escolhido para entrar numa sala em que havia duas plantas, uma das quais ligada a um polígrafo. Ele destruiu completamente a outra planta. Mais tarde, um a um, os estudantes entraram na sala. À entrada dos inocentes, o polígrafo nada registrou. Mas no momento em que o culpado apareceu, a agulha do polígrafo disparou.

— É inacreditável!

— Mas verdadeiro. Também descobrimos que as plantas reagem a tipos diferentes de música.

— Tipos *diferentes?*

— Isso mesmo. Realizaram uma experiência no Temple Buell College, em Denver, em que flores saudáveis foram colocadas em três caixas de vidro separadas. O chamado *acid rock* foi tocado em uma das caixas, uma suave música indiana de cítara na outra, e na terceira caixa não houve qualquer música. Uma equipe da CBS registrou a experiência, usando a fotografia automática a intervalos. Ao final de duas semanas, as flores expostas ao *acid rock* haviam morrido, o grupo sem música se desenvolvia normalmente, e as que tinham ouvido a música de cítara se tornaram lindas, as flores e caules se projetando para a fonte do som. Walter Cronkite mostrou a experiência em seu programa. Se quiser conferir, foi no dia 26 de outubro de 1970.

— Está querendo dizer que as plantas possuem inteligência?

— Elas respiram, comem, se reproduzem. Podem sentir dor e utilizar defesas contra seus inimigos. Por exemplo, certas plantas usam terpeno para envenenar o solo ao seu redor, e desestimular as concorrentes. Outras plantas exsudam alcaloides para torná-las intragáveis aos insetos. Provamos que as plantas se comunicam entre si por meio de feromônios.

— Já ouvi falar disso — comentou Janus.

— Algumas plantas são carnívoras. A dioneia, por exemplo. Certas orquídeas parecem e cheiram como as abelhas fêmeas, a fim de enganar os machos. Outras se assemelham às vespas fêmeas, a fim de atrair os machos a visitá-las e recolher o pólen. Outro tipo de orquídea possui um aroma como o de carne podre, a fim de atrair as moscas varejeiras das proximidades.

Janus escutava tudo atentamente.

— Há uma espécie de orquídea que tem um lábio superior móvel, o qual se fecha quando uma abelha pousa, aprisionando-a. A única saída é através de uma passagem estreita no fundo. Ao voar por ali, em busca da liberdade, a abelha fica coberta por uma camada de pólen. Há cinco mil plantas florescentes no nordeste americano, e cada espécie possui características próprias. Não pode haver a menor dúvida a respeito. Já se provou incontáveis vezes que as plantas vivas possuem inteligência.

Janus estava pensando: *E o alienígena desaparecido se encontra à solta em algum lugar.*

Capítulo 11

DIA 3, BERNA, SUÍÇA, QUARTA-FEIRA, 17 DE OUTUBRO

Berna era uma das cidades prediletas de Robert. Era uma cidade elegante, com fascinantes monumentos e lindos prédios antigos de pedra, datando do século XVIII. Era a capital da Suíça, uma de suas cidades mais prósperas, e Robert especulou se o fato dos bondes serem verdes tinha alguma relação com a cor do dinheiro. Ele descobrira que os bernenses eram mais descontraídos do que os cidadãos de *outras* partes da Suíça. Deslocavam-se com mais determinação, falavam mais devagar e eram em geral mais tranquilos. Ele trabalhara em Berna em diversas ocasiões, no passado, com o Serviço Secreto suíço, cujo quartel-general ficava na Waisenhausplatz. Tinha amigos ali que poderiam ser úteis, mas suas instruções eram claras. Desconcertantes, mas claras.

Ele precisou dar 15 telefonemas para localizar a oficina que rebocara o carro do fotógrafo. Era pequena, na Fribourgstrasse, e o mecânico, Fritz Mandel, era também o proprietário. Mandel parecia ter 40 e tantos anos, um rosto esquelético, com buracos de acne, um corpo magro, e uma enorme barriga de cerveja. Trabalhava no poço de lubrificação quando Robert entrou.

— Boa-tarde — disse Robert.

Mandel levantou os olhos.

— *Guten Tag.* Em que posso ajudá-lo?

— Estou interessado no carro que rebocou no domingo.

— Espere um minuto até eu terminar aqui.

Dez minutos depois, Mandel saiu do poço, limpou as mãos sujas de óleo numa estopa.

— Foi você quem telefonou esta manhã. Houve alguma queixa por aquele trabalho de reboque? Não sou responsável por...

— Não há nenhuma queixa — Robert apressou-se em tranquilizá-lo. — Absolutamente nenhuma. Estou realizando uma pesquisa e estou interessado no motorista do carro.

— Vamos ao escritório.

Os dois entraram no pequeno recinto, e Mandel abriu um arquivo.

— Domingo passado, não é?

— Isso mesmo.

Mandel tirou um cartão.

— *Ja.* Este foi o *Arschficker* que tirou nossa fotografia na frente daquele OVNI.

Robert sentiu as palmas das mãos subitamente suadas.

— Você viu o OVNI?

— *Ja.* E quase *brachte aus.*

— Pode descrevê-lo?

Mandel estremeceu.

— A coisa... parecia viva.

— Como assim?

— Havia... uma certa luz ao redor. E não parava de mudar de cor. Parecia azul... depois verde... não sei direito. É difícil descrever. E havia aquelas pequenas criaturas lá dentro. Não eram humanas, mas...

Ele parou de falar.

— Quantas?

— Duas.

— Estavam vivas?

— Pareciam mortas para mim. — Ele enxugou o suor da testa. — Fico contente por você acreditar em mim. Tentei contar a meus amigos, mas riram de mim. Até minha mulher pensou que eu andara bebendo. Mas sei o que vi.

— Sobre o carro que rebocou...

— *Ja*. O Renault. Tinha um vazamento de óleo, e os mancais queimaram. O reboque custou 125 francos. Cobro o dobro aos domingos.

— O motorista pagou em cheque ou cartão de crédito?

— Não aceito cheques, nem cartões de crédito. Ele pagou em dinheiro.

— Francos suíços?

— Libras.

— Tem certeza?

— Absoluta. Lembro que tive de consultar a tabela de câmbio.

— Sr. Mandel, por acaso tem um registro da placa do carro?

— Claro. — Mandel olhou para o cartão. — Era um carro alugado. Da Avis. Ele alugou em Genebra.

— Importa-se de me dar o número da placa?

— Por que não? — Ele anotou o número num pedaço de papel e o entregou a Robert. — Mas, afinal, o que está acontecendo? É aquele negócio do OVNI?

— Não — respondeu Robert, em sua voz mais sincera. Ele tirou a carteira do bolso, pegou um cartão de identificação. — Sou do IAC, o International Auto Club. Minha companhia está realizando uma pesquisa sobre caminhões de reboque.

— Ah...

Robert saiu da oficina, pensando, atordoado: *Tudo indica que temos uma porra de um OVNI, com dois alienígenas mortos em nossas mãos.* Então por que o general Hilliard lhe mentira, quando sabia que Robert acabaria descobrindo que fora um disco voador que caíra?

Só podia haver uma explicação, e Robert sentiu um súbito calafrio.

Capítulo 12

A ENORME NAVE-MÃE flutuava sem fazer qualquer barulho pelo espaço escuro, aparentemente imóvel, deslocando-se a uma velocidade de 35 mil quilômetros horários, em sincronia exata com a órbita da Terra. Os seis alienígenas a bordo estudavam a tela óptica do campo de visão tridimensional, que cobria toda uma parede da espaçonave. No monitor, enquanto o planeta Terra girava, eles observavam as projeções holográficas do que se estendia lá embaixo, ao mesmo tempo em que um espectrógrafo eletrônico analisava os componentes das imagens que apareciam. A atmosfera das massas terrestres que sobrevoavam estavam bastante poluídas. Imensas fábricas sujavam o ar com gases densos, negros e venenosos, enquanto os refugos não biodegradáveis eram despejados em aterros e nos mares.

Os alienígenas contemplaram os oceanos, outrora puros e azuis, agora pretos de óleo e marrons de sujeira. O coral da Grande Barreira se tornava esbranquiçado, os peixes morriam aos bilhões. Onde as árvores haviam sido derrubadas, na floresta tropical amazônica, havia uma cratera, vasta e árida. Os instrumentos na espaçonave indicavam que a temperatura da Terra se elevara desde sua última exploração ali, três anos antes. Podiam observar guerras sendo travadas no planeta lá embaixo, lançando novos venenos na atmosfera.

Os alienígenas comunicavam-se por telepatia.
Nada mudou entre os terráqueos.
Eles não aprenderam nada.
Teremos de ensiná-los.
Já tentou entrar em contato com os outros?
Já, sim. Alguma coisa está errada. Não há resposta.
Deve continuar a tentar. Temos de encontrar a nave.

Na Terra, milhares de metros abaixo da órbita da espaçonave, Robert deu um telefonema seguro para o general Hilliard. Ele atendeu quase que no mesmo instante.

— Boa-tarde, comandante. Tem alguma coisa a comunicar?

Tenho, sim. Eu gostaria de comunicar que você é um filho da puta mentiroso.

— Sobre aquele balão meteorológico, general... parece que se transformou num OVNI.

Robert esperou.

— Sei disso. Havia importantes razões de segurança para que eu não lhe contasse tudo antes.

Conversa de burocrata. Houve um silêncio breve, rompido pelo general Hilliard:

— Vou lhe revelar algo absolutamente confidencial, comandante. Nosso governo teve um encontro com os extraterrestres há três anos. Eles pousaram em uma de nossas bases aéreas da OTAN. E conseguimos nos comunicar.

Robert sentiu que seu coração disparava.

— E o que eles disseram?

— Que tencionavam nos destruir.

O choque foi terrível.

— *Nos destruir?*

— Exatamente. Disseram que voltariam para dominar o planeta e nos converter em escravos, e que não havia nada que pudéssemos fazer para impedi-los. Ainda não. Mas estamos desenvolvendo meios para detê-los. Por isso é indispensável que evitemos um pânico público, a fim de ganharmos tempo. Creio que pode compreender agora por que é tão importante que as testemunhas sejam advertidas a não discutir o que viram. Se vazar a notícia sobre os Identes, como nos referimos a eles, seria um desastre mundial.

— Não acha que seria melhor preparar as pessoas e...

— Comandante, em 1938, um jovem ator chamado Orson Welles irradiou uma peça radiofônica intitulada "Guerra dos Mundos", sobre alienígenas invadindo a Terra. Em poucos minutos, houve pânico em cidades por todos os Estados Unidos. Uma população histérica tentou fugir de invasores imaginários. As linhas telefônicas ficaram congestionadas, as estradas obstruídas. Pessoas foram mortas. Houve um caos total. Não, precisamos nos preparar para os alienígenas, antes de divulgarmos a notícia para o público. Queremos que você descubra essas testemunhas, para proteção delas, a fim de podermos manter a situação sob controle.

Robert descobriu que estava suando.

— Eu... eu compreendo.

— Ótimo. Pelo que estou percebendo, já conversou com uma das testemunhas, não é?

— Encontrei duas.

— Seus nomes?

— Hans Beckerman... era o motorista do ônibus da excursão. Mora em Kappel...

— E a segunda testemunha?

— Fritz Mandel. Possui uma oficina em Berna. Foi o mecânico que rebocou o carro de uma terceira testemunha.

— O nome dessa terceira testemunha?

— Ainda não sei. Estou trabalhando nisso agora. Gostaria que eu conversasse com as testemunhas para não falarem com ninguém sobre essa história do OVNI?

— Negativo. Sua missão é apenas localizar as testemunhas. Depois disso, deixaremos que seus respectivos governos resolvam o problema com elas. Já descobriu quantas testemunhas houve?

— Sim. Sete passageiros, mais o motorista do ônibus, o mecânico e um motorista de passagem.

— Deve localizar todas, as dez testemunhas que viram o incidente. Entendido?

— Entendido, general.

Robert desligou, a mente em turbilhão. Os OVNIs eram reais. Os alienígenas eram inimigos. Um pensamento assustador.

E, de repente, a sensação inquietante que Robert já experimentara antes voltou com toda força. O general Hilliard incumbira-o daquela missão, mas eles não lhe haviam contado tudo. O que mais estariam escondendo?

A LOCADORA DE CARROS Avis fica na rue de Lausanne, 44, no centro de Genebra. Robert entrou no escritório e se aproximou de uma mulher, sentada atrás de uma mesa.

— Em que posso servi-lo?

Robert pôs na mesa o pedaço de papel em que estava anotada a placa do Renault.

— Alugaram este carro na semana passada. Quero saber o nome da pessoa que o alugou.

Seu tom de voz era irado. A recepcionista se encolheu.

— Lamento, mas não estamos autorizados a dar esse tipo de informação.

— O que é uma pena, porque neste caso terei de processar sua companhia, pedindo uma grande indenização.

— Não estou entendendo. Qual é o problema?

— Vou lhe explicar qual é o problema, madame. No domingo passado, esse carro bateu no meu na estrada e causou muitos danos. Consegui anotar a placa, mas o homem fugiu antes que eu conseguisse detê-lo.

— Ah... — A mulher estudou o rosto de Robert por um momento. — Com licença, por favor.

Ela desapareceu numa sala nos fundos. Ao voltar, alguns minutos depois, trazia uma ficha na mão.

— Segundo os nossos registros, houve um problema com o motor do carro, mas não temos informação de qualquer acidente.

— Pois estou informando agora. E considero sua companhia responsável pelo que aconteceu. Terão de pagar o conserto de meu carro. É um Porsche novinho, e vai custar uma fortuna...

— Lamento muito, senhor, mas não podemos assumir qualquer responsabilidade, já que o acidente não foi comunicado.

— Quero ser justo — disse Robert, num tom mais comedido. — Não quero atribuir a responsabilidade à sua companhia. Tudo o que quero é que o homem pague os danos que causou a meu carro. E ele fugiu do local do acidente. Posso até chamar a polícia. Se me der o nome e endereço, posso falar direto com ele, resolveremos a questão, deixando sua companhia de fora. Não acha que é bastante justo?

A recepcionista ficou imóvel, pensando na decisão que tinha de tomar.

— Está certo. Preferimos assim. — Ela olhou para a ficha. — O nome do homem é Leslie Mothershed.

— E o endereço?

— Grove Road, 213, Whitechapel, Londres.

— Tem certeza que nossa companhia não será envolvida em qualquer litígio judicial?

— Tem a minha palavra — assegurou Robert. — É uma questão particular entre mim e Leslie Mothershed.

O comandante Robert Bellamy partiu no voo seguinte da Swissair para Londres.

ELE ESTAVA SENTADO no escuro, sozinho, concentrado, repassando meticulosamente cada fase do plano, certificando-se de que não havia falhas, que nada poderia sair errado. Seus pensamentos foram interrompidos pelo zumbido suave do telefone.

— Janus falando.
— Aqui é o general Hilliard, Janus.
— Pode falar.
— O comandante Bellamy localizou as duas primeiras testemunhas.
— Ótimo. Cuide disso imediatamente.
— Certo, senhor.
— Onde se encontra o comandante agora?
— A caminho de Londres. Deve ter a terceira testemunha confirmada muito em breve.
— Comunicarei os progressos dele ao comitê. Continue a me manter informado. A condição desta operação deve permanecer Nova Vermelha.
— Compreendo, senhor. Gostaria de sugerir...
O telefone estava mudo.

MENSAGEM URGENTE
ULTRASSECRETA
ASN PARA VICE-DIRETOR BUNDESANWALTSCHAFT
ASSUNTO: OPERAÇÃO JUÍZO FINAL
1. HANS BECKERMAN — KAPPEL
2. FRITZ MANDEL — BERNA
FIM DA MENSAGEM

Capítulo 13

À MEIA-NOITE, NUMA pequena casa de fazenda, a 25 quilômetros de Uetendorf, a família Lagenfeld foi perturbada por uma sucessão de estranhos acontecimentos. O filho mais velho foi despertado por uma luz amarela tremeluzente, brilhando através da janela de seu quarto. Quando se levantou para investigar, a luz já desaparecera.

No quintal, Tozzi, o pastor-alemão, começou a latir furiosamente, acordando o velho Lagenfeld. Com a maior relutância, ele saiu da cama, a fim de aquietar o animal. Ao deixar a casa, ouviu o barulho de uma ovelha apavorada, chocando-se contra seu cercado, na tentativa de fugir. Ao passar pelo cocho, que a chuva recente deixara cheio até a borda, Lagenfeld notou que estava completamente seco.

Tozzi veio correndo para o seu lado, ganindo. Lagenfeld afagou a cabeça do cachorro, distraído.

— Está tudo bem, Tozzi, está tudo bem...

E nesse momento todas as luzes da casa apagaram. Lagenfeld tornou a entrar, a fim de ligar para a companhia de eletricidade, e descobriu que o telefone ficara mudo.

Se as luzes ficassem acesas por mais um momento, ele poderia ver uma mulher de estranha beleza sair de seu quintal e se afastar pelo campo.

Capítulo 14

O BUNDESANWALTSCHAFT — GENEBRA, 13 HORAS

O MINISTRO, SENTADO no quartel-general do Serviço Secreto suíço, observou o vice-diretor terminar de ler a mensagem. Ele pôs a mensagem numa pasta com o carimbo de Ultrassecreto, guardou-a na gaveta da escrivaninha e a trancou.

— Hans Beckerman *und* Fritz Mandel.
— *Ja.*
— Não tem problema, *Herr* Ministro. Pode deixar que cuidarei de tudo.
— *Gut.*
— *Wann?*
— *Sofort.* Imediatamente.

NA MANHÃ SEGUINTE, a caminho do trabalho, Hans Beckerman sentia a úlcera incomodando-o de novo. *Eu deveria ter exigido que aquele repórter me pagasse pela coisa que encontrei no chão. Todas essas revistas são muito ricas. Provavelmente poderia ter conseguido algumas centenas de marcos. E poderia então procurar um médico decente, para dar um jeito na minha úlcera.*

Ele passava pelo lago Turler quando avistou, à sua frente, à beira da estrada, uma mulher acenando, tentando pegar uma carona. Beckerman diminuiu a velocidade para observá-la melhor. Era jovem e atraente. Hans parou no acostamento. A mulher aproximou-se do carro.

— *Guten Tag* — disse Beckerman. — Posso ajudá-la? — De perto, ela era ainda mais bonita.

— *Danke.* — Ela tinha um sotaque suíço. — Briguei com meu namorado, e ele me largou aqui, no meio do nada.

— É uma coisa horrível de se fazer.

— Importa-se de me dar uma carona até Zurique?

— Claro que não. Entre.

A mulher abriu a porta e se sentou ao seu lado.

— É muita gentileza sua. Meu nome é Karen.

— Hans.

Ele deu a partida no carro.

— Não sei o que faria se você não tivesse aparecido, Hans.

— Ora, tenho certeza que qualquer um daria carona a uma mulher bonita como você.

Ela chegou mais perto de Beckerman.

— Mas aposto que não seria tão bonito quanto você.

Ele lançou um olhar para a mulher.

— *Ja?*

— Acho que você é muito bonito.

Hans sorriu.

— Deve dizer isso à minha esposa.

— Ah, você é casado... — Ela parecia desapontada. — Por que todos os homens maravilhosos são casados? E você parece inteligente também.

Ele se empertigou todo.

— Para ser sincera, lamento ter me envolvido com meu namorado. — Karen mudou de posição no banco, a saia subiu pelas coxas. Ele fez um esforço para não olhar. — Gosto de homens mais velhos, já maduros, Hans. Acho que são mais sensuais do que os jovens.

Ela aconchegou-se contra Beckerman, antes de sussurrar:

— Gosta de sexo, Hans?

Ele limpou a garganta.

— Se eu gosto? Ora, deve compreender... sou um homem...

— Claro que compreendo. — Ela acariciou a coxa de Beckerman. — Posso lhe dizer uma coisa? A briga com meu namorado me deixou cheia de tesão. Gostaria que eu fizesse amor com você?

Ele não podia acreditar em sua sorte. A mulher era linda e, pelo que podia ver, possuía um corpo sensacional. Beckerman engoliu em seco.

— Eu gostaria muito, mas estou a caminho do trabalho e...

— Só levaria alguns minutos. — Ela sorriu. — Há uma estrada secundária à frente que passa por um bosque. Por que não vamos até lá?

Beckerman sentia um excitamento crescente. *Sicher. Espere até eu contar a história ao pessoal do escritório! Não vão acreditar!*

— Claro. Por que não?

Hans entrou na estradinha de terra que entrava por um bosque, onde não poderiam ser vistos pelos carros que passavam pela autoestrada. A mulher passou a mão pela coxa de Beckerman, lentamente.

— *Mein Gott,* como você tem pernas fortes!

— Era corredor quando era mais jovem — gabou-se Beckerman.

— Vamos tirar sua calça.

Ela abriu o cinto, ajudou-o a baixar a calça. Hans já estava intumescido.

— *Ach! Ein grosser!*

Ela começou a acariciá-lo. Hans balbuciou:

— *Leck mich doch am Schwanz.*
— Gosta de ser beijado aí?
— *Ja.*
A esposa nunca fizera isso com ele.
— *Gut.* Basta relaxar agora.
Beckerman suspirou e fechou os olhos. As mãos macias da mulher o acariciavam. Ele sentiu a súbita picada de uma agulha em sua coxa e arregalou os olhos.
— *Wie...?*
O corpo se contraiu, os olhos ficaram esbugalhados. Estava sufocando, incapaz de respirar. A mulher observava, enquanto Hans caía sobre o volante. Ela saiu do carro, deu a volta, empurrou o corpo de Beckerman para o outro banco, depois se sentou ao volante, voltou pela estradinha de terra para a autoestrada. Foi parar o carro à beira de um precipício, esperou até que não houvesse qualquer outro veículo à vista, depois abriu a porta, pisou no acelerador e saltou para fora. Observou o carro rolar pela encosta. Cinco minutos depois, uma limusine preta parou ao seu lado.
— *Irgendwelche Problem?*
— *Keins.*

FRITZ MANDEL estava em seu escritório, preparando-se para fechar a oficina, quando dois homens apareceram.
— Desculpem, mas estou fechando — disse ele. — Não posso...
Um dos homens interrompeu-o:
— Nosso carro enguiçou na estrada. *Kaputt!* Precisamos de um reboque.
— Minha mulher está me esperando. Vamos receber visitas esta noite. Posso lhe dar o nome de outro...
— Pagaremos 200 dólares. Estamos com pressa.
— Duzentos dólares?

— Isso mesmo. E nosso carro não está bom. Gostaríamos que fizesse uma revisão nele. O que provavelmente custaria mais 200 ou 300 dólares.

Mandel começou a se interessar.

— *Ja?*

— É um Rolls — explicou um dos homens. — Vamos ver o tipo de equipamento que tem aqui.

Eles entraram na oficina, pararam à beira do poço de lubrificação.

— Seu equipamento é muito bom.

— É mesmo — declarou Mandel, orgulhoso. — O melhor.

O estranho tirou uma carteira do bolso.

— Posso lhe dar algum dinheiro adiantado.

Ele pegou algumas notas, entregou-as a Mandel. Foi nesse instante que a carteira escapuliu de suas mãos e caiu no poço.

— *Verflucht!*

— Não se preocupe — disse Mandel. — Vou pegá-la.

Ele desceu para o poço. Um dos homens foi até o botão de controle que acionava o elevador hidráulico e o apertou. O elevador começou a descer. Mandel levantou os olhos.

— *Tomem cuidado! O que estão fazendo?*

Ele tentou subir pelo lado do poço. No momento em que seus dedos alcançaram a beira, o segundo homem pisou-os com toda força. Mandel caiu de volta no poço, gritando. O pesado elevador hidráulico descia, inexorável.

— Deixem-me sair daqui! — gritou ele. — *Hilfe!*

O elevador acertou-o no ombro, passou a empurrá-lo para o chão de cimento. Alguns minutos mais tarde, depois que os gritos terríveis cessaram, um dos homens apertou o botão que levantava o elevador. Seu companheiro desceu para o poço, pegou a carteira, tomando todo cuidado para não manchar as roupas de sangue. Os dois voltaram ao carro e partiram pela noite sossegada.

MENSAGEM URGENTE
ULTRASSECRETA
ABTEILUNG ESPIONAGEM PARA VICE-DIRETOR ASN
ASSUNTO: OPERAÇÃO JUÍZO FINAL
1. HANS BECKERMAN — ARQUIVADO
2. FRITZ MANDEL — ARQUIVADO
FIM DA MENSAGEM

OTTAWA, CANADÁ, MEIA-NOITE

Janus falava ao grupo dos 12.
— O progresso realizado é satisfatório. Duas das testemunhas já foram silenciadas. O comandante Bellamy está na pista de uma terceira.
— Já houve alguma abertura com a SDI?
O italiano. *Impetuoso. Volátil.*
— Ainda não, mas estamos confiantes de que a tecnologia de Guerra nas Estrelas será lançada e estará em operação muito em breve.
— Devemos fazer tudo o que for possível para apressá-la. Se for uma questão de dinheiro...
O saudita. *Enigmático. Retraído.*
— Não. Só precisamos fazer mais alguns testes.
— Quando será o próximo teste?
O australiano. *Exuberante. Esperto.*
— Dentro de uma semana. Voltaremos a nos reunir aqui em 48 horas.

Capítulo 15

DIA 4, LONDRES, QUINTA-FEIRA, 18 DE OUTUBRO

O MODELO de Leslie Mothershed era Robin Leach. Um espectador ávido de *Estilos de vida dos ricos e famosos*. Mothershed estudava com toda atenção a maneira como os convidados de Robin Leach andavam, falavam e se vestiam, porque sabia que um dia apareceria no programa. Desde que era garotinho, sentia que estava destinado a ser *alguém*, a se tornar rico e famoso.

— Você é muito especial — costumava lhe dizer a mãe. — Meu filho será conhecido no mundo inteiro.

O menino dormia com essa afirmação ressoando em seus ouvidos, até que passou a acreditar. À medida que foi crescendo, Mothershed tornou-se consciente de que tinha um problema: não tinha a menor ideia de *como* se tornaria rico e famoso. Durante algum tempo, ele aventou a possibilidade de se tornar artista de cinema, mas era extremamente tímido. Também pensou em se tornar um astro do futebol, mas não era um atleta. Pensou ainda em virar um cientista famoso, um grande advogado, cobrando honorários espetaculares. Suas notas na escola, infelizmente, eram medíocres, e ele acabou deixando os estudos sem estar mais próximo da fama. A vida não era justa. Fisicamente, ele era pouco atraente, magro, a pele pálida, com uma aparência doentia, e baixo, tendo apenas um 1,65 m. Consolava-se com o fato de que muitos homens famosos eram baixos: Dudley Moore, Dustin Hoffman, Peter Falk...

A única profissão que realmente interessava Leslie Mothershed era a fotografia. Fotografar era incrivelmente simples. Qualquer pessoa podia fazê-lo. Bastava apertar um botão. A mãe lhe comprara uma câmera ao completar 6 anos e sempre fora muito exagerada nos elogios das fotografias que ele tirava. Ao entrar na adolescência, Mothershed estava absolutamente convencido de que era um fotógrafo brilhante. Dizia a si mesmo que era tão bom quanto Ansel Adams, Richard Avedon ou Margaret Bourke-White. Com um empréstimo da mãe, Leslie Mothershed abrira o próprio estúdio, em seu apartamento em Whitechapel.

— Comece pequeno — a mãe lhe dissera —, mas pense grande.

Era exatamente o que Leslie Mothershed fizera. Começara bem pequeno e pensara muito grande, mas infelizmente não possuía o menor talento para a fotografia. Fotografava desfiles, animais e flores, mandava as fotos, confiante, para jornais e revistas, mas eram sempre devolvidas. Mothershed consolava-se com o pensamento de todos os gênios que haviam sido rejeitados antes que sua competência fosse reconhecida. E de repente, da maneira mais inesperada possível, sua grande oportunidade surgira. O primo da mãe, que trabalhava para a editora britânica Harper-Collins, confidenciara a Mothershed que estavam pensando em fazer um livro de paisagens da Suíça.

— Ainda não escolheram o fotógrafo, Leslie. Se você partir agora para a Suíça e voltar com algumas fotos sensacionais, o livro pode ser seu.

Leslie Mothershed apressou-se em arrumar seu equipamento e partiu para a Suíça. Sabia — tinha certeza absoluta — de que essa era a oportunidade pela qual tanto esperava. Finalmente os idiotas teriam de reconhecer seu talento. Ele alugou um carro em Genebra e saiu a percorrer o país, tirando fotografias de chalés suíços, quedas-d'água, picos nevados. Fotografou o nascer e o pôr do sol, camponeses trabalhando nos campos. E de repente, no meio de tudo isso, o destino interferira e mudara sua vida. Ele seguia para Berna quando o carro enguiçara. Parara no acostamento, furioso. *Por que eu?*, lamentara Mothershed. *Por que essas coisas sempre acontecem comigo?* Ele ficara sentado ali, com raiva, pensando no precioso tempo perdido e como seria caro o reboque do carro. Quinze quilômetros atrás ficava a aldeia de Thun. *Chamarei um reboque de lá*, pensara Mothershed. *Não deve custar tão caro.* Ele fizera sinal para um caminhão de gasolina que passava.

— Preciso de um reboque — explicara Mothershed. — Pode parar em alguma oficina em Thun e pedir que venham me buscar?

O motorista do caminhão balançara a cabeça.

— É domingo, *mister*. A oficina aberta mais próxima fica em Berna.

— Berna? Fica a 50 quilômetros daqui. Vai me custar uma fortuna.

O motorista sorrira.

— *Ja*. Ali eles cobram pelo trabalho no domingo.

Ele engrenara o caminhão.

— Espere! — Fora difícil dizer as palavras. — Eu... eu pagarei por um reboque de Berna.

— *Gut*. Pedirei que mandem alguém.

Leslie Mothershed sentara no carro enguiçado, praguejando. *Isto era tudo do que eu precisava*, pensara, amargurado. Já gastara dinheiro demais com filmes e agora teria de pagar a algum ladrão miserável para rebocá-lo até uma oficina. O reboque demorara quase duas horas intermináveis para chegar. Enquanto o mecânico prendia o cabo em seu carro, houvera um clarão intenso no outro lado da estrada, seguido por uma tremenda explosão. Mothershed virara a cabeça para ver o que parecia ser um objeto brilhante, caindo do céu. O único outro veículo na estrada, naquele momento, era um ônibus de excursão, que parara num refúgio um pouco atrás de seu carro. Os passageiros do ônibus se encaminhavam apressados para o local do desastre. Mothershed hesitara, dividido entre a curiosidade e o desejo de sair logo dali. Acabara seguindo os passageiros do ônibus através da estrada. E ficara paralisado ao alcançar o local do acidente. *Santo Deus!*, pensara ele. *É irreal!* Ele olhava para um disco voador. Leslie Mothershed já ouvira falar em discos voadores, lera muito a respeito, mas jamais acreditara que existiam de fato. Mas era o que contemplava agora, assustado com o espetáculo fantástico. A fuselagem fora dilacerada, e ele avistara dois corpos lá dentro, pequenos, com crânios enormes, olhos fundos, sem orelhas, quase sem queixo. Pareciam usar alguma espécie de traje metálico prateado.

O grupo do ônibus de excursão estava parado ao seu redor, num silêncio horrorizado. O homem a seu lado desmaiara. Outro se virara e vomitara. Um idoso sacerdote segurava as contas do rosário e murmurava palavras incoerentes.

— Santo Deus! — exclamara alguém. — É um disco voador!

E fora nesse instante que Mothershed tivera sua inspiração. Um milagre caíra em seu colo. Ele, Leslie Mothershed, encontrava-se no local, com suas câmeras, para fotografar a história do século! Não haveria uma única revista ou jornal do mundo que rejeitaria as fotografias que ele estava prestes a tirar. Um livro sobre paisagens da Suíça? Ele quase rira da ideia. Estava prestes a chocar o mundo inteiro. Todos os programas de entrevistas da televisão suplicariam sua presença, mas ele compareceria primeiro ao programa de Robin Leach. Venderia suas fotografias ao *London Times, Sun, Mail, Mirror* — a todos os jornais ingleses, assim como a jornais e revistas estrangeiros, como *Le Figaro, Paris-Match, Oggi* e *Der Tag*.

Sem falar em *Time* e *USA Today*. A imprensa de toda parte suplicaria por suas fotografias. Japão, América do Sul, Rússia, China... não haveria fim. O coração de Mothershed palpitara de exaltação. *Cada um terá de me pagar individualmente. Começarei com 100 mil libras por fotografia, talvez 200 mil. E as venderei muitas e muitas vezes.* Ele se pusera a somar febrilmente o dinheiro que ganharia.

E Leslie Mothershed ficara tão ocupado em calcular sua fortuna que quase se esquecera de tirar as fotografias.

— Oh, Deus! Com licença!

Ele falara sem se dirigir a ninguém em particular, voltara correndo pela estrada para buscar o equipamento fotográfico.

O mecânico terminara de içar a frente do carro enguiçado, pronto para rebocá-lo.

— O que está acontecendo por lá? — perguntara ele.

Mothershed estava ocupado em arrumar o equipamento.

— Vá verificar pessoalmente.

Os dois homens atravessaram a estrada. Mothershed abrira caminho pelo círculo de turistas.

— Com licença, com licença...

Ele ajustara o foco da câmera e começara a fotografar o OVNI e seus estranhos passageiros. Tirara fotos em preto e branco e em cores. A cada clique, Mothershed pensava: *Um milhão de libras... outro milhão de libras... outro milhão de libras.*

O sacerdote fizera o sinal da cruz, murmurando:

— É a face de Satã.

Satã coisa nenhuma!, pensara Mothershed, exultante. *É a face do dinheiro. Estas serão as primeiras fotografias a provarem que os discos voadores realmente existem.* E de repente lhe ocorrera um terrível pensamento: *E se as revistas pensarem que estas fotografias são falsas? Já houve muitas fotografias forjadas de OVNIs.* Sua euforia desaparecera. *E se não acreditarem em mim?* Fora nesse momento que Leslie Mothershed tivera sua segunda inspiração.

Havia nove testemunhas ao seu redor. Sem o saberem, aquelas pessoas proporcionariam autenticidade à sua descoberta. Mothershed virara-se para o grupo, dizendo:

— Senhoras e senhores, se quiserem tirar uma fotografia, todos alinhados, terei o maior prazer em enviar depois uma cópia para cada um, de graça.

Houvera exclamações excitadas. Em poucos momentos, os passageiros do ônibus de excursão, à exceção do padre, postaram-se ao lado dos destroços do OVNI. Ele relutara, alegando:

— Não posso. Isso é coisa de Satã.

Mothershed precisava do padre. Ele seria a mais convincente de todas as testemunhas.

— É justamente essa a questão — insistira Mothershed, persuasivo. — Será que não percebe? Este será seu testemunho sobre a existência de espíritos do mal.

Ao final, o padre se deixara convencer.

— Espalhem-se um pouco — ordenara Mothershed –, para podermos ver o disco voador.

As testemunhas mudaram de posição.

— Assim está bom. Excelente. E agora fiquem quietos.

Ele tirara mais meia dúzia de fotos, depois pegara um lápis e um papel.

— Se escreverem seus nomes e endereços, providenciarei para que cada um receba uma cópia.

Ele não tinha a menor intenção de mandar qualquer cópia. Queria apenas testemunhas que confirmassem a história. *Deixarei que os jornais e revistas os procurem!*

E, de repente, ele notara que várias pessoas no grupo estavam com câmeras. Não podia permitir mais nenhuma fotografia além das suas! Só podia haver fotos que tivessem o crédito de Leslie Mothershed.

— Com licença — ele dissera ao grupo. — Se aqueles que estão com câmeras quiserem entregá-las a mim, poderei fazer algumas fotos com o equipamento de vocês.

As câmeras foram logo entregues a Leslie Mothershed. Quando ele se ajoelhara para bater a primeira foto, ninguém notara que abrira o compartimento do filme com o polegar, deixando-o assim por um momento. *Pronto, um pouquinho da claridade intensa deste sol fará bem às suas fotografias. É uma pena, meus amigos, mas só os profissionais têm permissão para registrar momentos históricos.*

Dez minutos depois, Mothershed já tinha todos os nomes e endereços. Lançara um último olhar para o disco voador e pensara, exultante: *Mamãe tinha razão. Serei mesmo rico e famoso.*

Ele mal podia esperar o momento de voltar à Inglaterra para revelar suas preciosas fotografias.

— Mas o que está acontecendo, afinal?

As delegacias de polícia na área de Uetendorf foram inundadas de telefonemas durante toda a noite.

— Alguém está rondando minha casa...

— Há luzes estranhas lá fora...

— Meus animais estão enlouquecendo. Deve haver lobos por perto...

— Alguém esvaziou meu cocho...

E o mais inexplicável de todos os telefonemas:

— Chefe, é melhor mandar uma porção de reboques para a estrada principal imediatamente. É um pesadelo. Todo o tráfego parou.

— Como? Por quê?

— Ninguém sabe. Os motores dos carros simplesmente pararam de repente.

Capítulo 16

Quanto tempo esta missão vai durar?, especulou Robert, enquanto afivelava o cinto de segurança, no avião da Swissair. Enquanto o avião corria pela pista, relaxou e fechou os olhos. *Terá sido mesmo há apenas uns poucos anos que embarquei neste mesmo voo para Londres, em companhia de Susan? Não. Foi há mais de uma vida atrás.*

O AVIÃO POUSOU em Heathrow às 18h29, no horário previsto. Robert saiu do labirinto do aeroporto e pegou um táxi para a vasta cidade. Passou por uma centena de pontos de referência familiares, podia ouvir a voz de Susan a comentá-los, animada. Naqueles dias áureos, não tinha a menor importância o lugar em que se encontravam. Bastava que estivessem juntos. Levavam a própria felicidade, a atração especial de um pelo outro. Aquele era o casamento que teria um final feliz.
Quase.
Seus problemas haviam começado de uma maneira bastante inocente, com um telefonema internacional do almirante Whittaker, quando Robert e Susan se encontravam na Tailândia. Há seis meses que Robert dera baixa da Marinha e não falara com o

almirante durante todo esse tempo. A ligação, alcançando-os no hotel Oriental, em Bangkok, fora uma surpresa.

— Robert? Almirante Whittaker.

— Almirante! Que prazer ouvir sua voz!

— Não foi fácil localizá-lo. O que anda fazendo?

— Nada demais. Apenas levando uma vida tranquila. Tendo uma longa lua de mel.

— E como vai Susan? É Susan, não é?

— É, sim. Ela vai bem, obrigado.

— Quando voltará a Washington?

— Como disse?

— Ainda não foi anunciado, mas fui designado para o novo cargo de diretor-executivo do Serviço Secreto do 17º Distrito Naval. Gostaria que embarcasse comigo.

Robert ficara confuso.

— Serviço Secreto naval? Ora, almirante, não sei nada a respeito...

— Pode aprender. Estaria prestando um importante serviço a seu país, Robert. Virá discutir o assunto comigo?

— Bem...

— Ótimo. Espero-o em meu gabinete na segunda-feira, às 9 horas da manhã. E dê minhas lembranças a Susan.

Robert relatara a conversa a Susan.

— Serviço Secreto naval? Parece emocionante.

— Talvez — respondera Robert, ainda desconfiado. — Não tenho a menor ideia do que pode envolver.

— Então deve descobrir.

Ele a estudara por um momento.

— Quer que eu aceite, não é?

Susan o abraçara.

— Quero que faça o que quiser fazer. Acho que está pronto para voltar ao trabalho. Notei que nas últimas semanas tem se mostrado bastante irrequieto.

— Pois eu acho que você está tentando se livrar de mim — zombara Robert. — A lua de mel acabou.

Susan encostara os lábios nos dele.

— Nunca. Já lhe disse alguma vez como sou louca por você, marujo? Deixe-me mostrar...

Pensando a respeito mais tarde — tarde demais —, Robert concluíra que esse fora o início do fim do casamento. O convite parecia maravilhoso na ocasião, e ele voltara a Washington para conversar com o almirante Whittaker.

— Este trabalho exige inteligência, coragem e iniciativa, Robert. Você tem todas as três. Nosso país tornou-se o alvo de cada pequeno ditador que pode financiar um grupo terrorista ou construir uma fábrica de armas químicas. Alguns desses países já estão neste momento trabalhando no desenvolvimento de bombas atômicas, a fim de poder nos chantagear. Meu trabalho é criar uma rede de informações para descobrir o que exatamente eles andam fazendo e tentar contê-los. Quero que você me ajude.

Ao final, Robert aceitara o trabalho no Serviço Secreto naval. Para sua surpresa, descobrira que gostava e até possuía alguma aptidão para as funções. Susan encontrara um lindo apartamento em Rosslyn, Virgínia, não muito longe do lugar em que Robert trabalhava, e se ocupara em decorá-lo. Robert fora enviado para a Fazenda, o centro de treinamento da CIA para agentes secretos.

LOCALIZADA NUMA área fortemente guardada na região rural da Virgínia, a Fazenda ocupa uma área de 50 quilômetros quadrados, a maior parte coberta por uma floresta de pinheiros, com os prédios centrais numa clareira de 3 acres, a 3 quilômetros do portão principal. Estradas de terra atravessam a floresta, com barricadas móveis e cartazes de "Proibida a Entrada". Num pequeno aeroporto, aviões não identificados decolam e pousam várias vezes por dia. A Fazenda apresenta um cenário enganadoramente bucólico, com árvores frondosas, cervos correndo pelos campos, e pequenos prédios dispersos de forma inocente pela extensa área. Dentro do perímetro, no entanto, existe um mundo diferente.

Robert esperara fazer o treinamento junto com outros oficiais da Marinha, mas para sua surpresa o grupo era formado por uma mistura de recrutas da CIA, fuzileiros e pessoal do Exército, Marinha e Força Aérea. Cada estudante recebia um número e era alojado num quarto típico de dormitório, em um dos vários prédios espartanos de alvenaria, com dois andares. No alojamento dos oficiais solteiros, em que Robert ficara, cada homem tinha o próprio quarto e partilhava um banheiro com outro. O refeitório era no outro lado do caminho, quase em frente a seu alojamento.

No dia em que se apresentara ali, Robert fora escoltado a um auditório, com trinta outros recém-chegados. Um coronel negro, alto e forte, com o uniforme da Força Aérea, falara ao grupo. Parecia ter 50 e poucos anos e dava a impressão de uma inteligência ágil e fria. Falava de forma clara e incisiva, sem desperdiçar palavras.

— Sou o coronel Frank Johnson. Quero lhes dar as boas-vindas. Durante sua permanência aqui, usarão apenas seus primeiros nomes. Deste momento em diante, suas vidas serão um livro fechado. Todos já juraram sigilo. Aconselho a levarem esse juramento a sério, muito a sério. *Nunca* devem discutir seu trabalho com ninguém... nem esposa, família ou amigos. Foram selecionados porque possuem qualificações especiais. Terão um longo e árduo trabalho pela frente para desenvolver essas qualificações, e nem todos conseguirão chegar ao fim. Serão envolvidos em assuntos de que nunca ouviram falar antes. Não tenho palavras para ressaltar o suficiente a importância do trabalho que realizarão quando saírem daqui. Tornou-se moda em certos círculos liberais atacar nossos serviços secretos, quer seja a CIA, Exército, Marinha ou Aeronáutica. Mas posso lhes assegurar, senhores, que sem pessoas dedicadas como vocês, este país estaria metido num inferno de problemas. Caberá a vocês ajudar para impedir isso. Aqueles que conseguirem concluir o treinamento vão se tornar oficiais controladores. Em termos mais simples, um controlador é um espião. Ele trabalha em segredo.

O coronel fizera uma pausa, correndo os olhos pela audiência.

— Enquanto estiverem aqui, receberão o melhor treinamento do mundo. Serão treinados em vigilância e contravigilância. Terão cursos de comunicação por rádio, codificação, armamentos e leitura de mapas. Farão um curso de relações pessoais. Aprenderão como desenvolver um relacionamento, como descobrir as motivações de um indivíduo, como fazer com que seu alvo fique à vontade.

Os recrutas absorviam atentamente cada palavra.

— Aprenderão a localizar e recrutar um agente. Serão treinados nas providências para tornar seguro um ponto de encontro. Aprenderão tudo sobre os pontos de entrega de correspondência, como se comunicar discretamente com seus contatos. Se forem bem-sucedidos, cumprirão suas missões sem serem notados nem descobertos.

Robert pudera sentir o excitamento que impregnava a atmosfera.

— Alguns de vocês atuarão sob cobertura oficial. Pode ser diplomática ou militar. Outros atuarão sob cobertura extraoficial, como cidadãos particulares... executivos, arqueólogos ou escritores... qualquer profissão que lhes proporcione acesso a lugares e tipos de pessoas que podem ter as informações que procuramos. E agora vou entregá-los aos cuidados dos instrutores. Boa sorte.

ROBERT SENTIRA-SE fascinado pelo treinamento. Os instrutores eram homens que haviam trabalhado no campo, profissionais experientes. Robert absorvera com a maior facilidade as informações técnicas. Além dos cursos mencionados pelo coronel Johnson, houvera um curso intensivo de línguas, e outro de códigos secretos.

O coronel Johnson era um enigma para Robert. Os rumores a seu respeito eram de que tinha fortes ligações na Casa Branca e se encontrava envolvido em atividades secretas de alto nível. Ele desaparecia da Fazenda por dias a fio e retornava tão abruptamente quanto partira.

UM AGENTE chamado Ron estava dando uma aula.

— Há seis fases no processo operacional clandestino. A primeira fase é o reconhecimento. Quando você sabe qual é a informação de que precisa, seu primeiro desafio é identificar e localizar os indivíduos que têm acesso a essa informação. A segunda fase é a avaliação. Depois de reconhecer o alvo, é preciso decidir se ele possui realmente a informação de que você precisa, e se pode ser suscetível ao recrutamento. O que o motiva? Ele é feliz em seu trabalho? Tem algum ressentimento contra o chefe? Está assoberbado por problemas financeiros? Se o alvo é acessível, e há uma motivação que pode ser explorada, passa-se para a fase três.

"A fase três é o desenvolvimento. Cria-se um relacionamento com o alvo. Dá-se um jeito de se esbarrar nele como se fosse por acaso, tantas vezes quanto possível, aprofunda-se o contato. A fase seguinte é o recrutamento. Quando se acha que ele está pronto, passa-se a trabalhá-lo psicologicamente. Usa-se todas as armas psicológicas que se puder obter... vingança contra o chefe, dinheiro, a emoção da aventura. Se um controlador trabalhou bem, o alvo geralmente diz sim.

"A etapa seguinte é como manipulá-lo. É preciso proteger não apenas você mesmo, mas também o agente. Deve-se marcar reuniões secretas, treiná-lo no uso do microfilme e também, quando for o caso, da comunicação por rádio. Deve-se ensinar ainda ao agente como perceber qualquer vigilância, o que responder se for interrogado, e assim por diante.

"A última fase é o desligamento. Depois de algum tempo, talvez o seu agente seja transferido para um trabalho diferente, não tenha mais acesso às informações, ou talvez não precisemos mais das informações a que ele tem acesso. Seja como for, o relacionamento está encerrado, mas é importante concluí-lo de tal maneira que o recrutado não sinta que foi usado, e passe a querer vingança..."

O CORONEL JOHNSON estava certo. Nem todos conseguiram chegar ao final do treinamento. Rostos familiares desapareciam constantemente. Ninguém sabia por quê. E ninguém perguntava.

Um dia, quando o grupo se preparava para ir a Richmond, num exercício de vigilância, o instrutor de Robert dissera:

— Vamos descobrir se você é mesmo bom, Robert. Vou mandar alguém segui-lo. Quero que o despiste. Acha que pode conseguir?

— Creio que sim, senhor.

— Boa sorte.

ROBERT PEGARA o ônibus para Richmond e começara a circular pelas ruas. Cinco minutos depois, já identificara os homens que o seguiam. Eram dois. Um deles estava a pé, o outro de carro. Robert tentara se esquivar em restaurantes e lojas, saindo apressado pelas portas dos fundos, mas não conseguira despistá-los. Também eram bem treinados. Finalmente, estava quase na hora de retornar à Fazenda, e Robert ainda não fora capaz de se desvencilhar de seus seguidores. Vigiavam-no com a maior atenção. Robert entrara numa loja de departamentos, os dois homens ocuparam posições em que podiam vigiar as entradas e saídas. Robert subira na escada rolante para o departamento de roupas masculinas. Trinta minutos depois, ao descer, usava um terno diferente, sobretudo e chapéu, conversava com uma mulher e carregava um bebê no colo. Passara pelos vigilantes sem ser reconhecido.

Fora o único naquele dia que conseguira se esquivar da vigilância.

O JARGÃO ENSINADO na Fazenda era uma linguagem bem específica.

— Provavelmente não usarão todos esses termos — dissera o instrutor —, mas é melhor conhecê-los. Há dois tipos diferentes de agentes: um "agente de influência" e um "agente provocador". O agente de influência tenta mudar a opinião no país em que opera. Um agente provocador é enviado para atiçar problemas e criar o caos. "Alavanca biográfica" é o código da CIA para chantagem. Há também os "trabalhos da bolsa negra", que podem variar de suborno a arrombamento. Watergate foi um trabalho de bolsa negra.

Ele olhara ao redor, para se certificar de que toda a turma prestava atenção. Eles estavam fascinados.

— De vez em quando, alguns de vocês podem precisar de um "sapateiro"... é um homem que falsifica passaportes.

Robert se perguntara se algum dia teria de recorrer aos serviços de um sapateiro.

— A expressão "rebaixamento máximo" é das mais terríveis. Significa alguém ser eliminado por assassinato. Também podemos dizer "arquivar". Se ouvirem alguém falar sobre a Firma, é o apelido que usamos para nos referirmos ao Serviço Secreto britânico. Se pedirem a vocês para "fumigar" um escritório, não devem procurar por cupins, mas sim por artefatos de escuta.

As expressões misteriosas fascinavam Robert.

— "Damas" é um eufemismo para as mulheres enviadas para comprometer a oposição. Um "mito" é a biografia forjada de um espião, para lhe proporcionar cobertura. "Virar particular" significa deixar o serviço.

O instrutor tornara a correr os olhos pela turma.

— Algum de vocês sabe o que é um "domador de leão"?
Ele esperara por uma resposta. Silêncio.

— Quando um agente é dispensado, às vezes fica transtornado e ameaça revelar o que sabe. Um domador de leão é despachado para aquietá-lo. Tenho certeza que nenhum de vocês jamais precisará enfrentar algum.

Isso provocara risos nervosos.

— Há também o termo "sarampo". Se um alvo morre de sarampo, isso significa que foi assassinado com tanta eficiência que a morte pareceu ser acidental ou decorrente de causas naturais. Um método de induzir o sarampo é usar o "Tabun". Trata-se de um composto líquido incolor ou num tom marrom, que causa a paralisia nervosa, quando absorvido pela pele. Se alguém lhe oferece uma "caixa de música", trata-se de um radiotransmissor. O operador do transmissor é chamado de músico. No futuro, alguns de vocês estarão operando "nus". Não se apressem em tirar as roupas; significa simplesmente que estarão sozinhos, sem qualquer ajuda.

O instrutor fizera uma pausa.

— Há mais uma coisa sobre a qual eu gostaria de falar hoje. A coincidência. Em nosso trabalho, não existe esse animal. Geralmente representa perigo. Se deparar várias vezes com a mesma pessoa, ou se a todo instante avistar o mesmo automóvel, quando estiver em ação, trate de se proteger. Provavelmente se encontra metido numa encrenca. Creio que é o suficiente por hoje, senhores. Recomeçaremos amanhã, do ponto em que paramos.

De vez em quando o coronel Johnson chamava Robert a seu gabinete para "uma conversa amigável", como ele dizia. Eram conversas enganadoramente informais e descontraídas, mas Robert podia sentir que havia uma sondagem por trás.

— Soube que é feliz no casamento, Robert.

— Isso mesmo.

Passaram a meia hora seguinte falando sobre casamento, fidelidade e confiança. Em outra ocasião:

— O almirante Whittaker o considera como um filho, Robert. Sabia disso?

— Sabia.

A dor pela morte de Edward era algo que jamais desapareceria. E conversaram sobre lealdade, dever e morte.

— Já enfrentou a morte mais de uma vez, Robert. Tem medo de morrer?

— Não.

Mas morrer por um bom motivo, pensara Robert. *Não uma morte sem sentido.*

As reuniões eram frustrantes para Robert, porque eram como olhar para um espelho de fundo falso. O coronel Johnson podia vê-lo claramente, mas permanecia invisível, um enigma envolto pelo sigilo.

O curso durara 16 semanas, e durante esse tempo nenhum dos homens tivera permissão para se comunicar com o mundo exterior. Robert sentira uma saudade desesperadora de Susan. Fora o período mais longo em que haviam ficado separados. Ao final dos quatro meses, o coronel Johnson chamara Robert a seu gabinete.

— Esta é a nossa despedida. Fez um excelente trabalho aqui, comandante. Creio que vai descobrir que seu futuro será muito interessante.

— Obrigado, senhor. Espero que sim.

— Boa sorte.

O coronel Johnson ficara observando Robert se retirar. Continuara sentado ali por cinco minutos, imóvel, depois tomara uma decisão. Fora até a porta e a trancara. Depois, pegara o telefone e fizera uma ligação.

Susan o aguardava. Abrira a porta do apartamento num robe transparente, que nada ocultava. Jogara-se nos braços de Robert, apertando-o com toda força.

— Oi, marujo. Quer se divertir um pouco?

— Já estou me divertindo só de abraçá-la — respondera Robert, na maior felicidade.

— Santo Deus, como senti saudade! — Susan recuara e acrescentara, com toda veemência: — Se algum dia acontecesse alguma coisa com você, acho que eu morreria.

— Nada jamais vai acontecer comigo.

— Promete?

— Prometo.

Ela o estudara por um momento, preocupada.

— Você parece cansado.

— Foi um curso muito intenso — admitira Robert. Era uma rotina fora da realidade. Com todos os textos e manuais para estudar, além das aulas práticas, nenhum dos recrutas jamais conseguira dormir por mais que umas poucas horas por noite. Não houvera muitos protestos por um motivo bem simples: todos estavam conscientes de que aprendiam ali como poderiam um dia salvar suas vidas.

— Sei exatamente do que você precisa — anunciara Susan.

Robert sorrira e estendera as mãos para a Susan.

— Espere um pouco. Dê-me cinco minutos. E pode se despir.

Robert observara-a se retirar e pensara: *Como um homem pode ser tão afortunado?* Ele começara a se despir. Susan voltara alguns minutos depois, murmurando:

— Hum... Gosto de você nu.

Robert ouvira a voz do instrutor: *"Alguns de vocês vão operar nus. Significa simplesmente que estarão sozinhos, sem qualquer ajuda." Em que me meti? Em que meti Susan?*

Ela o levara para o banheiro. A banheira estava cheia, a água quente e perfumada, as luzes apagadas, havia quatro velas acesas na pia.

— Bem-vindo ao lar, querido.

Ela tirara o robe e entrara na banheira. Robert a acompanhara.

— Susan...

— Não fale. Recoste-se em mim.

Ele sentira as mãos de Susan acariciando suas costas e ombros, sentira as curvas suaves do corpo da mulher se comprimindo contra o dele e esquecera como se sentia cansado. Fizeram amor na água quente. Depois de se enxugarem, Susan dissera:

— Já chega de brincadeiras. Agora, vamos ao que é sério. — E fizeram amor outra vez. Mais tarde, um pouco antes de adormecer com Susan em seus braços, Robert pensara: *Será sempre assim. Por toda a eternidade.*

Capítulo 17

Na manhã da segunda-feira seguinte, Robert se apresentara no Pentágono, para seu primeiro dia de trabalho no Serviço Secreto naval. O almirante Whittaker recebera-o calorosamente:

— Seja bem-vindo, Robert. Parece que você deixou o coronel Johnson bastante impressionado.

Robert sorrira.

— Ele também impressiona qualquer um.

Enquanto tomavam café, o almirante perguntara:

— Está pronto para começar a trabalhar?

— Ansioso.

— Ótimo. Temos um problema na Rodésia...

Trabalhar no Serviço Secreto naval era ainda mais emocionante do que Robert imaginara. Cada missão era diferente, e incumbiam Robert das que eram consideradas as mais delicadas. Ele trouxera um desertor que revelara uma operação de tráfico de drogas de Noriega no Panamá, denunciara um agente trabalhando para Marcos no consulado americano em Manila, e ajudara a instalar um posto de escuta secreto no Marrocos. Só uma coisa o perturbava: os longos períodos em que ficava longe de Susan.

Detestava se ausentar e sentia muita saudade dela. Tinha o trabalho para ocupá-lo, mas Susan não dispunha de nada. A carga de trabalho de Robert era cada vez maior. Ele passava cada vez menos tempo em casa, e fora então que o problema com Susan se tornara sério.

Sempre que Robert voltava para casa, ele e Susan corriam famintos para os braços um do outro, faziam um amor ardente. Mas essas ocasiões passaram a ser mais e mais distanciadas. Parecia a Susan que tão logo Robert voltava de uma missão, já era enviado em outra.

Para agravar a situação, Robert não podia discutir seu trabalho com ela. Susan não tinha a menor ideia dos lugares para onde ele ia, ou o que fazia. Sabia apenas que Robert estava envolvido em algo perigoso e sentia pavor de um dia ele partir e nunca mais voltar. Não ousava lhe fazer perguntas. Experimentava a sensação de ser uma estranha, completamente excluída de uma parte importante da vida do marido. Da vida dos dois. *Não posso continuar assim,* decidira Susan.

Quando Robert retornara de uma missão de quatro semanas na América Central, Susan lhe dissera:

— Robert, acho melhor termos uma conversa.

— Qual é o problema? — indagara Robert, embora já soubesse qual era.

— Estou apavorada. Estamos nos afastando cada vez mais um do outro, e não quero perdê-lo. Não poderia suportar.

— Susan...

— Espere um pouco. Deixe-me acabar. Sabe quanto tempo passamos juntos nos últimos quatro meses? Menos de duas semanas. Sempre que você volta para casa, tenho a impressão de que é um visitante, não meu marido.

Ele abraçara Susan, apertara-a com força.

— Sabe o quanto amo você, Susan.

Ela encostara a cabeça em seu ombro.

— Por favor, não deixe que nada aconteça conosco.

— Não deixarei — prometera Robert. — Terei uma conversa com o almirante Whittaker.

— Quando?

— Imediatamente.

— O ALMIRANTE vai recebê-lo agora, comandante.

— Obrigado.

O almirante Whittaker estava sentado atrás de sua mesa, assinando alguns documentos. Levantara os olhos quando Robert entrara, sorrindo.

— Seja bem-vindo de volta ao lar, Robert, e meus parabéns. Fez um excelente trabalho em El Salvador.

— Obrigado, senhor.

— Sente-se. Aceita um café?

— Não, obrigado, almirante.

— Queria falar comigo? Minha secretária disse que era urgente. Em que posso ajudá-lo?

Era difícil começar.

— É um assunto pessoal, senhor. Estou casado há menos de dois anos e...

— Fez uma excelente escolha, Robert. Susan é uma moça maravilhosa.

— Concordo plenamente, senhor. O problema é que estou ausente durante a maior parte do tempo, e ela se sente infeliz com isso. — Uma pausa e Robert se apressara em acrescentar: — E tem todo o direito de se sentir assim. Não é uma situação normal.

O almirante Whittaker recostara-se em sua cadeira e comentara, pensativo:

— Claro que o seu trabalho não é uma situação normal. Às vezes exige sacrifícios.

— Sei disso — murmurara Robert, obstinado. — Acontece que não estou disposto a sacrificar meu casamento. Significa muito para mim.

O almirante estudara-o, pensativo.

— Entendo. O que você deseja?

— Esperava que pudesse me arrumar algumas missões em que não ficasse longe de casa por tanto tempo. Afinal, esta é uma operação grande, deve haver uma centena de coisas que eu poderia fazer mais perto de casa.

— Mais perto de casa...

— Isso mesmo.

— Não resta a menor dúvida de que você merece isso — respondera o almirante, falando bem devagar. — Não vejo por que não se pode providenciar algo assim.

Robert sorrira, aliviado.

— É muita gentileza sua, almirante. Eu ficaria profundamente grato.

— Creio que podemos dar um jeito. Diga a Susan que o problema está resolvido.

Robert se levantara, radiante.

— Não sei nem como agradecer.

O almirante acenara com a mão, dispensando-o.

— É uma peça muito valiosa para eu deixar que algo lhe aconteça, Robert. E agora volte para sua esposa.

Susan ficara feliz quando Robert lhe dera a notícia. Abraçara-o, exclamando:

— Oh, querido, isso é maravilhoso!

— Pedirei a ele duas semanas de licença para podermos viajar. Será uma segunda lua de mel.

— Até já esqueci como é uma lua de mel — murmurara Susan. — Mostre-me.

E Robert mostrara.

O almirante Whittaker mandara chamar Robert na manhã seguinte.

— Queria apenas informá-lo de que já estou tomando algumas providências sobre o assunto que discutimos ontem.

— Obrigado, almirante. — Agora era o momento para pedir a licença. — Senhor...

O almirante não o deixara continuar.

— Aconteceu algo, Robert.

O almirante Whittaker pusera-se a andar de um lado para outro. Havia um tom de profunda preocupação em sua voz quando voltou a falar:

— Acabo de ser informado que a CIA foi infiltrada. Parece que tem ocorrido um vazamento incessante de informações ultrassecretas. Tudo o que sabem é que seu codinome é Raposa. Ele se encontra na Argentina neste momento. Precisam de alguém de fora da agência para cuidar da operação. O diretor da CIA pediu você. Gostariam que localizasse o homem e o trouxesse de volta. Respondi que a decisão é sua. Quer aceitar a missão?

Robert hesitara.

— Receio que terei de passá-la adiante, senhor.

— Respeito sua decisão, Robert. Esteve viajando constantemente e nunca rejeitou uma missão. Sei que não tem sido fácil para seu casamento.

— Gostaria de aceitar o trabalho, senhor. Mas acontece...

— Não precisa dizer nada, Robert. Minha opinião sobre seu trabalho e dedicação sempre permanecerá a mesma. Apenas gostaria de lhe pedir um favor.

— Pode pedir, almirante.

— O vice-diretor da CIA pediu para se reunir com você, independente de sua decisão, como uma cortesia. Não se importa, não é?

— Claro que não, senhor.

No dia seguinte, Robert fora a Langley para a reunião com o vice-diretor.

— Sente-se, comandante — dissera o vice-diretor, quando Robert entrara na sala enorme. — Já ouvi falar muito a seu respeito. E só coisas boas, é claro.

— Obrigado, senhor.

O vice-diretor era um homem de 60 e poucos anos, magro, cabelos brancos lisos e um pequeno bigode, que subia e descia enquanto ele sugava o cachimbo. Um graduado da Universidade de Yale que ingressara no OSS durante a Segunda Guerra Mundial, e depois se transferira para a CIA, por ocasião de sua criação, logo depois do conflito. Subira pela hierarquia até sua atual posição, numa das maiores e mais poderosas agências de informações do mundo.

— Quero que saiba, comandante, que respeito sua decisão.

Bellamy acenara com a cabeça.

— Há um fato, no entanto, que precisa ser levado ao seu conhecimento.

— Qual, senhor?

— O presidente está pessoalmente envolvido na operação para desmascarar Raposa.

— Não sabia disso, senhor.

— Ele considera... como eu também... que é uma das missões mais importantes que esta agência já teve desde sua criação. Conheço sua situação doméstica e tenho certeza de que o presidente também compreende as dificuldades. Afinal, ele é um homem devotado à família. Mas o fato de você não aceitar esta missão poderia lançar... Como posso dizer? ...uma nuvem sobre o ONI e o almirante Whittaker.

— O almirante nada teve a ver com a minha decisão, senhor.

— Eu compreendo, comandante, mas será que o presidente também vai compreender?

A lua de mel terá de ser adiada, pensara Robert.

Ao dar a notícia a Susan, Robert dissera, gentilmente:

— Esta é a minha última missão no exterior. Depois disso, passarei tanto tempo em casa que vai acabar enjoando de mim.

Ela sorrira.

— Não há todo esse tempo no mundo. Ficaremos juntos para sempre.

A perseguição a Raposa fora a missão mais frustrante que Robert já realizara. Encontrara sua pista na Argentina, mas perdera a presa por um dia. A trilha o levara a Tóquio, China e Malásia. Havia muitas pistas que o conduziam ao caminho percorrido por Raposa, mas não eram suficientes para uma captura.

Os dias se transformaram em semanas, as semanas em meses, e Robert estava sempre no encalço de Raposa. Ligava para Susan quase todos os dias. No começo, dizia:

— Estarei em casa dentro de poucos dias, querida.

Depois:

— Talvez eu esteja aí na próxima semana.

E finalmente:

— Não sei quando poderei voltar.

Robert acabara desistindo. Passara dois meses e meio na pista de Raposa, sem o menor sucesso.

Susan parecia mudada quando ele chegara em casa. Um pouco mais fria.

— Desculpe, querida — dissera Robert. — Não podia imaginar que levaria tanto tempo. Acontece apenas...

— Eles nunca o deixarão sair, não é, Robert?

— Como? Ah, sim, claro que deixarão.

Ela sacudira a cabeça.

— Não creio. Aceitei um emprego no Memorial Hospital, em Washington.

Ele ficara desolado.

— Como assim?

— Voltarei a ser enfermeira. Não posso passar o tempo todo sentada aqui, esperando que você volte para casa, especulando onde está, o que anda fazendo, se está vivo ou morto.

— Susan, eu...

— Está tudo bem, meu amor. Pelo menos farei algo útil enquanto você viaja. Tornará a espera mais fácil.

E Robert não tivera o que responder.

Comunicara seu fracasso ao almirante Whittaker, que se mostrara compreensivo.

— Foi culpa minha ter deixado que você aceitasse a missão. Daqui por diante, deixaremos que a CIA resolva os próprios problemas. Desculpe, Robert.

Robert contara que Susan aceitara um emprego como enfermeira.

— Provavelmente é uma boa ideia — comentara o almirante, pensativo. — Vai aliviar a pressão sobre seu casamento. Se aceitar algumas missões no exterior de vez em quando, tenho certeza que não terá tanta importância.

De vez em quando se tornara quase constantemente. Fora então que o casamento começara a se desintegrar realmente.

Susan trabalhava no Memorial Hospital, em Washington, como enfermeira do centro cirúrgico. Sempre que Robert estava em casa, ela tentava tirar folga para passar mais tempo em sua companhia, mas estava cada vez mais absorvida em seu trabalho.

— Estou adorando, querido. Sinto que faço algo útil.

Ela falava sobre seus pacientes, e Robert lembrava todo o desvelo que demonstrara com ele, como cuidara dele, como o fizera voltar à vida. Sentia-se satisfeito por ela estar realizando um trabalho importante e que amava, mas a verdade é que cada vez se viam menos. A distância emocional entre os dois se alargava. Havia agora um constrangimento que não existia antes. Eram como dois estranhos tentando desesperadamente manter uma conversa.

Ao voltar a Washington, depois de uma missão de seis semanas na Turquia, Robert levara Susan para jantar no Sans Souci. Ela comentara:

— Temos um novo paciente no hospital. Ele estava num grave desastre de avião, e os médicos acharam que não poderia resistir, mas darei um jeito para que sobreviva.

Seus olhos brilhavam enquanto falava. *Ela foi assim comigo*, pensara Robert. E especulara se Susan se inclinara sobre o novo paciente e dissera: "Fique bom. Estou à sua espera." Mas rejeitara o pensamento.

— Ele é muito simpático, Robert. Todas as enfermeiras são loucas por ele.

Todas as enfermeiras?, especulara Robert outra vez.

Havia uma pequena dúvida angustiante dentro dele, mas ele conseguira reprimi-la.

E pediram o jantar.

No sábado seguinte, Robert partira para Portugal. Ao retornar, três semanas depois, Susan recebera-o muito animada.

— Monte andou hoje pela primeira vez!

O beijo que ela dera em Robert fora superficial.

— Monte?

— Monte Banks. É o nome dele. Vai ficar bom. Os médicos não podiam acreditar, mas nós não desistimos.

Nós.

— Fale-me sobre ele.

— É um homem maravilhoso. Está sempre nos dando presentes. É muito rico. Pilota o próprio avião, sofreu um desastre terrível, e...

— Que espécie de presentes?

— Ora, sabe como é, pequenas coisas... bombons, flores, livros e discos. Tentou dar a todas nós relógios caros, mas é claro que tivemos de recusar.

— Claro...

— Ele tem um iate, cavalos de polo...

Fora nesse dia que Robert começara a chamá-lo de Monte de Grana.

Susan falava a seu respeito cada vez que voltava do hospital.

— Ele é realmente um amor, Robert.

Um amor é perigoso.

— E é muito atencioso. Sabe o que ele fez hoje? Mandou trazer almoço do Jóquei Clube para todas as enfermeiras do andar.

O homem é nojento. Robert se descobrira irritado.

— Esse seu maravilhoso paciente é casado?

— Não, querido. Por quê?

— Eu apenas queria saber.

Susan rira.

— Pelo amor de Deus, não está com ciúme, não é?

— De algum velho que está aprendendo a andar? Claro que não.

Uma ova que não estou! Mas ele não daria a Susan a satisfação de dizer que estava.

Quando Robert estava em casa, Susan procurava não falar do paciente; mas se ela não levantava o assunto, Robert o fazia.

— Como está o velho Monte de Grana?

— O nome dele não é Monte de Grana — protestava Susan. — É Monte Banks.

— Dá na mesma.

Era uma pena que o filho da puta não tivesse morrido no desastre de avião.

No dia seguinte era aniversário de Susan.

— Vamos comemorar — propusera Robert, no maior entusiasmo. — Sairemos para jantar em algum lugar, e depois...

— Tenho de trabalhar no hospital até as 20 horas.

— Não tem problema. Irei buscá-la no hospital.

— Ótimo. Monte está ansioso para conhecê-lo. Falei muito de você.

— Também estou ansioso para conhecer o velho.

Quando Robert chegara ao hospital, a recepcionista dissera:

— Boa-noite, comandante. Susan está de plantão na enfermaria ortopédica, no terceiro andar, à sua espera.

Quando Robert saltara do elevador, Susan o aguardava ali, em seu melhor uniforme branco engomado. Ele sentira o coração disparar. Susan estava tão linda...

— Olá, beleza.

Susan sorrira, estranhamente constrangida.

— Olá, Robert. Deixarei o serviço em poucos minutos. Venha comigo. Vou apresentá-lo a Monte.

Mal posso esperar.

Ela o conduzira a um quarto particular enorme, cheio de livros, flores e cestos com frutas, e fizera a apresentação:

— Monte, este é meu marido, Robert.

Robert ficara imóvel, olhando aturdido para o homem no leito. Era apenas três ou quatro anos mais velho do que Robert, parecia com Paul Newman. Robert desprezara-o à primeira vista.

— Tenho o maior prazer em conhecê-lo, comandante. Susan andou me contando tudo a seu respeito.

É sobre isso que conversam quando ela está ao lado de sua cama, durante a noite?

— Ela se orgulha muito de você.

É isso aí, companheiro, pode me jogar algumas migalhas. Susan olhava para Robert, torcendo para que ele fosse cortês. Ele bem que se esforçou.

— Soube que vai sair daqui em breve.

— Isso mesmo, graças principalmente à sua esposa. Ela fez um milagre.

"Acha mesmo que eu ficarei aqui, deixando que outra enfermeira cuide de você?"

— Posso imaginar. Essa é a sua especialidade.

Robert não fora capaz de disfarçar o tom de amargura em sua voz.

O JANTAR DE ANIVERSÁRIO fora um fiasco. Susan só queria falar sobre seu paciente.

— Ele não lhe lembrou alguém, querido?

— Boris Karloff.

— Por que tinha de ser tão grosseiro com ele?

Robert respondera friamente:

— Achei que fui muito cortês. Apenas não gosto dele.

Susan ficara aturdida.

— Nem mesmo o conhece direito. O que não gosta nele?

Não gosto da maneira como ele olha para você. Não gosto da maneira como o nosso casamento está desmoronando. Não quero perdê-la.

— Desculpe. Acho que estou muito cansado.

Terminaram o jantar em silêncio.

Na manhã seguinte, quando Robert se preparava para ir ao escritório, Susan anunciara:

— Robert, tenho uma coisa a lhe dizer...

E fora como se ele tivesse levado um soco no estômago. Não podia suportar que ela convertesse em palavras o que estava acontecendo.

— Susan...

— Sabe que amo você. E sempre amarei. É o homem mais querido e mais maravilhoso que já conheci.

— Por favor...

— Deixe-me acabar. Isto é muito difícil para mim. Durante o último ano, passamos apenas alguns minutos juntos. Não temos mais um casamento. Estamos cada vez mais separados.

Cada palavra era como uma faca cravada em seu coração.

— Tem toda razão — dissera Robert, desesperado. — Mas vou mudar isso. Deixarei o serviço. Hoje mesmo. Agora. Iremos para algum outro lugar e...

Ela sacudira a cabeça.

— Não, Robert. Ambos sabemos que não daria certo. Você está fazendo o que quer fazer. Se parasse por minha causa, sempre guardaria um ressentimento. Não é culpa de ninguém. Apenas... aconteceu. Quero o divórcio.

Fora como se o mundo tivesse desmoronado em cima de Robert. Ele sentira de repente uma náusea terrível.

— Não pode estar falando sério, Susan. Encontraremos um jeito de...

— É tarde demais. Há muito tempo que venho pensando nisso. Enquanto você viajava, eu ficava sentada em casa sozinha, esperando a sua volta, pensando a respeito. Temos levado vidas separadas. Preciso mais do que isso. Preciso de algo que você não pode mais me dar.

Robert ainda tentara controlar suas emoções.

— Isso... isso tem algo a ver com Monte de Grana?

Susan hesitara.

— Monte pediu-me em casamento.

Ele sentira suas entranhas se dilacerarem.

— E você vai aceitar?

— Vou.

Era uma espécie de pesadelo absurdo. *Isso não está acontecendo,* pensara Robert. *Não pode estar.* Seus olhos encheram-se de lágrimas. Susan o abraçara e apertara com força.

— Nunca mais sentirei por qualquer outro homem o que sinto por você. Amei você com todo meu coração e alma. Sempre o amarei. É o meu amigo mais querido. — Ela recuara, fitando-o nos olhos. — Mas isso não é suficiente. Pode me entender?

Robert só podia compreender que ela o deixava arrasado.

— Podemos tentar outra vez. Começaremos tudo de novo e...

— Sinto muito, Robert. — A voz de Susan era trêmula. — Sinto muito, mas está acabado.

Susan voara para Reno, enquanto o comandante Robert Bellamy tomava um porre que se prolongara por duas semanas.

OS VELHOS HÁBITOS não morrem fácil. Robert telefonara para um amigo no FBI. Al Traynor cruzara algumas vezes o seu caminho no passado, e Robert confiava nele.

— Tray, preciso de um favor.

— Um favor? Precisa é de um psiquiatra. Como pôde deixar Susan escapar?

A notícia provavelmente já se espalhara por toda a cidade.

— É uma longa e triste história.

— Lamento sinceramente, Robert. Ela era sensacional. Eu... ora, não importa. Em que posso ajudá-lo?

— Gostaria que verificasse alguém nos computadores para mim.

— Claro. Basta me dar o nome.

— Monte Banks. É apenas uma verificação de rotina.

— Certo. O que você quer saber?

— É bem provável que ele nem esteja em seus arquivos, Tray, mas se estiver... Veja se alguma vez ele foi multado por estacionar em local proibido, bater no cachorro ou avançar um sinal vermelho? O de sempre.

— Certo.

— E estou curioso para saber de onde ele tirou seu dinheiro. Gostaria de conhecer seus antecedentes.

— Apenas rotina, hein?

— E isso deve ficar entre nós, Tray. É uma questão pessoal, entende?

— Não tem problema. Ligarei para você pela manhã.

— Obrigado. Eu lhe devo um almoço.
— Jantar.
— Combinado.

Robert desligara, pensando: *O retrato de um homem se agarrando à última palha. O que estou esperando? Que ele seja Jack o Estripador, e Susan volte correndo para meus braços?*

DUSTIN THORNTON chamara Robert no início da manhã seguinte.
— Em que está trabalhando, comandante?
Ele sabe muito bem em que estou trabalhando, pensara Robert.
— Estou concluindo o levantamento da ficha daquele diplomata de Cingapura e...
— O que parece não ocupar todo o seu tempo.
— Como assim?
— Caso tenha esquecido, comandante, o ONI não tem jurisdição para investigar cidadãos americanos.

A perplexidade de Robert era total.
— Mas o que...?
— Fui informado pelo FBI que você está tentando obter informações que não têm nada a ver com o trabalho desta agência.

Robert sentira um súbito ímpeto de raiva. Fora traído pelo filho da puta do Traynor. Era o que se podia esperar da amizade.
— Era uma questão pessoal. Eu...
— Os computadores do FBI não podem ser usados para sua conveniência pessoal, nem para ajudá-lo a incomodar cidadãos particulares. Estou sendo claro?
— Muito.
— Isso é tudo.

Robert voltara correndo à sua sala. Seus dedos tremiam ao discar 202-324-3000. A ligação fora atendida no mesmo instante:
— FBI.

— Al Traynor.

— Um momento, por favor.

Um minuto depois, uma voz de homem atendera:

— Em que posso ajudá-lo?

— Quero falar com Al Traynor.

— Lamento, mas o agente Traynor não trabalha mais aqui. — Robert sentira um terrível choque.

— Como?

— O agente Traynor foi transferido.

— Transferido?

— Isso mesmo.

— Para onde?

— Boise. Mas não estará lá por algum tempo. Um longo tempo, infelizmente.

— Como assim?

— Ele foi atropelado por um motorista que fugiu, ontem à noite, quando fazia sua corrida no Rock Creek Park. Dá para acreditar? Algum idiota deve ter tomado um tremendo porre. Passou com o carro na pista de corrida. O corpo de Traynor foi jogado a mais de dez metros de distância. Talvez ele não sobreviva.

Robert desligara, a mente em turbilhão. O que estava acontecendo? Monte Banks, o típico americano de olhos azuis, estava sendo protegido. Do quê? Por quem? *Santo Deus,* pensara Robert, *em que Susan está se metendo?*

Ele fora visitá-la naquela mesma tarde.

ELA ESTAVA EM seu NOVO apartamento, um lindo dúplex na Main Street. Robert especulara se era Monte de Grana quem pagava o apartamento. Há semanas que não se encontrava com Susan, e a simples visão dela o deixara atordoado.

— Peço perdão por me intrometer desse jeito, Susan. Sei que prometi não me envolver.

— Disse que era algo sério.

— E é mesmo.

Agora que estava ali, ele não sabia como começar. *Susan, vim aqui para salvá-la?* Ela riria na sua cara.

— O que aconteceu?

— É sobre Monte.

Ela franzira o rosto.

— O que há com Monte?

Essa era a parte mais difícil. Como podia contar a Susan o que ele próprio não sabia? Sabia apenas que havia algo terrivelmente errado. Monte Banks estava mesmo nos computadores do FBI, só que com um aviso: *Nenhuma informação pode ser fornecida sem a devida autorização.* E sua indagação fora comunicada ao ONI. *Por quê?*

— Acho que ele... ele não é o que parece ser.

— Não estou entendendo.

— Susan... de onde ele tira seu dinheiro?

Ela ficara surpresa com a pergunta.

— Monte tem uma empresa de importação e exportação muito bem-sucedida.

A cobertura mais antiga do mundo.

Ele deveria ter imaginado que não poderia lançar sua carga com uma teoria meio indefinida. Fora um idiota. Susan esperava por uma resposta, e ele não tinha nenhuma.

— Por que está perguntando?

— Eu... apenas queria me certificar de que ele é o homem certo para você — balbuciara Robert, confuso.

— Ora, Robert...

A voz de Susan estava impregnada de desapontamento.

— Acho que eu não deveria ter vindo. — *Tinha esse direito, companheiro.* — Desculpe.

Susan se adiantara para abraçá-lo, murmurando:

— Eu compreendo.

Mas ela não compreendia. Não compreendia que uma indagação inocente sobre Monte Banks fora interceptada, comunicada ao ONI, e que o homem que tentara obter a informação fora transferido para um posto remoto.

HAVIA OUTROS MEIOS de obter informações, e Robert os tentara, discretamente. Telefonara para um amigo que trabalhava na revista *Forbes*.

— Robert! Há quanto tempo não o vejo! Em que posso ajudá-lo?

Robert explicara.

— Monte Banks? É curioso que você o mencione. Achamos que ele deve ser incluído na lista dos quatrocentos mais ricos da *Forbes*, mas não conseguimos obter informações concretas a seu respeito. Pode nos dizer alguma coisa?

Um zero.

Robert fora à biblioteca pública e procurara Monte Banks no *Who's Who*, o catálogo telefônico dos ricos e bem nascidos. Ele não estava relacionado.

Fora à seção de microfilmes e procurara em edições antigas do jornal *Washington Post* na ocasião em que Monte Banks sofrera o desastre de avião. Havia uma notícia pequena sobre o acidente. Referia-se a Banks como empresário.

Tudo parecia bastante inocente. *Talvez eu esteja enganado, pensara Robert. Talvez Monte Banks seja um homem inocente. Nosso governo não o protegeria se ele fosse um espião, um criminoso, estivesse envolvido com o tráfico de drogas... A verdade é que ainda estou tentando reconquistar Susan.*

SER SOLTEIRO outra vez significava a solidão, o vazio, uma sucessão de dias movimentados e noites insones. Uma maré de desespero o envolvia de repente, e ele desatava a chorar. Chorava por si mesmo e por Susan, chorava por tudo o que haviam perdido. A presença de Susan estava em toda parte. O apartamento fervilhava de lembranças dela. Robert era amaldiçoado pela recordação total, e cada cômodo o atormentava, com memórias da voz de Susan, seu riso, seu amor. Lembrava as colinas e vales suaves de seu corpo, quando se estendia nua na cama, à sua espera, e a angústia que o dominava se tornava insuportável.

Seus amigos se mostravam preocupados.

— Não deve ficar sozinho, Robert.

E passaram a ter um grito de guerra:

— Quero apresentá-lo a uma garota sensacional!

Elas eram altas e bonitas, ou baixas e sensuais. Eram modelos e secretárias, executivas de publicidade, divorciadas e advogadas. Mas nenhuma delas era Susan. Robert nada tinha em comum com qualquer delas, e tentar manter uma conversa com estranhas, pelas quais não sentia o menor interesse, só servia para torná-lo ainda mais solitário. Robert não tinha o menor desejo de ir para a cama com qualquer uma delas. Preferia ficar sozinho. Preferia rever um filme, reescrever o roteiro. Olhando para trás, era fácil perceber seus erros, compreender como deveria ter sido a conversa com o almirante Whittaker.

A CIA foi infiltrada por um homem conhecido como Raposa. O vice-diretor pediu para você descobri-lo.

Não, almirante. Sinto muito, mas estou levando minha esposa para uma segunda lua de mel.

Ele queria reeditar sua vida, dar-lhe um final feliz. Tarde demais. A vida não oferecia uma segunda oportunidade. Estava sozinho.

Fazia as próprias compras, cozinhava as refeições e ia à lavanderia ali perto uma vez por semana, quando estava em casa.

Fora um período solitário e angustiado na vida de Robert. Mas o pior ainda estava para acontecer. Uma linda designer que ele conhecera em Washington telefonara várias vezes, convidando-o para jantar. Robert relutara, mas acabara aceitando.

Ela preparara um delicioso jantar à luz de velas para os dois.

— Você é uma excelente cozinheira — comentara Robert.

— Sou muito boa em tudo. — E não havia como se equivocar com a insinuação. Ela chegara mais perto, acrescentando: — Deixe-me provar.

Ela pusera as mãos nas coxas de Robert, passara a língua por seus lábios. *Já faz muito tempo,* pensara Robert. *Talvez tempo demais.*

Foram para a cama. Um desastre, para consternação de Robert. Pela primeira vez em sua vida, Robert se descobrira impotente. E sentira-se humilhado.

— Não se preocupe, querido — dissera a mulher. — Tudo vai acabar dando certo.

Só que ela se enganara.

Robert voltara para casa constrangido, com a sensação de que estava entrevado. Sabia que, de alguma forma absurda e distorcida, sentira que fazer amor com outra mulher era uma traição a Susan. *Quão estúpido posso me tornar?*

Ele tentara fazer amor de novo, algumas semanas depois, com uma atraente secretária do ONI. Ela se mostrara ardente na cama, acariciando seu corpo, tomando-o em sua boca quente. Mas não adiantara. Ele queria apenas Susan. Depois disso, deixara de tentar. Pensara em consultar um médico, mas se sentira constrangido demais. Conhecia a resposta para seu problema, nada tinha a ver com conselhos médicos. Despejara toda a sua energia no trabalho. Susan telefonava pelo menos uma vez por semana.

— Não se esqueça de pegar suas camisas na lavanderia — dizia ela.

Ou então:

— Mandarei uma faxineira para arrumar o apartamento. Deve estar uma bagunça.

Cada telefonema fazia com que a solidão de Robert se tornasse ainda mais intolerável.

Ela ligara na noite anterior a seu casamento.

— Robert, quero que saiba que vou me casar amanhã.

Ele sentira dificuldade para respirar.

— Susan...

— Amo Monte... mas também amo você. E continuarei a amá-lo até o dia em que morrer. Quero que você nunca se esqueça disso.

O que havia para dizer?

— Você está bem, Robert?

Claro. Estou muito bem. Só que sou um eunuco fodido.

— Robert?

Ele não suportaria punir Susan com seus problemas.

— Estou ótimo. Mas poderia me fazer um favor, meu bem?

— Qualquer coisa que eu puder.

— Não... não deixe que ele a leve na lua de mel a qualquer dos lugares a que nós fomos.

Ele desligara e saíra para tomar outro porre.

Isso acontecera um ano antes. Era o passado. Ele fora forçado a enfrentar a realidade de que Susan pertencia agora a outro homem. Precisava viver o presente. Tinha um trabalho a realizar. Estava na hora de ter uma conversa com Leslie Mothershed, o homem que fotografara e anotara os nomes das testemunhas que Robert fora incumbido de descobrir, no que seria a sua última missão.

Capítulo 18

Leslie Mothershed se encontrava num estado além da euforia. No momento em que voltara a Londres, levando seu precioso filme, entrara apressado na pequena despensa que convertera em câmara escura, verificara se tinha ali tudo o que precisaria: tanque de processamento do filme, termômetro, pregadores de mola, quatro béqueres grandes, um cronômetro, revelador, as soluções químicas, o fixador. Apagou a luz e acendeu uma pequena lâmpada vermelha por cima de sua cabeça. As mãos tremiam quando abriu os cartuchos e removeu o filme. Respirou fundo várias vezes, a fim de se controlar. *Nada devia sair errado desta vez*, pensou ele. *Absolutamente nada. Isto é por você, mãe.*

Com todo cuidado, ele enrolou o filme nos carretéis. Pôs no tanque, enchendo com o revelador, o primeiro dos líquidos que usaria. Seria preciso uma temperatura constante de 20°C, assim como uma agitação periódica. Depois de 11 minutos, ele esvaziou o conteúdo e despejou o fixador.

Estava ficando nervoso outra vez, com pavor de cometer um erro. Despejou o fixador para a primeira lavagem, depois deixou o filme descansar numa bacia com água por dez minutos. Em seguida houve dois minutos de constante agitação num agente de limpeza, e mais 12 minutos na água. Trinta segundos numa solução especial garantiram que não haveria riscos ou falhas nos negativos. Ao final, com todo cuidado, ele removeu o filme, pendurou-o com os pregadores, usou um rolo de borracha para tirar as últimas gotas. Esperou impaciente que os negativos secassem.

Estava na hora de dar uma olhada. Prendendo a respiração, o coração disparado, Mothershed pegou a primeira tira de negativos, suspendendo contra a luz. *Perfeito! Absolutamente perfeito!*

Cada chapa era uma gema incomparável, uma foto que qualquer fotógrafo do mundo teria se orgulhado de tirar. Cada detalhe da estranha espaçonave estava bem delineado, inclusive os corpos das duas formas alienígenas lá dentro.

Duas coisas que não notara antes atraíram a atenção de Mothershed, que as examinou cuidadosamente. Onde a espaçonave se abrira, ele podia ver três divãs estreitos no interior... e, no entanto, havia apenas dois alienígenas. A outra coisa estranha era o fato de que uma das mãos dos alienígenas fora cortada. Não se via em parte alguma da fotografia. *Talvez a criatura tivesse apenas uma mão,* pensou Mothershed. *Por Deus, estas fotografias são obras-primas! Mamãe tinha razão. Sou mesmo um gênio.* Ele correu os olhos pelo pequeno cômodo e refletiu: *Na próxima vez em que revelar um filme, será num laboratório grande e bonito, em minha mansão em Eaton Square.*

Ele ficou parado ali, acariciando seu tesouro, como um avarento com seu ouro. Não haveria uma única revista ou jornal no mundo que não fosse capaz de matar para obter aquelas fotografias. Durante todos aqueles anos os filhos da puta haviam rejeitado suas fotografias com bilhetinhos insultuosos: "Obrigado por apresentar as fotos, que estamos agora devolvendo. Não atendem às nossas atuais necessidades." Ou então: "Obrigado por nos submeter as fotos. São muito parecidas com outras que já publicamos." Ou apenas: "Estamos devolvendo as fotografias que nos enviou."

Durante anos ele suplicara emprego aos idiotas, e agora teriam de rastejar à sua procura, pagariam caro pela rejeição anterior.

Mothershed não podia esperar. Tinha de começar imediatamente. Como a desgraçada da British Telecom cortara seu telefone, apenas porque se atrasara algumas semanas no último pagamento, ele saiu à procura de um telefone. Num súbito impulso, decidiu ir ao Langan's, o ponto de encontro de celebridades, e se presentear com um almoço bem merecido. O Langan's estava muito além de seus recursos, mas não poderia haver uma ocasião melhor para comemorar. Afinal, não estava prestes a se tornar rico e famoso?

UM MAÎTRE LEVOU Mothershed a uma mesa num canto do restaurante. Em num reservado a não mais que 3 metros de distância, ele avistou dois rostos familiares. Compreendeu de repente quem eram e experimentou alguma emoção. Michael Caine e Roger Moore, em pessoa! Ele desejou que a mãe ainda estivesse viva para poder lhe contar. Ela adorava ler sobre artistas de cinema. Os dois riam e se divertiam, sem a menor preocupação no mundo, e Mothershed não podia deixar de observá-los. Seus olhares passavam além deles. *Filhos da puta presunçosos!*, pensou Leslie Mothershed, irritado. *Talvez esperem que eu me aproxime e peça seus autógrafos. Pois dentro de alguns dias eles é que pedirão o meu. Todos estarão ansiosos em me apresentar a seus amigos.* "*Leslie, quero que conheça Charlie e Di, e estes são Fergie e Andrew. Leslie, vocês sabem, é o cara que tirou aquelas fotos famosas do OVNI.*"

Ao terminar o almoço, Mothershed passou pelos dois artistas e subiu para a cabine telefônica. O serviço de informações lhe daria o número do *Sun*.

— Eu gostaria de falar com o editor de fotos.

Uma voz de homem atendeu um momento depois:

— Chapman.

— Quanto valeria para vocês ter fotos de um OVNI com os corpos de dois alienígenas no interior?

A voz no outro lado da linha respondeu:

— Se as fotos forem bastante boas, poderemos publicá-las como exemplo de um embuste hábil, e...

Mothershed interrompeu-o, irritado:

— Acontece que não é nenhum embuste. Tenho os nomes de nove testemunhas respeitáveis que poderão confirmar que é algo autêntico, inclusive um padre.

O tom do homem mudou.

— É mesmo? E onde essas fotos foram tiradas?

— Não importa. — Mothershed era esperto, não se deixaria persuadir a revelar qualquer informação. — Estão interessados?

— Se pode provar que as fotos são autênticas — respondeu o homem, cauteloso —, claro que estamos interessados... e muito.

Nem poderia ser de outro modo, pensou Mothershed, alegremente.

— Voltarei a procurá-lo.

Ele desligou. Os outros dois telefonemas foram igualmente satisfatórios. Mothershed teve de admitir para si mesmo que registrar os nomes e endereços das testemunhas fora um golpe de puro gênio. Não havia agora a menor possibilidade de que alguém pudesse acusá-lo de tentar cometer uma fraude. Aquelas fotos apareceriam nas primeiras páginas de todos os jornais e revistas importantes do mundo. *Com meu crédito: Fotos de Leslie Mothershed.*

Ao deixar o restaurante, Mothershed não foi capaz de resistir ao impulso de se aproximar do reservado em que os dois artistas de cinema sentavam.

— Com licença. Desculpe incomodá-los, mas poderiam me dar seus autógrafos?

Roger Moore e Michael Caine sorriram-lhe amavelmente. Escreveram seus nomes em pedaços de papel e entregaram ao fotógrafo.

— Obrigado.

Saindo do restaurante, Leslie Mothershed rasgou furioso os autógrafos e espalhou os pedacinhos de papel.

Eles que se fodam!, pensou Mothershed. *Sou muito mais importante!*

Capítulo 19

Robert pegou um táxi para Whitechapel. Passaram pela City, o distrito financeiro de Londres, seguindo para leste, até alcançarem a Whitechapel Road, a área que Jack o Estripador tornara infame um século antes. Ao longo da Whitechapel Road havia dezenas de barracas, vendendo de tudo, de roupas a legumes frescos e tapetes.

Enquanto o táxi se aproximava do endereço de Mothershed, o bairro foi se tornando mais e mais dilapidado. Os pichadores haviam rabiscado todos os prédios velhos, com a tinta descascando. Passaram pelo Weaver's Arms Pub. *Este deve ser o bar que Mothershed frequenta,* pensou Robert. Outra placa informava: Walter Bookmaker... *Mothershed provavelmente faz suas apostas nos cavalos aí.*

Finalmente chegou à Grover Road, 213A. Robert dispensou o táxi e estudou o prédio à sua frente. Era um prédio feio, de dois andares, que fora dividido em pequenos apartamentos. Lá dentro estava o homem que tinha a lista completa das testemunhas que Robert fora incumbido de descobrir.

Leslie Mothershed estava na sala, pensando em sua sorte inesperada, quando a campainha da porta tocou. Ele levantou os olhos, surpreso, dominado por um medo súbito e inexplicável.

A campainha tocou de novo. Mothershed recolheu suas preciosas fotografias, levando-as às pressas para a câmara escura adaptada. Meteu-as por baixo de uma pilha de fotografias antigas, depois voltou à sala e foi abrir a porta do apartamento. Olhou para o estranho parado ali.

— O que deseja?
— Leslie Mothershed?
— Isso mesmo. Em que posso ajudá-lo?
— Posso entrar?
— Não sei. O que deseja?

Robert tirou do bolso uma identificação do Ministério da Defesa e a mostrou.

— Estou aqui em caráter oficial, Sr. Mothershed. Podemos conversar em seu apartamento ou no ministério.

Era um blefe, mas ele percebeu o medo repentino no rosto do fotógrafo. Leslie Mothershed engoliu em seco.

— Não sei o que pode querer comigo, mas... entre.

Robert entrou na sala miserável. Era insípida, sombria, jamais um lugar em que alguém viveria por opção.

— Pode me fazer a gentileza de explicar o que o trouxe aqui? — indagou Mothershed, com o tom apropriado de exasperação inocente.

— Estou aqui para interrogá-lo sobre algumas fotografias que tirou.

Ele sabia! Soubera desde o momento em que ouvira a campainha. Os *filhos da puta vão tentar me tirar essa fortuna! Mas não deixarei!*

— De que fotografias está falando?

— Das que tirou no local do acidente do OVNI — respondeu Robert, paciente.

Mothershed olhou fixamente para Robert por um momento, como se estivesse surpreso, depois forçou uma risada.

— Ah, *isso*! Eu bem que gostaria de poder entregá-las a você.
— Não tirou as fotos?
— Tentei.
— Como assim?
— Não saiu nada. — Mothershed teve uma tosse nervosa. — O filme queimou. É a segunda vez que isso me acontece. — Ele balbuciava agora. — Até joguei fora os negativos. Não prestavam para nada. Foi um desperdício total de filme. E sabe como os filmes estão caros hoje em dia.

Ele é um péssimo mentiroso, pensou Robert. *E está à beira do pânico.* Robert disse, suavemente:

— É uma pena. Aquelas fotos seriam bastante úteis.

Ele nada disse sobre a lista de passageiros. Se Mothershed mentira sobre as fotos, também mentiria sobre a lista. Robert olhou ao redor. As fotografias e a lista deviam estar escondidas em algum lugar por ali. *Não deveria ser difícil encontrá-las.* O apartamento consistia em uma pequena sala, um quarto, um banheiro, e o que parecia ser um *closet*. Ele não tinha como obrigar o homem a entregar o material. Não possuía uma autoridade real. Mas queria as fotografias e a lista de testemunhas antes que o SIS aparecesse e as levasse. Precisava daquela lista.

— Tem razão. — Mothershed suspirou. — Aquelas fotografias valeriam uma fortuna.

— Fale-me sobre a espaçonave — pediu Robert.

Mothershed teve um tremor involuntário. A cena fantástica ficaria gravada em sua mente para sempre.

— Jamais esquecerei... A nave parecia... pulsar, como se estivesse viva. Havia algo maligno nela. E lá dentro estavam dois alienígenas mortos.

— Pode me dizer alguma coisa sobre os passageiros do ônibus?

Claro que posso, pensou Mothershed, exultante. *Tenho os nomes e endereços de todos.*

— Não, infelizmente não. — Mothershed continuou a falar, a fim de esconder seu nervosismo. — E não posso ajudá-lo com os passageiros porque eu não estava no ônibus. Eram todos estranhos.

— Entendo. Bom, obrigado por sua cooperação, Sr. Mothershed. Lamento que tenha perdido as fotos.

— Eu também.

Mothershed observou a porta fechar por trás do estranho e pensou, feliz: *Eu consegui! Fui mais esperto do que os filhos da puta!*

Lá fora, no corredor, Robert examinava a fechadura da porta. Uma Chubb. E modelo antigo ainda por cima. Só precisaria de uns poucos segundos para abri-la. Iniciaria a vigilância no meio da noite e esperaria que o fotógrafo deixasse o apartamento pela manhã. *Depois que eu me apoderar da lista de passageiros, o restante da missão será simples.*

ROBERT REGISTROU-SE num pequeno hotel, perto do apartamento de Mothershed. Telefonou para o general Hilliard.

— Tenho o nome da testemunha inglesa, general.

— Só um instante. Muito bem, pode falar, comandante.

— Leslie Mothershed. Ele mora em Whitechapel, na Grove Road, 213A.

— Excelente. Providenciarei para que as autoridades britânicas falem com ele.

Robert não mencionou a lista de passageiros nem as fotografias. Eram o seu trunfo.

O REGGIE'S, UM restaurante especializado em peixe e batata frita, ficava num pequeno beco sem saída, junto da Brompton Road. Era pequeno, a freguesia constituída principalmente por escriturários e secretárias que trabalhavam nos arredores. As paredes eram cobertas por cartazes de futebol, e as partes à mostra não viam uma mão de tinta desde o conflito de Suez.

O telefone por trás do balcão tocou duas vezes, antes de ser atendido por um homem enorme, vestindo uma suéter de lã imunda. O homem parecia um típico habitante do East End de Londres, exceto pelo monóculo de aro de ouro, fixado sobre o olho esquerdo. O motivo para o monóculo era evidente para qualquer um que examinasse o homem mais atentamente: seu outro olho era feito de vidro, e de uma cor azul que geralmente se encontrava nos cartazes de viagens.

— Reggie falando.

— Aqui é o Bispo.

— Pois não, senhor — disse Reggie, baixando a voz para um sussurro.

— O nome de nosso cliente é Mothershed. Nome de batismo, Leslie. Reside na Grove Road, 213A. Precisamos que a encomenda seja despachada rapidamente. Entendido?

— Já está feito, senhor.

Capítulo 20

Leslie Mothershed estava perdido num devaneio feliz. Era entrevistado por representantes da imprensa internacional. Interrogavam-no sobre o enorme castelo que acabara de comprar na Escócia, o *château* ao sul da França, seu enorme iate. *"E é verdade que a rainha o convidou para ser o fotógrafo real oficial?" "É, sim. Eu disse a ela que daria a resposta mais tarde. E agora, senhoras e senhores, se me dão licença, já estou atrasado para o meu programa na BBC..."*

O devaneio foi interrompido pela campainha da porta. Ele olhou para o relógio. Onze horas. *Será que aquele homem voltou?* Mothershed foi até a porta e a abriu, cauteloso. Ali estava um homem mais baixo (foi a primeira coisa que ele notou), óculos de lentes grossas, rosto magro e pálido.

— Com licença — disse o homem, timidamente. — Peço desculpas por incomodá-lo a esta hora. Moro no final do quarteirão. A placa lá fora diz que é um fotógrafo.

— E daí?

— Tira fotos para passaportes?

Leslie Mothershed tira fotos para passaportes? O homem que está prestes a possuir o mundo? É como pedir a Michelangelo para pintar o banheiro.

— Não — respondeu ele, bruscamente, começando a fechar a porta.

— Juro que detesto incomodá-lo, mas estou numa situação terrível. Meu avião decola para Tóquio às 8 horas. Há poucos minutos, quando peguei o passaporte, descobri que a fotografia desprendera. Já a procurei por toda parte. Desapareceu mesmo. Não vão me deixar embarcar sem uma foto no passaporte.

O homenzinho estava quase em lágrimas.

— Sinto muito, mas não posso ajudá-lo — declarou Mothershed.

— Eu estaria disposto a lhe pagar 100 libras.

Cem libras? Para um homem com um castelo, um château *e um iate? É um insulto.* O homenzinho patético acrescentou:

— Posso até pagar mais. Duzentas ou 300 libras. Precisa compreender que tenho de embarcar naquele avião, ou perderei meu emprego.

Trezentas libras para tirar um retrato de passaporte? Sem incluir a revelação, levaria cerca de dez segundos. Mothershed começou a fazer cálculos. Isso representaria 1.800 libras por minuto. Ou seja, 10.800 libras por hora. Se trabalhasse oito horas por dia, seriam 94.000 libras por dia. Em uma semana, daria...

— Vai aceitar?

O ego de Mothershed entrou em conflito com a ganância, e a ganância venceu. *Sempre posso aproveitar uns trocados.*

— Entre — disse Mothershed. — Fique de pé junto daquela parede.

— Obrigado. Não sabe o que isso significa para mim.

Mothershed desejou ter uma câmera Polaroid. Tornaria tudo muito simples. Ele pegou a Vivitar e disse:

— Não se mexa.

Dez segundos depois estava acabado.

— Vai demorar um pouco para revelar — informou Mothershed. — Se quiser voltar...

— Se não se importa, esperarei aqui.
— Como quiser.

Mothershed levou a câmera para a câmara escura, desligou a luz, acendeu a lâmpada vermelha, removeu o filme da máquina. Teria de trabalhar depressa. De qualquer forma, os retratos de passaporte eram sempre horríveis. Quinze minutos depois, quando o filme se encontrava na bacia de revelação, Mothershed começou a sentir um cheiro de queimado. Ficou imóvel. Seria sua imaginação? Não. O cheiro era cada vez mais forte. Ele virou-se para abrir a porta. Parecia emperrada. Mothershed empurrou a porta com toda força. Não conseguiu abri-la.

— Ei! — gritou ele. — O que está acontecendo aí?

Não houve resposta.

— Olá? — Ele empurrou a porta com o ombro, mas parecia haver alguma coisa pesada no outro lado, mantendo-a fechada. — Ei, senhor?

Não houve resposta. O único som que ele podia ouvir era um crepitar alto. O cheiro se tornava cada vez mais sufocante. O apartamento estava em chamas. *Provavelmente foi por isso que ele saiu. Foi buscar ajuda.* Leslie Mothershed bateu com o ombro na porta, mas não conseguiu tirá-la do lugar.

— Socorro! — gritou ele. — Tirem-me daqui!

A fumaça começava a entrar por baixo da porta, e Mothershed podia sentir o calor das chamas que a lambiam. A respiração se tornava mais e mais difícil. Ele estava sufocando. Abriu o colarinho, ofegante. Os pulmões ardiam. Começava a perder os sentidos. Caiu de joelhos.

— Oh, Deus, por favor, não me deixe morrer agora, quando ia me tornar rico e famoso...

— REGGIE falando.
— A encomenda foi despachada?

— Foi, sim, senhor. Um pouco cozida demais, mas entregue no prazo.

— Excelente!

Ao chegar à Grove Road, às 2 horas da madrugada, a fim de iniciar a vigilância, Robert deparou com um enorme engarrafamento. A rua estava cheia de veículos oficiais, caminhões dos bombeiros, ambulâncias, e três carros da polícia. Robert abriu caminho pela multidão de espectadores, encaminhando-se para o centro das atividades. O prédio inteiro fora engolfado pelo fogo. Ele pôde ver que o apartamento ocupado pelo fotógrafo, no primeiro andar, fora completamente destruído.

— Como isso aconteceu? — perguntou Robert a um bombeiro.

— Ainda não sabemos. Recue, por favor.

— Meu primo mora naquele apartamento. Ele está bem?

— Receio que não. — O tom era de compaixão. — Estão tirando-o do prédio neste momento.

Robert observou dois atendentes empurrarem uma maca com um corpo para uma ambulância.

— Eu estava hospedado com ele — disse Robert. — Deixei todas as minhas roupas lá dentro. Gostaria de entrar e...

O bombeiro sacudiu a cabeça.

— Não adiantaria, senhor. Nada sobrou do apartamento além de cinzas.

Nada sobrou além de cinzas. Nem as fotografias, nem a preciosa lista de passageiros, com seus nomes e endereços.

É o que se pode esperar da sorte inesperada, pensou Robert, amargurado.

Em Washington, três dias depois, Dustin Thornton almoçava com o sogro, na suntuosa sala de almoço particular do escritório de Willard Stone. Dustin Thornton estava nervoso. Sempre se sentia nervoso na presença do poderoso sogro. Willard Stone demonstrava bastante satisfação.

— Jantei com o presidente ontem. Ele me disse que está muito satisfeito com o seu trabalho, Dustin.

— Fico feliz em saber disso.

— Vem realizando um excelente trabalho. Tem ajudado a nos proteger contra as hordas.

— As hordas?

— Aqueles que tentam pôr este grande país de joelhos. Mas não é apenas contra o inimigo além das muralhas que devemos nos precaver. Temos de nos preocupar também com aqueles que fingem servir nosso país, que deixam de cumprir seu dever. Aqueles que não executam as ordens.

— Os independentes.

— Isso mesmo, Dustin. Os independentes. Eles devem ser punidos. Se...

Um homem entrou na sala.

— Com licença, Sr. Stone. Os cavalheiros chegaram. Estão à sua espera.

— Certo. — Stone virou-se para o genro. — Termine seu almoço, Dustin. Tenho de cuidar de um problema importante. Um dia talvez eu possa lhe contar tudo.

Capítulo 21

As ruas de Zurique estavam cheias de criaturas de aparência fantástica, com contornos estranhos, gigantes disformes, com corpos grotescos e olhos pequenos, a pele da cor de peixe cozido. Eram carnívoras, e ela detestava os cheiros fétidos que exalavam de seus corpos. Algumas das fêmeas usavam peles de animais, os restos de criaturas que haviam assassinado. Ela ainda se sentia atordoada pelo terrível acidente que tirara a essência vital de seus companheiros.

Encontrava-se na Terra há quatro ciclos do que aqueles seres de aparência estranha chamavam de *luna*, e ainda não comera durante todo esse tempo. Só conseguira tomar a água fresca de chuva no cocho do fazendeiro, e não tornara a chover desde a noite em que chegara. O restante da água na Terra era insuportável. Bem que entrara num centro de alimentação alienígena, mas não fora capaz de suportar o fedor. Tentara comer seus legumes e frutas crus, mas eram sem gosto, muito diferentes dos alimentos suculentos em seu planeta.

Era chamada a Graciosa, alta, imponente e bela, com olhos verdes luminosos. Adotara a aparência de uma terráquea depois que deixara o local do acidente e caminhara despercebida entre a multidão.

Estava sentada agora a uma mesa, numa cadeira desconfortável, construída para o corpo humano, e lia as mentes das criaturas ao seu redor. Dois seres sentavam a uma mesa ao lado. Um deles falou em voz alta:

— É a oportunidade de uma vida, Franz! Por 50 mil francos, você pode entrar no início. Tem 50 mil francos, não é?

Ela leu os pensamentos do homem. *Vamos, seu idiota, preciso da comissão.*

— Claro, mas não sei...

Terei de tomar emprestado de minha mulher.

— Alguma vez já lhe dei um mau conselho sobre investimentos?

Tome logo essa decisão!

— É muito dinheiro.

Ela nunca vai me dar tudo isso.

— Mas o que me diz do potencial? Há uma possibilidade de ganhar milhões.

Diga sim!

— Está certo. Eu entro.

Talvez eu possa vender algumas joias dela.

Ele está na minha mão!

— Garanto que nunca vai se arrepender, Franz.

Ele sempre pode arcar com o prejuízo.

A Graciosa não tinha a menor ideia do que significava a conversa.

No outro lado do restaurante, um homem e uma mulher estavam sentados a uma mesa. Conversavam em voz baixa. Ela projetou a mente para ouvi-los.

— Santo Deus! — disse o homem. — Como pôde engravidar?

Sua sacana estúpida!

— Como acha que engravidei?

Seu pau é o culpado!

Aqueles seres se reproduziam pela gravidez, procriando de forma desajeitada com os órgãos genitais, como seus animais nos campos.

— O que pretende fazer, Tina?

Tem de fazer um aborto! Hoje!

— O que espera que eu faça? Disse que ia contar tudo à sua esposa.

Seu filho da puta mentiroso!

— E vou mesmo contar, meu bem, mas esta é a pior ocasião.

Fui um louco ao me envolver com você. Deveria saber que só me causaria problemas.

— É uma péssima ocasião para mim também, Paul. Acho até que você não me ama.

Por favor, diga que me ama.

— Claro que eu a amo. Acontece apenas que minha esposa está passando por um período difícil neste momento.

Não tenho a menor intenção de perdê-la.

— Também estou passando por um período difícil. Será que não compreende? Vou ter um filho seu.

E é melhor casar comigo. As lágrimas escorriam dos olhos da mulher.

— Fique calma, meu bem. Tudo vai dar certo. Quero essa criança tanto quanto você.

Terei de persuadi-la a fazer um aborto.

Um macho sentava sozinho a uma mesa perto deles.

Eles me prometeram. Garantiram que a corrida estava combinada, que eu não poderia perder. Como um idiota, entreguei-lhes todo o meu dinheiro. Tenho de encontrar um meio de repô-lo antes que os auditores cheguem. Não poderia suportar se me colocarem na cadeia. Eu me mataria antes. Juro por Deus que me mataria.

Em outra mesa, um macho e uma fêmea estavam no meio de uma discussão.

— ...não é nada disso. Acontece apenas que tenho um lindo chalé nas montanhas e achei que seria ótimo para você passar o fim de semana ali e relaxar.

Passaremos muito tempo relaxando na minha cama, querida.
— Não sei, Claude... Nunca viajei com um homem antes.
Será que ele vai acreditar nisso?
— *Oui,* mas isso nada tem a ver com sexo. Apenas pensei no chalé porque você disse que precisava de um descanso. Pode pensar em mim como seu irmão.
E vamos experimentar um gostoso e antiquado incesto.

A Graciosa não sabia que as várias pessoas falavam em línguas diferentes, pois era capaz de filtrar todas por meio de sua percepção e compreender o que diziam.

Preciso encontrar uma maneira de entrar em contato com a nave-mãe, pensou ela.

Tirou da bolsa o pequeno transmissor prateado de controle manual. Era um sistema neurônico misto, a metade formada por material orgânico vivo, a outra metade constituída por um composto metálico de outra galáxia. O material orgânico era formado por milhares de células individuais, o que permitia que à medida que algumas morressem outras se multiplicassem, mantendo as conexões constantes. Infelizmente, o cristal de dilítio que ativava o transmissor se soltara e sumira. Ela já tentara se comunicar com a nave, mas o transmissor era inútil sem o cristal.

Ela tentou comer outra folha de alface, mas não conseguiu mais suportar o mau cheiro. Levantou e se encaminhou para a porta. A caixa chamou-a:

— Ei, dona, espere um instante! Não pagou a refeição!
— Desculpe. Não disponho do instrumento de troca de vocês.
— Pode dizer isso à polícia.

A Graciosa fitou a caixa nos olhos e a observou murchar. Virou-se e deixou o ponto de alimentação.

Preciso encontrar o cristal. Eles estão esperando por notícias minhas. Precisava se concentrar em focalizar os sentidos. Mas tudo parecia borrado e distorcido. Sem água, ela sabia, morreria em breve.

Capítulo 22

DIA 5, BERNA, SUÍÇA

Robert chegara a um beco sem saída. Não percebera o quanto contava com a obtenção da lista de nomes de Mothershed. *Tudo se desmanchou em fumaça,* pensou ele. *Literalmente.* A trilha desaparecera agora. *Eu deveria ter apanhado a lista quando estive no apartamento de Mothershed. Isso vai me ensinar... ensinar...* Mas é claro! Um pensamento que aflorara no fundo de sua mente entrou em foco de repente. Hans Beckerman dissera: *"Affernasch! Todos os outros passageiros ficaram agitados ao verem o OVNI e aquelas criaturas mortas no interior, mas o velho se queixou que tínhamos de nos apressar para chegar a Berna, porque precisava preparar uma palestra que faria na universidade pela manhã."* Era um tiro no escuro, mas era tudo o que Robert tinha.

Ele alugou um carro no aeroporto de Berna e seguiu para a universidade. Deixou a Rathausgasse, a rua principal da cidade, e entrou na Länggassestrasse, onde ficava a Universidade de Berna. A universidade é formada por vários prédios, o principal é uma enorme construção de quatro andares, com duas alas e enormes gárgulas de pedra adornando o telhado. Em cada lado do pátio, na frente da entrada, há claraboias de vidro sobre salas de aula, e nos fundos da universidade existe um vasto estacionamento, à beira do rio Aare.

Robert subiu os degraus na frente do prédio da administração e entrou no saguão. A única informação obtida de Beckerman fora a de que o passageiro era alemão e preparava uma palestra que faria na segunda-feira.

Um estudante indicou-lhe onde ficava a secretaria. A mulher sentada por trás da mesa era uma figura formidável. Usava um terninho austero, óculos de aros pretos, os cabelos presos num coque. Levantou os olhos quando Robert entrou em sua sala.

— *Bitte?*

Robert tirou do bolso seu cartão de identificação.

— Interpol. Estou realizando uma investigação e agradeceria sua cooperação, senhorita...

— *Frau. Frau* Schreiber. Que tipo de investigação?

— Procuro um professor.

Ela franziu o rosto.

— O nome?

— Não sei.

— Não sabe o nome?

— Não. É um professor-visitante. Fez uma palestra aqui há poucos dias. *Montag.*

— Muitos professores-visitantes vêm aqui todos os dias para fazerem palestras. Qual é a disciplina dele? O que ele ensina? — O tom da mulher era de crescente impaciência. — Sobre que assunto ele fez a palestra?

— Não sei.

Ela deixou transparecer sua irritação.

— *Tut mir leid.* Não posso ajudá-lo. E estou ocupada demais para perguntas frívolas como essas...

A mulher começou a se virar.

— Não têm nada de frívolas. *Es ist sehr dringend*. — Robert inclinou-se para a frente e acrescentou em voz baixa: — Vou lhe revelar algo confidencial. O professor que estamos procurando se encontra envolvido numa rede de prostituição.

A boca de *Frau* Schreiber se contraiu numa expressão de surpresa.

— A Interpol está em sua pista há meses. A única informação a seu respeito de que dispomos é de que se trata de um alemão e fez uma palestra aqui no dia 15. — Robert se empertigou. — Se não quer ajudar, podemos conduzir uma investigação oficial na universidade. É claro que a publicidade...

— *Nein, nein!* A universidade não deve ser envolvida em qualquer coisa assim. — Ela parecia preocupada. — Diz que ele fez uma palestra aqui... em que dia?

— No dia 15, segunda-feira.

Frau Schreiber levantou-se e foi até um arquivo. Abriu-o e examinou alguns papéis. Tirou umas folhas de uma pasta.

— Aqui está. Três professores convidados fizeram palestras aqui no dia 15.

— O homem que procuro é alemão.

— Todos são alemães. — *Frau* Schreiber sacudiu os papéis em sua mão. — Uma palestra foi sobre economia, outra sobre química e a terceira sobre psicologia.

— Posso dar uma olhada?

Relutante, ela entregou os papéis a Robert.

Ele estudou-os. Cada um tinha um nome escrito, o endereço residencial e um telefone.

— Posso tirar uma cópia, se quiser.

— Não, obrigado. — Robert já memorizara os nomes e números. — Nenhum desses é o homem que procuro.

Frau Schreiber deixou escapar um suspiro de alívio.

— Graças a Deus! Prostituição! Nunca poderíamos nos envolver em algo assim!

— Desculpe incomodá-la por nada.

Robert saiu e procurou uma cabine telefônica na rua. A primeira ligação foi para Berlim.

— Professor Streubel?

— *Ja.*

— Aqui é da companhia de ônibus de excursão Sunshine. Esqueceu seus óculos em nosso ônibus no último domingo, quando excursionava conosco pela Suíça e...

— Não sei do que está falando.

O homem parecia irritado.

— Não estava na Suíça no dia 14, professor?

— Não. Só cheguei no dia 15, para fazer uma palestra na Universidade de Berna.

— E não andou em um de nossos ônibus de excursão?

— Não tenho tempo para essas bobagens. Sou um homem ocupado.

O professor desligou. A segunda ligação foi para Hamburgo.

— Professor Heinrich?

— Aqui é o professor Heinrich.

— Estou falando da companhia de ônibus de excursão Sunshine. Esteve na Suíça no dia 14 deste mês?

— Por que deseja saber?

— Porque encontramos uma pasta sua em um de nossos ônibus, professor, e...

— Está falando com a pessoa errada. Não andei em nenhum ônibus de excursão.

— Não fez uma excursão nossa para o Jungfrau?

— Acabei de dizer que não.

— Desculpe tê-lo incomodado.

A terceira ligação foi para Munique.

— Professor Otto Schmidt?

— Sou eu mesmo.

— Professor Schmidt, aqui é da companhia de ônibus de excursão Sunshine. Temos uns óculos que deixou em nosso ônibus há poucos dias e...

— Deve haver algum engano.

Robert sentiu um frio no coração. Errara o alvo. Nada lhe restava para continuar. A voz acrescentou:

— Estou com meus óculos aqui. Não os perdi.

Robert se reanimou.

— Tem certeza, professor? Esteve naquela viagem para Jungfrau no dia 14, ou não esteve?

— Estive, sim, já lhe disse, mas não perdi coisa alguma.

— Muito obrigado, professor.

Robert desligou. *Bingo!*

ROBERT DISCOU outro número, e dois minutos depois estava falando com o general Hilliard.

— Tenho duas coisas a comunicar — disse Robert. — A primeira, sobre a testemunha em Londres de que falei.

— O que houve com ela?

— Morreu num incêndio ontem à noite.

— É mesmo? Lamentável!

— Também acho, senhor. Mas creio que localizei outra testemunha. Eu o avisarei assim que confirmar.

— Ficarei esperando, comandante.

O general Hilliard entrou em contato com Janus.

— O comandante Bellamy localizou outra testemunha.

— Ótimo. O grupo está cada vez mais irrequieto. Todos se preocupam com a possibilidade da história vazar antes que o SDI se torne operacional.

— Terei mais informações em breve.

— Não quero informações. Quero resultados.
— Certo, Janus.

A Plattenstrasse, em Munique, é uma rua residencial tranquila, com prédios antigos e dilapidados, todos agrupados, como se em busca de proteção mútua. O número 5 era igual aos vizinhos. Dentro do saguão, havia uma fileira de caixas de correspondência. Uma pequena placa por baixo de uma delas dizia: "Professor Otto Schmidt." Robert apertou a campainha.

A porta do apartamento foi aberta por um homem alto e magro, com os cabelos brancos desgrenhados. Usava uma suéter desfiada e fumava um cachimbo. Robert especulou se ele criara a imagem de um arquétipo de professor universitário, ou se a imagem o criara.

— Professor Schmidt?
— Sou eu mesmo.
— Gostaria de lhe falar por um momento. Sou da...
— Já nos falamos. É o homem que me telefonou esta manhã. Sou um perito em reconhecer vozes. Entre.
— Obrigado.

Robert entrou numa sala apinhada de livros. Havia estantes nas paredes, do chão ao teto, com centenas de volumes. Também havia livros empilhados por toda parte: em mesas, no chão, em cadeiras. Os poucos móveis na sala pareciam ser secundários.

— Não é da companhia suíça de ônibus de excursão, não é mesmo?
— Bem, eu...
— É americano.
— É isso mesmo.
— E esta visita nada tem a ver com meus óculos perdidos que não foram perdidos.
— Ah... não, senhor.

— Está interessado no OVNI que eu vi. Foi uma experiência muito desconcertante. Sempre acreditei que podiam existir, mas nunca pensei que veria um.

— Deve ter sido um choque terrível.

— Foi mesmo.

— Pode me dizer alguma coisa a respeito?

— Parecia... quase vivo. Havia uma espécie de luz tremeluzente ao redor. Azul. Não, talvez mais cinza. Não tenho certeza.

Robert lembrou a descrição de Mandel: *"Mudava de cor a todo instante. Parecia azul... depois verde."*

— Rompera-se e pude avistar dois corpos lá dentro. Pequenos... olhos enormes. Usavam um traje prateado.

— Pode me dizer alguma coisa sobre os outros passageiros?

— Os passageiros do ônibus?

— Isso mesmo.

O professor deu de ombros.

— Nada sei sobre eles. Eram todos estranhos. Eu me concentrava numa palestra que faria na manhã seguinte e não prestava muita atenção aos outros passageiros.

Robert esperou, observando-o.

— Se ajudar em alguma coisa, posso lhe dizer de que países eram alguns. Sou professor de química, mas meu passatempo é o estudo da fonética.

— Agradeceria qualquer coisa que possa lembrar.

— Havia um padre italiano, um húngaro, um americano com sotaque do Texas, um inglês, uma jovem russa...

— Russa?

— Exatamente. Mas ela não era de Moscou. Pelo sotaque, eu diria que era de Kiev, ou algum lugar nas proximidades.

Robert tornou a esperar, mas houve apenas silêncio.

— Não ouviu nenhum deles mencionar o nome, ou falar da profissão?

— Talvez possa trazê-lo de volta mais tarde. Por que não me dá seu cartão? Posso lhe telefonar se me lembrar de mais alguma coisa.

Robert tateou nos bolsos.

— Acho que não trouxe nenhum cartão.

O professor Schmidt murmurou:

— Era o que eu imaginava...

— O COMANDANTE Bellamy está na linha.

O general Hilliard atendeu.

— Pois não, comandante?

— O nome da última testemunha é o professor Schmidt. Mora na Plattenstrasse, 5, em Munique.

— Obrigado, comandante. Comunicarei imediatamente às autoridades alemãs.

Robert já ia dizer "E receio que será a última testemunha que conseguirei descobrir", mas algo o conteve. Detestava admitir o fracasso. E, no entanto, a trilha sumira por completo. Um texano e um padre. O padre era de Roma. Ponto final. Assim como um milhão de outros padres. E não havia como identificá-lo. *Tenho uma opção,* pensou Robert. *Posso desistir e voltar a Washington, ou posso ir a Roma e fazer uma última tentativa...*

O BUNDESVERFASSUNGSSCHUTZAMT, o quartel-general do Serviço de Proteção da Constituição, fica no centro de Berlim, na Neumarkterstrasse. É um prédio grande e cinzento, sem qualquer característica marcante, sem nada para distingui-lo dos prédios ao redor. Lá dentro, no segundo andar, na sala de reuniões, o chefe do departamento, inspetor Otto Joachim, estudava uma mensagem. Leu-a duas vezes, depois estendeu a mão e pegou o telefone vermelho em cima da mesa.

DIA 6, MUNIQUE, ALEMANHA

Na manhã seguinte, ao se encaminhar para seu laboratório de química, Otto Schmidt pensava na conversa que tivera com o americano na noite anterior. De onde teria vindo aquele pedaço de metal? Era espantoso, além de qualquer coisa em sua experiência. E o americano o deixara perplexo. *Dissera que estava interessado nos passageiros do ônibus. Por quê? Por que todos foram testemunhas do disco voador? Serão advertidos a não falarem coisa alguma? Se era esse o caso, por que o americano não o advertira? Havia alguma coisa estranha acontecendo,* concluiu o professor. Ele entrou no laboratório, tirou o paletó e o pendurou. Pôs o avental para evitar que as roupas ficassem sujas, foi até a bancada em que vinha trabalhando há muitos meses, numa experiência química. *Se isto der certo,* pensou ele, *pode me valer um prêmio Nobel.* Ele levantou o béquer de água esterilizada e começou a derramar num recipiente com um líquido amarelo. *É estranho. Não me lembro de ser um amarelo tão brilhante.*

O estrondo da explosão foi tremendo. O laboratório se transformou numa fornalha gigantesca, fragmentos de vidro e carne humana salpicaram as paredes.

MENSAGEM URGENTE
ULTRASSECRETA
BFV PARA VICE-DIRETOR ASN
ASSUNTO: OPERAÇÃO JUIZO FINAL
4. OTTO SCHMIDT — ARQUIVADO
FIM DA MENSAGEM

Robert perdeu a notícia da morte do professor. Estava a bordo de um avião da Alitalia, a caminho de Roma.

Capítulo 23

Dustin Thornton estava se tornando irrequieto. Tinha o poder agora, e era como uma droga. Queria mais. O sogro, Willard Stone, sempre prometia que o introduziria num misterioso círculo secreto, mas até agora não cumprira a promessa.

Foi por puro acaso que Thornton descobriu que o sogro desaparecia todas as sextas-feiras. Thornton ligou para almoçar com ele.

— Lamento — disse a secretária particular de Willard Stone —, mas o Sr. Stone estará ausente o dia todo.

— É uma pena. Pode marcar um almoço então na próxima sexta-feira?

— Sinto muito, Sr. Thornton, mas o Sr. Stone também estará ausente na próxima sexta-feira.

Estranho. E se tornou ainda mais estranho quando Thornton telefonou duas semanas depois, e obteve a mesma resposta. *Para onde o velho vai toda sexta-feira?* Ele não era um golfista, ou homem que se dedicasse a qualquer hobby.

A resposta óbvia era uma mulher. A esposa de Willard Stone era uma socialite muito rica. Uma mulher autoritária, quase tão poderosa, à sua maneira, quanto o marido. Não era o tipo de mulher que toleraria uma relação extraconjugal do marido. *Se ele está tendo um caso,* pensou Thornton, *ficará sob meu controle.* Thornton sabia que precisava descobrir.

Com todos os recursos à sua disposição, Dustin Thornton poderia ter descoberto muito depressa o que o sogro andava fazendo. Só que Thornton não era nenhum tolo. Estava bem consciente que teria muitos problemas se desse um único passo em falso. Willard Stone não era o tipo de homem que admitisse qualquer interferência em sua vida. Thornton decidiu investigar o mistério pessoalmente.

Às 5 HORAS DA MANHÃ, na sexta-feira seguinte, Dustin Thornton estava arriado por trás do volante de um Ford Taurus anônimo, a meio quarteirão da mansão de Willard Stone. Era uma manhã fria e horrível, Thornton se perguntava a todo instante o que fazia ali. Era mais do que provável que houvesse alguma explicação perfeitamente razoável para o estranho comportamento de Stone. *Estou desperdiçando meu tempo,* pensou Thornton. Mas alguma coisa o mantinha ali.

Às 7 horas os portões foram abertos, e um carro saiu. Willard Stone estava ao volante. Em vez da limusine habitual, ele estava num pequeno furgão preto, geralmente usado pelos criados. Thornton foi dominado por um sentimento de exultação. Sabia que se encontrava na pista de algo importante. As pessoas viviam de acordo com seu padrão, e Stone naquele momento quebrava seu padrão. Só podia ser outra mulher.

Guiando com todo cuidado, permanecendo bem atrás do furgão, Thornton seguiu o sogro pelas ruas de Washington, até a estrada que levava para Arlington.

Terei de cuidar do assunto com o maior cuidado, pensou Thornton. *Não quero pressioná-lo demais. Obterei todas as informações que puder sobre sua amante e depois o confrontarei. Direi que meu único interesse é protegê-lo. Ele vai compreender. A última coisa que ele quer é um escândalo público.*

Dustin Thornton se achava tão absorvido em seus pensamentos que quase perdeu a curva que Willard Stone fizera. Estavam num bairro residencial exclusivo. O furgão preto desapareceu abruptamente por um caminho entre árvores.

Thornton parou o carro, tentando decidir o que era melhor. Deveria confrontar Willard Stone com sua infidelidade agora? Ou deveria esperar até que Stone se retirasse, e falar com a mulher primeiro? Ou seria melhor obter discretamente todas as informações de que precisava, e só depois conversar com o sogro? Ele resolveu fazer um reconhecimento de território.

Deixou o carro numa rua transversal, deu a volta para a viela nos fundos da casa de dois andares. Uma cerca de madeira bloqueava a passagem para o quintal dos fundos, mas isso não era problema. Thornton abriu o pequeno portão na cerca e entrou. Deparou com um jardim, enorme, bonito, muito bem cuidado.

Avançou sem fazer barulho para a sombra das árvores à beira do gramado, ficou parado ali, olhando para a porta dos fundos, tentando decidir qual deveria ser seu próximo movimento. Precisava de provas do que estava acontecendo. Sem isso, o velho riria em sua cara. E o que quer que estivesse acontecendo lá dentro, naquele momento, poderia ser a chave para seu futuro. Ele tinha de descobrir.

Com todo cuidado, Thornton foi até a porta dos fundos, e experimentou a maçaneta. A porta não estava trancada. Ele entrou, descobrindo-se numa cozinha grande e antiquada. Não havia ninguém por ali. Thornton encaminhou-se para a porta de serviço, entreabriu-a. Avistou um enorme saguão. Na outra extremidade, havia uma porta fechada, que podia levar a uma biblioteca. Thornton foi andando para lá, em silêncio. Parou por um momento, escutando. Não havia sinal de vida na casa. O *velho provavelmente está lá em cima, no quarto.*

Thornton alcançou a porta fechada, abriu-a. E ficou imóvel, aturdido. Havia uma dúzia de homens sentados na sala, em torno de uma mesa grande.

— Entre, Dustin — disse Willard Stone. — Estávamos à sua espera.

Capítulo 24

Roma provou ser muito difícil para Robert, uma provação emocional que o deixou esgotado. Passara a lua de mel ali com Susan, as recordações eram angustiantes. Roma era Roberto, que dirigia o hotel Hassler para a mãe, e era parcialmente surdo, mas podia ler lábios em cinco línguas. Roma era os jardins de villa d'Este, em Tivoli, o restaurante Sibilla, e a alegria de Susan com os cem chafarizes criados pelo filho de Lucrécia Bórgia. Roma era Otello, ao pé da Escadaria Espanhola, o Vaticano, o Coliseu, o Forum, o Moisés de Michelangelo. Roma era partilhar um *tartufo* no Tre Scalini, o som do riso de Susan, e sua voz murmurando:

— Por favor, Robert, prometa que seremos sempre felizes assim.

O que estou fazendo aqui?, especulou Robert. *Não tenho a menor ideia de quem é o padre, nem mesmo se ele está em Roma. Está na hora de cair fora, voltar para casa, esquecer tudo isso.*

Mas alguma coisa em seu íntimo não o deixava partir. *Tentarei por um dia,* decidiu Robert. *Só mais um dia.*

O aeroporto Leonardo da Vinci estava lotado, e Robert tinha a impressão de que uma em cada duas pessoas era um padre. Procurava por um padre numa cidade que tinha... quantos?

Cinquenta mil padres? Cem mil? No táxi, a caminho do hotel Hassler, ele notou multidões de padres de batina nas ruas. *É impossível,* pensou Robert. *Devo ter perdido o juízo.*

Ele foi recebido no saguão do hotel Hassler pelo gerente-assistente.

— Comandante Bellamy! Que prazer tornar a vê-lo!

— Obrigado, Pietro. Tem um quarto para mim por uma noite?

— Para o senhor... claro! Sempre!

Robert foi conduzido a um quarto que já ocupara antes.

— Se precisar de alguma coisa, comandante, por favor...

Preciso de um milagre, pensou Robert. Ele se sentou na cama, se recostou nos travesseiros, tentando clarear a mente.

Por que um padre de Roma viajaria até a Suíça? Havia diversas possibilidades. Podia ter ido de férias, ou talvez houvesse ali uma reunião de padres. Ele era o único padre no ônibus de excursão. O que isso significava? Nada. Exceto, talvez, que não viajava com um grupo. Portanto, podia ter sido uma viagem para visitar amigos ou a família. Ou talvez ele integrasse um grupo, só que os outros preferiram fazer coisas diferentes naquele dia. Os pensamentos de Robert davam voltas num círculo inútil.

De volta ao início. Como o padre chegou à Suíça? As possibilidades maiores são de que ele não tenha um carro. Alguém pode ter lhe dado uma carona, mas é mais provável que ele tenha viajado de avião, trem ou ônibus. Se estava de férias, não disporia de muito tempo. Portanto, vamos presumir que viajou de avião. Essa linha de raciocínio não levava a parte alguma. As empresas aéreas não registravam as ocupações de seus passageiros. O padre seria apenas mais um nome na lista de passageiros. Mas se fizesse parte de um grupo...

O Vaticano, a residência oficial do Papa, ergue-se imponente na colina Vaticano, na margem oeste do Tibre, na extremidade noroeste de Roma. O domo da basílica de São Pedro, projetada por Michelangelo, paira acima da vasta *piazza,* lotada dia e noite por turistas ansiosos de todas as fés.

A *piazza* é cercada por duas colunatas semicirculares, concluídas em 1667 por Bernini, com 284 colunas de mármore travertino, dispostas em quatro fileiras, encimadas por uma balaustrada em que se encontram 140 estátuas. Robert já visitara o lugar dezenas de vezes, mas a vista sempre o deixava emocionado.

O interior do Vaticano, é claro, era ainda mais espetacular. A Capela Sistina, o museu e a Sala Rotonda eram de uma beleza indescritível.

Mas naquele dia Robert não se encontrava ali para admirar o lugar.

Ele localizou o departamento de relações públicas do Vaticano na ala do prédio devotada aos assuntos seculares. O jovem por trás da escrivaninha foi polido.

— Em que posso ajudá-lo?

Robert mostrou um documento de identidade.

— Trabalho na revista *Time.* Estou escrevendo uma reportagem sobre alguns padres que compareceram a uma reunião na Suíça, há uma ou duas semanas. Gostaria de obter informações a respeito.

O jovem estudou-o em silêncio por um momento, depois franziu o rosto.

— Tivemos alguns padres numa reunião em Veneza no mês passado. Nenhum de nossos padres esteve na Suíça recentemente. Lamento, mas não posso ajudá-lo.

— É realmente muito importante — insistiu Robert, com uma expressão aflita. — Onde eu poderia obter essa informação?

— O grupo que está procurando... que ramo da Igreja eles representam?

— Como?

— Há muitas ordens católicas romanas. Há franciscanos, maristas, beneditinos, trapistas, jesuítas, dominicanos, e várias outras ordens. Sugiro que procure a ordem a que eles pertencem e pergunte ali.

Mas onde poderá ser "ali"?, especulou Robert.

— Tem alguma outra sugestão?

— Infelizmente, não.

Nem eu, pensou Robert. *Descobri o palheiro. Não posso encontrar a agulha.*

Ele deixou o Vaticano e vagueou pelas ruas de Roma, indiferente às pessoas ao redor, absorvido em seu problema. Na *piazza* del Popolo, sentou num café ao ar livre e pediu um Cinzano. Ficou na sua frente, intacto.

Por tudo o que sabia, o padre podia estar ainda na Suíça.

A que ordem ele pertence? Não sei. E só tenho a palavra do professor de que ele era romano.

Robert tomou um gole do Cinzano.

Havia um avião que decolava para Washington no fim da tarde. *Embarcarei nele,* decidiu Robert. *Desisto.* O pensamento deixou-o mortificado. Mas estava na hora de ir embora.

— *Il conto, per favore.*

— *Si, signore.*

Robert correu os olhos pela *piazza*. No outro lado do café, passageiros embarcavam num ônibus. Havia dois padres na fila. Robert observou os passageiros pagarem e se deslocarem para o fundo do ônibus. Quando chegou a vez dos padres, eles sorriram para o trocador e foram ocupar seus lugares sem pagar a passagem.

— Sua conta, *signore* — disse o garçom.

Robert nem mesmo ouviu. Sua mente estava em disparada.

Ali, no coração da Igreja Católica, os padres tinham certos privilégios. Era possível, apenas possível...

O escritório da Swissair fica no número 10 da via Po, a cinco minutos da via Veneto. Robert foi cumprimentado pelo homem por trás do balcão.

— Posso falar com o gerente, por favor?

— Sou o gerente. Em que posso servi-lo?

Robert exibiu um cartão de identificação.

— Michael Hudson, da Interpol.

— Em que posso ajudá-lo, Sr. Hudson?

— Algumas transportadoras internacionais estão se queixando de descontos ilegais na Europa... principalmente em Roma. De acordo com as convenções internacionais...

— Desculpe, Sr. Hudson, mas a Swissair não concede descontos. Todos pagam as tarifas integrais.

— Todos?

— Com exceção dos funcionários da companhia, é claro.

— Não há um desconto para padres?

— Não. Em nossa companhia, eles pagam a tarifa integral.

Em nossa companhia.

— Obrigado por seu tempo.

Robert se retirou. A próxima parada — e sua última esperança — foi na Alitalia.

— Descontos ilegais? — O gerente olhou perplexo para Robert. — Só concedemos descontos a nossos funcionários.

— Não dão descontos a padres?

O rosto do gerente se iluminou.

— Ah, isso... claro que sim. Mas não é ilegal. Temos um convênio com a Igreja Católica.

Robert sentiu-se animado.

— Quer dizer que se um padre quisesse voar de Roma para a Suíça, por exemplo, escolheria esta companhia?

— Claro. Seria mais barato para ele.

— A fim de atualizar nossos computadores, seria muito útil se pudesse me informar quantos padres voaram para a Suíça nas duas últimas semanas. Teria um registro disso, não é?

— Claro. Somos obrigados a mantê-los, por questões fiscais.

— Eu agradeceria se me prestasse essa informação.

— Deseja saber quantos padres voaram para a Suíça nas duas últimas semanas?

— Isso mesmo. Zurique ou Genebra.

— Espere um instante. Vou verificar em nosso computador.

O gerente voltou cinco minutos depois com um impresso de computador.

— Houve apenas um padre que voou pela Alitalia para a Suíça nas duas últimas semanas. — Ele consultou o impresso. — Ele partiu de Roma no dia 7, voando para Zurique. Pegou um voo de volta há dois dias.

Robert respirou fundo.

— E qual é seu nome?

— Padre Romero Patrini.

— E o endereço?

O gerente tornou a consultar o papel.

— Ele mora em Orvieto. Se precisar de mais alguma coisa...

O homem levantou os olhos. Robert não estava mais ali.

Capítulo 25

DIA 7, ORVIETO, ITÁLIA

Ele parou o carro numa curva na rota S-71. Ali, podia ter uma vista espetacular da cidade, no outro lado do vale, no alto de um afloramento de rocha vulcânica. Era um antigo centro etrusco, com uma catedral famosa no mundo inteiro, meia dúzia de igrejas, e um padre que testemunhara um acidente com um OVNI.

A cidade não fora afetada pelo tempo, as ruas calçadas com pedras, prédios antigos e adoráveis, e um mercado ao ar livre, onde os camponeses podiam vender seus legumes frescos e galinhas.

Robert encontrou um lugar para estacionar na *piazza* del Duomo. Atravessou a praça até a catedral e entrou. O enorme interior estava deserto, exceto por um padre idoso, que naquele instante deixava o altar.

— Com licença, padre — disse Robert. — Estou procurando um padre desta cidade que esteve na Suíça na semana passada. Talvez possa...

O padre recuou, com uma expressão hostil.

— Não posso falar sobre isso.

Robert ficou surpreso.

— Não compreendo. Quero apenas descobrir...

— Ele não é desta igreja, mas sim da igreja de San Giovenale.

E o padre passou apressado por Robert. *Por que ele se mostra tão hostil?*

A igreja de San Giovenale ficava no Quartiere Vecchio, uma área pitoresca, com igrejas e torres medievais. Um jovem padre cuidava do jardim ao lado. Levantou os olhos quando Robert se aproximou.

— *Buon giorno, signore.*

— Bom-dia. Estou procurando um padre que esteve na Suíça na semana passada. Ele...

— Sim. O pobre padre Patrini. Foi uma coisa terrível o que lhe aconteceu.

— Não compreendo. Que coisa terrível?

— Ver a carruagem do demônio. Foi mais do que ele pôde suportar. O pobre coitado sofreu um colapso nervoso.

— Lamento saber disso. Onde ele está agora? Eu gostaria de conversar com ele.

— Está no hospital, perto da *piazza* di San Patrizio, mas duvido que os médicos permitam que alguém o visite.

Robert ficou imóvel, preocupado. Um homem que sofrera um colapso nervoso não seria de muita ajuda.

— Entendo. Muito obrigado.

O hospital era um prédio simples, de um só andar, nos arredores da cidade. Robert parou o carro na frente e entrou no pequeno saguão. Havia uma enfermeira por trás de uma mesa de recepção.

— Bom-dia — disse Robert. — Eu gostaria de falar com o padre Patrini.

— *Mi scusi, ma...* isso é impossível. Ele não pode falar com ninguém.

Robert estava determinado a não ser detido agora. Tinha de seguir a pista que o professor Schmidt lhe dera.

— Você não compreende — insistiu ele, suavemente. — O padre Patrini *pediu* para falar comigo. Vim a Orvieto a seu pedido.

— Ele *pediu* para lhe falar?

— Isso mesmo. Ele escreveu para mim e viajei até aqui só para vê-lo.

A enfermeira hesitou.

— Não sei o que dizer. Ele está muito doente. *Molto.*

— Tenho certeza de que melhoraria se me visse.

— O doutor não está aqui... — Ela tomou uma decisão. — Muito bem. Pode entrar no quarto dele, *signore,* mas só pode ficar por alguns minutos.

— Isso é tudo de que preciso.

— Por aqui, *per piacere.*

Eles seguiram por um corredor curto, com pequenos quartos nos lados. A enfermeira conduziu Robert a uma das portas.

— Só alguns minutos, *signore.*

— *Grazie.*

Robert entrou no quarto. O homem no leito parecia uma sombra pálida, estendido sobre lençóis brancos. Robert aproximou-se e murmurou:

— Padre...

O sacerdote virou-se para fitá-lo. Robert nunca vira tanta agonia nos olhos de um homem.

— Padre, meu nome é...

Ele segurou o braço de Robert, balbuciando:

— Ajude-me! Tem de me ajudar! Minha fé desapareceu. Passei a vida inteira pregando sobre Deus e o Espírito Santo, e agora sei que Deus não existe. Só há o demônio, e ele veio nos buscar...

— Padre, se quiser...

— Vi com meus próprios olhos. Eram dois, na carruagem do demônio, mas haverá mais, muito mais! Espere só para ver! Estamos todos condenados ao inferno!

— Padre... escute-me. Não era o demônio o que viu. Era um veículo espacial que...

O padre largou o braço de Robert e o fitou, com súbita lucidez.

— Quem é você? O que deseja?

— Sou um amigo. Vim aqui para saber algumas coisas sobre a viagem de ônibus que fez na Suíça.

— O ônibus... Eu gostaria de nunca ter chegado nem perto dele.

O padre se mostrava agitado de novo. Robert detestava a ideia de pressioná-lo, mas não tinha opção.

— Sentou ao lado de um homem naquele ônibus. Um texano. Teve uma longa conversa com ele, lembra?

— Uma conversa. O texano. Lembro, sim.

— Ele mencionou onde morava no Texas?

— Lembro dele. Era americano.

— Isso mesmo. Do Texas. Ele lhe contou onde morava?

— Contou, sim.

— Onde, padre? Onde ele morava?

— Texas. Ele falou do Texas.

Robert acenou com a cabeça, encorajador.

— É isso mesmo.

— Eu os vi com meus próprios olhos. Gostaria que Deus me tivesse cegado. Eu...

— Padre... o homem do Texas. Ele disse de onde era? Mencionou um nome?

— Texas, isso mesmo. Ponderosa.

Robert tentou de novo.

— Isso é na televisão. Aquele era um homem real. Sentou ao seu lado no...

O padre recomeçava a delirar.

— Eles estão chegando! Armagedon está aqui! A Bíblia mente! É o demônio que invadirá a Terra! — Ele berrava agora. — Olhem! Olhem! Posso vê-los!

A enfermeira entrou correndo no quarto. Olhou para Robert com uma expressão de desaprovação.

— Terá de se retirar, *signore*.

— Só preciso de mais um minuto...

— *No, signore. Adesso!*

Robert lançou um último olhar para o padre. Ele balbuciava incoerente. Robert virou-se para sair. Não havia mais nada que pudesse fazer ali. Apostara que o padre lhe daria uma pista para o texano e perdera.

Robert voltou ao carro e seguiu para Roma. Finalmente acabara. As únicas pistas que lhe restavam — se é que podiam ser chamadas de pistas — eram as referências a uma jovem russa, um texano e um húngaro. Mas não havia como investigá-las. Era frustrante chegar até aquele ponto, e ter de parar. Se ao menos o padre tivesse permanecido coerente pelo tempo suficiente para prestar a informação de que precisava... Estivera tão perto! O que fora mesmo que o padre dissera? *Ponderosa. O velho padre andara assistindo televisão demais e, em seu delírio, obviamente associara o Texas ao outrora popular seriado de televisão* Bonanza. Ponderosa, onde vivia a mítica família Cartwright. *Ponderosa.* Robert diminuiu a velocidade, levou o carro numa curva em U na estrada, acelerou para voltar a Orvieto.

Meia hora depois, Robert conversava com o *bartender,* numa pequena *trattoria* na *piazza* della Repubblica.

— Esta é uma linda cidade — comentou Robert. — Bastante tranquila.

— *Si, signore.* Estamos muito contentes aqui. Já tinha visitado a Itália antes?

— Passei parte de minha lua de mel em Roma.

"Você faz com que todos os meus sonhos se transformem em realidade, Robert. Eu queria conhecer Roma desde pequena."

— Ah, Roma. Muito grande. Muito barulhenta.

— Concordo.

— Levamos vidas simples aqui, mas somos felizes.

Robert comentou, casual:

— Notei antenas de televisão em muitos telhados por aqui.

— É verdade. Quanto a isso estamos bastante atualizados.

— Dá para perceber. Quantos canais de televisão a cidade pode captar?

— Apenas um.

— E exibe muitos programas americanos?

— Não. É um canal do governo. Aqui só recebemos programas feitos na Itália.

Bingo!

— Obrigado.

ROBERT TELEFONOU para o almirante Whittaker. Uma secretária atendeu:

— Gabinete do almirante Whittaker.

Robert podia visualizar o gabinete. Só podia ser o tipo de cubículo anônimo que o governo mantinha para não pessoas que não tinham mais qualquer utilidade.

— Eu poderia falar com o almirante, por favor? Aqui é o comandante Robert Bellamy.

— Um momento, comandante.

Robert se perguntou se alguém se daria ao trabalho de manter contato com o almirante, agora que a figura outrora poderosa pertencia à esquadra de reserva. Provavelmente não.

— Robert, é um prazer ouvi-lo. — A voz do velho parecia cansada. — Onde você está?

— Não posso dizer, senhor.

Houve uma pausa.

— Eu compreendo. Há alguma coisa em que eu possa ajudá-lo?

— Há, sim, senhor. É uma situação um pouco constrangedora, porque recebi a ordem de não me comunicar com ninguém. Mas preciso de uma ajuda. Será que poderia verificar uma coisa para mim?

— Posso tentar. O que gostaria de saber?

— Preciso saber se em algum lugar do Texas existe um rancho chamado Ponderosa.

— Como em *Bonanza*?

— Isso mesmo, senhor.

— Posso descobrir. Como voltarei a entrar em contato com você?

— Acho que será melhor eu lhe telefonar de novo, almirante.

— Está certo. Dê-me uma ou duas horas. E pode deixar que isto ficará entre nós dois.

— Obrigado.

Robert tinha a impressão de que o cansaço desaparecera da voz do velho. Finalmente haviam lhe pedido para fazer alguma coisa, mesmo sendo algo tão trivial quanto localizar um rancho.

Duas horas depois, Robert tornou a ligar para o almirante Whittaker.

— Eu estava esperando sua ligação, Robert. — Havia uma evidente satisfação na voz do almirante. — Tenho a informação que queria.

— E qual é?

Robert prendeu a respiração.

— Há mesmo um rancho Ponderosa no Texas. Fica nos arredores de Waco, e pertence a Dan Wayne.

Robert deixou escapar um profundo suspiro de alívio.

— Muito obrigado, almirante. Eu lhe devo um jantar quando voltar.

— Estarei aguardando ansioso, Robert.

A ligação seguinte de Robert foi para o general Hilliard.

— Localizei outra testemunha, na Itália. Padre Patrini.

— Um padre?

— Isso mesmo. Em Orvieto. Ele está no hospital, muito doente. Receio que as autoridades italianas não poderão se comunicar com ele.

— Passarei a informação. Obrigado, comandante.

Dois minutos depois, o general Hilliard falava ao telefone com Janus.

— Recebi mais informações do comandante Bellamy. A última testemunha é um padre. Padre Patrini, de Orvieto.

— Cuidarei disso.

MENSAGEM URGENTE
ULTRASSECRETA
ASN PARA DIRETOR SIFAR
ASSUNTO: OPERAÇÃO JUÍZO FINAL
5. PADRE PATRINI — ORVIETO
FIM DA MENSAGEM

O QUARTEL-GENERAL do SIFAR é na via della Pineta, nos arredores meridionais de Roma, numa área cercada por propriedades rurais. Alguém de passagem só lançaria um segundo olhar para os prédios inocentes, de aparência industrial, ocupando dois quarteirões, por causa do muro alto que cercava o complexo, encimado com arame farpado, com cabines de segurança em cada canto. Oculta no conjunto militar, está uma das mais secretas agências de segurança do mundo, e uma das menos conhecidas. Há placas além do conjunto dizendo: *Vietate passare Oltre i Limiti*.

Dentro de uma sala espartana, no primeiro andar do prédio principal, o coronel Francesco Cesar estudava a mensagem urgente que acabara de receber. O coronel era um homem de 50 e poucos anos, corpo musculoso e rosto marcado. Leu a mensagem pela terceira vez.

Então a Operação Juízo Final está finalmente acontecendo. E una bella fregatura. Ainda bem que nos preparamos para isso, pensou Cesar. Ele tornou a olhar para a mensagem. Um padre.

Já era mais de meia-noite quando a freira passou pelo posto das enfermeiras do plantão noturno no pequeno hospital de Orvieto.

— Acho que ela vai ver a *signora* Fillipi — comentou a enfermeira Tomasino.

— Ou então o velho Rigano. Os dois estão nas últimas.

A freira dobrou silenciosamente o canto do corredor e seguiu direto para o quarto do padre. Ele dormia, sereno, as mãos unidas sobre o peito, quase como se estivesse em oração. Uma faixa de luar entrava pelas venezianas, projetando um brilho dourado no rosto do padre.

A freira removeu uma pequena caixa de debaixo do hábito. Com todo cuidado, pegou um rosário de contas de vidro, ajeitou-o nas mãos do padre. Ajustando as contas, ela passou a ponta de uma conta no polegar do padre. Um filete de sangue apareceu no mesmo instante. A freira tirou um pequeno vidro da caixa, usou um conta-gotas para pingar três gotas no talho.

Levou apenas alguns minutos para que o veneno mortífero e de ação rápida surtisse efeito. A freira suspirou ao fazer o sinal da cruz sobre o morto. E depois se retirou, tão silenciosamente quanto chegara.

MENSAGEM URGENTE
ULTRASSECRETA
SIFAR PARA VICE-DIRETOR ASN
ASSUNTO: OPERAÇÃO JUÍZO FINAL
5. PADRE PATRINI — ORVIETO — ARQUIVADO
FIM DA MENSAGEM

Capítulo 26

Frank Johnson foi recrutado porque fora um boina-verde no Vietnã e era conhecido entre seus companheiros como Máquina Assassina. Ele gostava de matar. Era motivado e possuía uma inteligência excepcional.

— Ele é perfeito para nós — assegurou Janus. — Abordem-no com todo cuidado. Não quero perdê-lo.

A primeira reunião ocorreu num quartel do exército. Um capitão conversava com Frank Johnson.

— Não se preocupa com o nosso governo? — indagou o capitão. — É dirigido por um bando de maricas, que estão nos entregando aos estrangeiros. Este país precisa da energia nuclear, mas os filhos da puta dos políticos têm nos impedido de construir novas usinas. Dependemos da porra dos árabes para o petróleo, mas o governo permite que façamos novas perfurações no mar? De jeito nenhum. Estão mais preocupados com os peixes do que com a gente. Isso faz sentido para você?

— Entendo seu argumento — disse Frank Johnson.

— Eu sabia que entenderia, porque é inteligente. — Ele observou atentamente o rosto de Johnson, enquanto acrescentava: — Se o Congresso não faz porra nenhuma para salvar nosso país, então cabe a alguns de nós fazer o que é necessário.

Frank Johnson ficou perplexo.

— Alguns de *nós?*

— Isso mesmo. — *Já chega, por enquanto,* pensou o capitão. — Conversaremos sobre isso mais tarde.

A conversa seguinte foi mais específica.

— Há um grupo de patriotas, Frank, que está interessado em proteger nosso mundo. São homens de muita influência. Criaram um comitê, que pode ser obrigado a violar algumas regras para realizar seu trabalho, mas ao final valerá a pena. Está interessado?

Frank Johnson sorriu.

— Estou muito interessado.

ESSE FOI O INÍCIO. A reunião seguinte ocorreu em Ottawa, Canadá, e Frank Johnson conheceu alguns dos membros do comitê. Representavam interesses poderosos de uma dezena de países.

— Somos bem organizados — explicou um membro a Frank Johnson. — Temos uma cadeia de comando rigorosa. Há divisões de propaganda, recrutamento, tática, ligação... e um esquadrão da morte. — Uma pausa e ele acrescentou: — Quase todos os serviços secretos do mundo participam.

— Está querendo dizer que os diretores...

— Não, não os diretores. Os vices. As pessoas que controlam os serviços, sabem o que está acontecendo, conhecem o perigo que nossos países correm.

As reuniões eram realizadas pelo mundo inteiro — Suíça, Marrocos, China — e Johnson comparecia a todas.

SEIS MESES se passaram antes que o coronel Johnson se encontrasse com Janus, que mandara chamá-lo.

— Tenho recebido excelentes informações a seu respeito, coronel.

Frank Johnson sorriu.

— Gosto do meu trabalho.

— Foi o que ouvi dizer. Encontra-se numa posição vantajosa para nos ajudar.

Frank Johnson ficou ainda mais empertigado na cadeira.

— Farei tudo o que puder.

— Ótimo. Na Fazenda, está encarregado de supervisionar o treinamento dos agentes secretos de vários serviços.

— Isso mesmo.

— E passar a conhecê-los e a suas capacidades muito bem.

— A fundo.

— Eu gostaria que recrutasse aqueles que considerar mais úteis à nossa organização. Só nos interessamos pelos melhores.

— É bem fácil. Não tem o menor problema. — O coronel Johnson hesitou. — Mas eu gostaria...

— O quê?

— Na verdade, eu gostaria de algo mais, algo maior. — Ele se inclinou para a frente. — Ouvi falar da Operação Juízo Final. É o meu caminho. Gostaria de participar, senhor.

Janus ficou em silêncio por um momento, estudando-o. Depois, acenou com a cabeça e disse:

— Muito bem, você está dentro.

Johnson sorriu.

— Obrigado. Não vai se arrepender.

O coronel Frank Johnson saiu muito feliz da reunião. Agora teria uma oportunidade de mostrar a eles o que era capaz de fazer.

Capítulo 27

DIA 8, WACO, TEXAS

Dan Wayne não estava tendo um bom dia. Na verdade, tinha um péssimo dia. Acabara de voltar do tribunal do condado de Waco, onde enfrentava um processo de falência. A esposa, que mantivera um caso com um jovem médico, estava se divorciando, empenhada em arrancar a metade de tudo o que ele possuía (e que podia ser a metade de nada, informara o advogado dela). E um de seus touros premiados teve de ser sacrificado. Dan Wayne sentia que o destino o castigava. Nada fizera para merecer tudo aquilo. Sempre fora bom marido e bom rancheiro. Sentado em seu escritório, ele pensava no futuro sombrio.

Era um homem orgulhoso. Conhecia todas as piadas sobre os texanos arrogantes e fanfarrões, mas acreditava sinceramente que tinha do que se gabar. Nascera em Waco, na rica região agrícola do vale do rio Brazos. Waco era uma cidade moderna, mas ainda conservava um certo clima do passado, quando vivia do gado, algodão, milho, estudantes e cultura. Wayne amava Waco com toda a força de seu coração e alma. Ao conhecer o padre italiano, na excursão de ônibus na Suíça, passara quase cinco horas falando de sua cidade natal. O padre lhe dissera que queria praticar seu inglês, mas na verdade, como podia perceber agora, ao recordar, Dan falara durante quase todo o tempo.

— Waco tem tudo — ele garantira ao padre. — Nosso clima é maravilhoso. Não deixamos que fique quente demais ou frio demais. Temos 23 escolas no distrito, e mais a Universidade Baylor. Temos quatro jornais, dez emissoras de rádio, e cinco emissoras de televisão. Temos uma Galeria da Fama dos Rangers do Texas que o deixaria impressionado. Falo sério, é a própria história que está ali. Se gosta de pescar, padre, o rio Brazos será uma experiência que nunca mais esquecerá. Temos também um rancho safári e um grande centro de arte. Waco é uma das cidades mais extraordinárias do mundo. Deve nos visitar um dia.

E o velho padre sorria e acenava com a cabeça, levando Wayne a especular o quanto ele de fato entendia o inglês.

O pai de Dan Wayne lhe deixara mil acres de pastagens, e o filho aumentara seu rebanho de duas mil para dez mil cabeças de gado. Havia também um touro premiado que valia uma fortuna. Mas agora os desgraçados estavam tentando lhe arrancar tudo. Não era culpa sua que o mercado de gado tivesse despencado, ou que tivesse se atrasado nos pagamentos da hipoteca. Os bancos se preparavam para o golpe de misericórdia, e sua única oportunidade de se salvar era encontrar alguém que comprasse o rancho, pagasse os credores e o deixasse com um pequeno lucro.

Wayne ouvira falar sobre um rico suíço que procurava um rancho no Texas e voara para Zurique a fim de encontrá-lo. Ao final, descobrira que fora um esforço inútil. A ideia que o idiota fazia de um rancho era um ou dois acres, com uma pequena horta. *Merda!*

Fora assim que Dan Wayne se encontrava por acaso no ônibus de excursão, quando aquela coisa extraordinária acontecera. Ele já lera sobre discos voadores, mas jamais acreditara que existissem de fato. Agora, por Deus, claro que acreditava. Assim que voltara para casa, ele ligara para o editor do jornal local.

— Johnny, vi um disco voador de verdade, com algumas pessoas de aparência esquisita mortas lá dentro.

— É mesmo? Tem alguma foto, Dan?

— Não. Tirei algumas, mas o filme queimou.

— Não importa. Mandaremos um fotógrafo. É no seu rancho?

— Não. Para dizer a verdade, aconteceu na Suíça.

Houvera um momento de silêncio.

— Certo. Se encontrar algum em seu rancho, Dan, ligue-me de novo.

— Espere um instante! Vou receber uma cópia de um sujeito que tirou algumas fotos.

Mas John já desligara.

E isso fora tudo.

Wayne quase desejava que houvesse mesmo uma invasão de alienígenas. Talvez matassem os seus malditos credores. Ele ouviu o barulho de um carro subindo pelo caminho, levantou-se, foi até a janela. Parecia alguém do Leste. *Provavelmente outro credor.* Hoje em dia eles apareciam aos montões.

Dan Wayne abriu a porta da frente.

— Olá.

— Daniel Wayne?

— Meus amigos me chamam de Dan. O que deseja?

Dan Wayne não era absolutamente o que Robert esperava. Imaginara um estereótipo do texano corpulento. Dan Wayne era franzino, com uma aparência aristocrática, um comportamento quase tímido. A única coisa que denunciava sua herança era o sotaque.

— Poderia me dispensar alguns minutos de seu tempo?

— Isso é praticamente tudo o que me resta — disse Wayne. — Por falar nisso, você não é um credor, não é mesmo?

— Um credor? Não, não sou.

— Ótimo. Entre.

Os dois foram para a sala de estar. Era grande, confortavelmente mobiliada, ao estilo do Oeste americano.

— Tem uma bela casa — comentou Robert.

— Eu sei. Nasci nesta casa. Posso lhe oferecer alguma coisa? Talvez um drinque gelado?

— Não, obrigado.

— Sente-se.

Robert sentou num sofá de couro macio.

— Por que veio me procurar?

— Não esteve num ônibus de excursão na Suíça, na semana passada?

— Estive, sim. Minha ex-esposa mandou me seguir? Não trabalha para ela, não é?

— Não, senhor.

— Ahn... — Ele compreendeu subitamente. — Está interessado naquele OVNI. A coisa mais esquisita que já vi. Não parava de mudar de cor. E aqueles alienígenas! — Dan Wayne estremeceu. — Sempre sonho com isso.

— Sr. Wayne, pode me falar alguma coisa sobre os outros passageiros que estavam no ônibus?

— Desculpe, mas não posso ajudá-lo neste ponto. Eu viajava sozinho.

— Sei disso, mas não conversou com os outros passageiros?

— Para dizer a verdade, eu tinha muita coisa na cabeça. Não prestei muita atenção aos outros.

— Lembra alguma coisa sobre qualquer deles?

Dan Wayne ficou em silêncio por um momento.

— Havia um padre italiano. Conversei bastante com ele. Parecia muito simpático. Mas aquele disco voador deixou o homem abalado. Ele não parou mais de falar sobre o demônio.

— Falou com mais alguém?

Dan Wayne deu de ombros.

— Não... Ei, espere um instante! Conversei um pouco com um sujeito que possui um banco no Canadá. — Ele passou a língua pelos lábios. — Para ser franco, estou tendo um problema financeiro aqui no rancho. Parece que posso perdê-lo. Odeio os banqueiros. São todos uns sanguessugas. Seja como for, achei que aquele camarada poderia ser diferente. Quando descobri que era um banqueiro, conversei com ele sobre a possibilidade de obter um empréstimo para o rancho. Mas ele era igualzinho aos outros. Não podia se mostrar menos interessado.

— Disse que ele era do Canadá?

— Isso mesmo. Fort Smith, nos Territórios do Noroeste. Infelizmente, isso é tudo o que posso lhe dizer.

Robert fez um esforço para esconder seu excitamento.

— Obrigado, Sr. Wayne. Foi de grande valia.

Robert se levantou.

— Isso é tudo?

— É, sim.

— Não gostaria de ficar para o jantar?

— Não, obrigado. Tenho de seguir viagem. Boa sorte com o rancho.

— Obrigado.

FORT SMITH, CANADÁ, TERRITÓRIOS DO NOROESTE

Robert esperou até que o general Hilliard entrasse na linha.

— Pois não, comandante?

— Encontrei outra testemunha. Dan Wayne. Ele possui o rancho Ponderosa, nos arredores de Waco, Texas.

— Ótimo. Mandarei o pessoal do nosso escritório no Texas conversar com ele.

MENSAGEM URGENTE
ULTRASSECRETA
ASN PARA VICE-DIRETOR CIA
ASSUNTO: OPERAÇÃO JUÍZO FINAL
6. DANIEL WAYNE — WACO
FIM DA MENSAGEM

EM LANGLEY, Virgínia, o vice-diretor da CIA estudou a mensagem, pensativo. *Número seis.* As coisas estavam indo muito bem. O comandante Bellamy realizava um trabalho extraordinário. A decisão de escolhê-lo fora das mais sensatas. Janus acertara em cheio. O homem sempre acertava. E tinha o poder para que seus desejos fossem executados. Tanto poder... O vice-diretor tornou a olhar para a mensagem. *Fazer com que pareça um acidente,* pensou ele. *Não deve ser difícil.* Ele apertou uma campainha.

OS DOIS HOMENS chegaram ao rancho num furgão azul-escuro. Pararam no pátio e saltaram, olhando ao redor com todo cuidado. O primeiro pensamento de Dan Wayne foi o de que se encontravam ali para tomar posse do rancho. Abriu a porta para eles.

— Dan Wayne?

— Sou eu mesmo. Em que posso...?

Foi o máximo que ele conseguiu dizer.

O segundo homem postara-se por trás dele, e o acertou no crânio com toda força, usando um pequeno cassetete.

O maior dos dois homens pendurou o rancheiro inconsciente no ombro, carregou-o para o estábulo. Havia oito cavalos no estábulo. Os homens ignoraram-nos, seguiram até a última baia, onde estava um lindo garanhão preto. O homem maior disse:

— É este.

Ele largou o corpo de Wayne no chão. O outro homem pegou um aguilhão elétrico pendurado na parede, foi até a porta da baia, encostou o aguilhão no cavalo. O animal relinchou e empinou. O homem tornou a atingi-lo, no focinho. O garanhão corcoveava frenético agora, confinado no pequeno espaço, chocando-se contra as paredes da baia, os dentes à mostra, o branco dos olhos faiscando.

— Agora — disse o homem menor.

Seu companheiro levantou o corpo de Dan Wayne, jogou-o por cima da meia porta da baia. Ficaram assistindo a cena sangrenta por vários momentos, e depois, satisfeitos, viraram as costas e foram embora.

MENSAGEM URGENTE
ULTRASSECRETA
CIA PARA VICE-DIRETOR ASN
ASSUNTO: OPERAÇÃO JUÍZO FINAL
6. DANIEL WAYNE — WACO — ARQUIVADO
FIM DA MENSAGEM

Capítulo 28

DIA 9, FORT SMITH, CANADÁ

Fort Smith, nos Territórios do Noroeste, é uma próspera cidadezinha de dois mil habitantes, quase todos agricultores e criadores de gado, com um punhado de comerciantes. O clima é terrível, com invernos longos e rigorosos, e a cidade é a prova viva da teoria de Darwin sobre a sobrevivência dos mais aptos.

    William Mann era um dos mais aptos, um sobrevivente. Nascera em Michigan, mas com 30 e poucos anos passara por Fort Smith, uma viagem de pescaria, e concluíra que a comunidade precisava de outro bom banco. Ele aproveitara a oportunidade. Havia apenas um outro banco ali, e William Mann precisou de menos de dois anos para afastar o concorrente. Mann dirigia seu banco como um banco deve ser dirigido. Seu deus era a matemática, e sempre dava um jeito para que os números o beneficiassem. Sua história predileta era a piada do homem que procurou um banqueiro, suplicando um empréstimo para que o filho pudesse fazer uma operação imediata, que lhe salvaria a vida. Como o candidato ao empréstimo não pudesse oferecer qualquer garantia, o banqueiro mandou que ele fosse embora.

— Eu irei — disse o homem —, mas quero que saiba que em toda a minha vida jamais conheci alguém de coração tão frio quanto você.

— Espere um instante — respondeu o banqueiro. — Vamos fazer uma aposta. Um dos meus olhos é de vidro. Se for capaz de descobrir qual deles, eu lhe darei o empréstimo.

O homem respondeu sem a menor hesitação:

— É o esquerdo.

O banqueiro ficou espantado.

— Ninguém sabia disso. Como descobriu?

— Foi muito fácil. Por um momento, tive a impressão de que havia um brilho de compaixão em seu olho esquerdo. Assim, eu sabia que só podia ser um olho de vidro.

Para William Mann, essa era a história de um bom homem de negócios. Não se conduzia um negócio na base da compaixão. Era preciso sempre verificar os lucros. Enquanto outros bancos no Canadá e Estados Unidos caíam como pinos de boliche, o banco de William Mann estava mais forte do que nunca. Sua filosofia era simples: Nada de empréstimos para iniciar um negócio. Nada de investimentos em títulos arriscados. Nada de empréstimos a vizinhos cujos filhos estivessem precisando desesperadamente de uma cirurgia.

Mann sentia um respeito que beirava a reverência pelo sistema bancário suíço. Os homens de Zurique eram os banqueiros dos banqueiros. Por isso, William Mann decidira um dia ir à Suíça para conversar com alguns banqueiros ali, a fim de descobrir se havia alguma coisa que estava perdendo, alguma maneira de espremer mais alguns centavos do dólar canadense. Fora recebido com toda gentileza, mas no final não aprendera nada de novo. Seus próprios métodos de administração bancária eram admiráveis, e os banqueiros suíços não hesitaram em lhe dizer isso.

No dia em que deveria retornar ao Canadá, Mann decidira se presentear com uma excursão pelos Alpes. Achara a excursão muito chata. As paisagens eram interessantes, mas não mais bonitas do que as que se podia ver nos arredores de Fort Smith. Um dos passageiros, um texano, se atrevera a tentar persuadi-lo a conceder um empréstimo a um rancho à beira da falência. Ele rira na cara do homem. A única coisa de algum interesse na excursão fora o acidente do suposto disco voador. Mann não acreditara na realidade daquilo por nem um instante sequer. Tinha certeza de que fora um espetáculo encenado pelo governo suíço para impressionar os turistas. Já estivera em Disneyworld, e vira coisas similares, que pareciam reais, mas eram falsas. *É o olho de vidro da Suíça,* pensara ele, sardônico.

William Mann sentira-se feliz ao voltar para casa.

TODOS OS MINUTOS do dia do banqueiro eram meticulosamente programados. Por isso, quando sua secretária informou que um estranho desejava lhe falar, o primeiro instinto de Mann foi o de descartá-lo.

— O que ele quer?

— Diz que quer fazer uma entrevista. Está escrevendo uma reportagem sobre banqueiros.

O que tornava a questão muito diferente. A publicidade do tipo certo era sempre boa para os negócios. William Mann endireitou o paletó, alisou os cabelos e disse:

— Mande-o entrar.

O visitante era um americano. Vestia-se bem, o que indicava que trabalhava para uma das melhores revistas ou jornais.

— Sr. Mann?

— Isso mesmo.

— Meu nome é Robert Bellamy.

— Minha secretária disse que quer escrever uma matéria a meu respeito.

— Não exclusivamente a seu respeito, mas pode estar certo de que terá um lugar de destaque. Meu jornal...

— Que jornal?

— O *Wall Street Journal*.

Mas isso será maravilhoso!

— O *Journal* acha que a maioria dos banqueiros se mantém isolada do que acontece no restante do mundo. Raramente viajam, não vão a outros países. Mas a sua reputação é de ser um homem viajado, Sr. Mann.

— Acho que sou mesmo — respondeu Mann. — Para dizer a verdade, voltei de uma viagem à Suíça na semana passada.

— É mesmo? E gostou?

— Gostei muito. Reuni-me com diversos banqueiros. Discutimos a economia internacional.

Robert tirara um caderninho do bolso, estava tomando anotações.

— Encontrou tempo para se divertir?

— Não muito. Fiz apenas uma pequena excursão num desses ônibus de turismo. Nunca tinha visto os Alpes antes.

Robert escreveu outra anotação.

— Uma excursão. É justamente o tipo de coisa que estamos procurando — disse Robert, encorajador. — Imagino que conheceu uma porção de pessoas interessantes no ônibus.

— Interessantes? — Mann pensou no texano que tentara lhe arrancar um empréstimo. — Nem tanto.

— Nenhuma?

Mann fitou-o. Era evidente que o repórter esperava que ele falasse mais alguma coisa. *"Pode estar certo de que terá um lugar de destaque."*

— Havia uma jovem russa.

Robert fez uma anotação.

— Fale-me sobre ela.

— Começamos a conversar, expliquei a ela como a Rússia era atrasada, os problemas para os quais se encaminhavam, a menos que mudassem.

— Ela deve ter ficado muito impressionada — comentou Robert.

— E ficou mesmo. Parecia uma garota inteligente. Isto é, para uma russa. Afinal, eles vivem isolados demais.

— Ela mencionou o nome?

— Não... espere! Era Olga alguma coisa.

— Por acaso ela disse de onde era?

— Disse, sim. Ela trabalha na principal biblioteca de Kiev. Era sua primeira viagem ao exterior, creio que por causa da *glasnost*. Se quer saber minha opinião... — Ele fez uma pausa, para se certificar de que Robert anotava tudo. — Gorbatchov mandou a Rússia para o inferno num cesto. A Alemanha Oriental foi entregue a Bonn numa bandeja. Na frente política, Gorbatchov avançou depressa demais, e na econômica foi muito lento.

— Isso é fascinante! — murmurou Robert.

Ele passou mais meia hora com o banqueiro, escutando seus comentários sobre tudo, do Mercado Comum ao controle de armamentos. Não conseguiu obter mais informações sobre os outros passageiros.

Voltando ao hotel, Robert telefonou para o general Hilliard.

— Um momento, por favor, comandante Bellamy.

Ele ouviu uma série de estalidos, e depois o general Hilliard entrou na linha.

— Pois não, comandante?

— Descobri outro passageiro, general.

— O nome?

— William Mann. Ele possui um banco em Fort Smith, Canadá.

— Pedirei às autoridades canadenses que falem com ele imediatamente.

— Por falar nisso, ele me deu outra pista. Voarei para a Rússia esta noite. Preciso de um visto da Intourist.

— De onde está ligando?

— De Fort Smith.

— Passe pelo Visigoth hotel, em Estocolmo. Haverá um envelope à sua espera na recepção.

— Obrigado.

MENSAGEM URGENTE
ULTRASSECRETA
ASN PARA VICE-DIRETOR CGHQ
ASSUNTO: OPERAÇÃO JUÍZO FINAL
7. WILLIAM MANN — FORT SMITH
FIM DA MENSAGEM

NAQUELA NOITE, às 23 horas, a campainha da porta de William Mann tocou. Ele não esperava ninguém e detestava visitas inesperadas. Sua empregada já fora embora, e a esposa dormia no quarto lá em cima. Irritado, Mann foi abrir a porta da frente. Dois homens vestindo ternos pretos estavam ali.

— William Mann?

— Isso mesmo.

Um dos homens exibiu um cartão de identificação.

— Somos do Banco do Canadá. Podemos entrar? — Mann franziu o rosto.

— Qual é o problema?

— Preferimos discutir lá dentro, se não se importa.

— Está bem.

Ele levou os homens para a sala de estar.

— Não esteve recentemente na Suíça?

A pergunta pegou-o de surpresa.

— Como? Estive, sim, mas o que isso...

— Enquanto viajava, foi feita uma auditoria em seus livros, Sr. Mann. Sabia que há um déficit em seu banco de um milhão de dólares?

William Mann olhou consternado para os dois homens.

— Mas do que estão falando? Verifico os livros pessoalmente todas as semanas. Nunca houve um único centavo faltando!

— Um milhão de dólares, Sr. Mann. Achamos que é o responsável pelo desvio.

O rosto de Mann estava ficando vermelho. Ele se viu gaguejando.

— Como... como se atrevem? Saiam daqui antes que eu chame a polícia!

— De nada lhe adiantaria. O que queremos é que se arrependa.

Ele estava agora totalmente confuso.

— Arrepender-me? Arrepender-me do quê? Vocês estão doidos!

— Não, senhor.

Um dos homens sacou um revólver.

— Sente-se, Sr. Mann.

Oh, Deus, estou sendo assaltado!

— Podem levar o que quiserem — balbuciou Mann. — Não há necessidade de violência e...

— Sente-se, por favor.

O segundo homem foi até o armário de bebidas. Estava trancado. Ele quebrou o vidro para abri-lo. Pegou um copo de água grande, encheu-o de uísque, levou para o lugar em que Mann sentava.

— Beba isto. Vai servir para relaxá-lo.

— Eu... nunca bebo depois do jantar. Meu médico...

O outro homem encostou o revólver na têmpora de William Mann.

— Beba logo, ou o copo ficará cheio dos seus miolos.

Mann compreendeu que se encontrava em poder de dois maníacos. Pegou o copo com a mão trêmula e tomou um gole.

— Tome tudo.

Ele tomou um gole maior.

— O que... o que vocês querem?

Mann alteou a voz, na esperança de que a esposa o ouvisse e descesse, mas era inútil. Sabia como ela tinha um sono pesado. Era evidente que aqueles homens se encontravam ali para assaltar a casa. *Por que então eles não pegam logo tudo e vão embora?*

— Levem tudo o que quiserem — disse ele. — Não vou impedi-los.

— Termine de tomar o que está no copo.

— Isso não é necessário. Eu...

O homem desferiu-lhe um soco violento, por cima do ouvido. Mann ofegou com a dor.

— Beba tudo.

Ele engoliu o restante do uísque de um só gole, sentiu o líquido arder enquanto descia. Já começava a se sentir tonto.

— Meu cofre está lá em cima. — As palavras saíam engroladas. — Vou abri-lo para vocês.

Talvez isso acordasse a esposa, que chamaria a polícia.

— Não há pressa — disse o homem com o revólver. — Você tem bastante tempo para outro drinque.

O segundo homem voltou ao bar e tornou a encher o copo até a borda.

— Tome aqui.

— Não dá — protestou William Mann. — Não quero beber mais nada.

O copo foi empurrado em sua mão.

— Beba logo.

— Eu não...

Um soco o acertou no mesmo lugar, por cima do ouvido. Mann quase desmaiou com a dor.

— Beba.

Se é isso o que vocês querem, por que não? Quanto mais depressa este pesadelo acabar, melhor. Ele tomou um gole grande, engasgou.

— Se eu beber mais, acabarei vomitando.

O homem disse calmamente:

— Se vomitar, eu vou matá-lo.

Mann olhou para ele, e depois para seu parceiro. Parecia haver dois de cada um.

— O que vocês querem, afinal?

— Já lhe dissemos, Sr. Mann. Queremos que se arrependa.

William Mann balançou a cabeça, embriagado.

— Está bem, eu me arrependo.

O homem sorriu.

— Está vendo? Isso é tudo o que pedimos. Agora... — Ele pôs um papel na mão de Mann. — Só precisa escrever "Sinto muito. Perdoem-me".

William Mann levantou os olhos injetados.

— Isso é tudo?

— É, sim. E depois iremos embora.

Ele experimentou um súbito senso de exultação. *Então é esse o problema. Eles são fanáticos religiosos.* Assim que saíssem, ele telefonaria para a polícia e mandaria prendê-los. *E cuidarei para que os filhos da puta sejam enforcados.*

— Escreva, Sr. Mann.

Ele tinha dificuldade para focalizar.

— O que foi mesmo que disse que quer que eu escreva?

— Basta escrever "Sinto muito. Perdoem-me."

— Certo.

Não foi fácil segurar a caneta. Ele concentrou-se ao máximo, começou a escrever. "Sinto muito. Perdoem-me." O homem tirou o papel de sua mão, segurando-o pela borda.

— Está ótimo, Sr. Mann. Viu como foi fácil?

A sala começava a girar rapidamente.

— Tem razão. Obrigado. Já me arrependi. Agora vocês vão embora?

— Vejo que é canhoto.
— Como?
— É canhoto.
— Sou, sim.
— Tem havido muitos crimes por aqui ultimamente, Sr. Mann. Vamos lhe deixar esta arma para se defender.

Ele sentiu o revólver sendo posto em sua mão esquerda.

— Sabe usar um revólver?
— Não.
— É muito simples. Basta fazer isto...

Ele levantou o revólver para a têmpora de William Mann, puxou o dedo do banqueiro no gatilho. Houve um estampido abafado. O bilhete manchado de sangue caiu no chão.

— Isso é tudo — disse um dos homens. — Boa-noite, Sr. Mann.

MENSAGEM URGENTE
ULTRASSECRETA
CGHQ PARA VICE-DIRETOR ASN
ASSUNTO: OPERAÇÃO JUÍZO FINAL
7. WILLIAM MANN — FORT SMITH — ARQUIVADO
FIM DA MENSAGEM

DIA 10, FORT SMITH, CANADÁ

Na manhã seguinte, os auditores constataram o desaparecimento de um milhão de dólares do banco de Mann. A polícia registrou a morte de Mann como suicídio.

O dinheiro desaparecido nunca foi encontrado.

Capítulo 29

DIA 11, BRUXELAS, 3 HORAS

O GENERAL SHIPLEY, comandante do quartel-general da OTAN, foi despertado por seu ajudante de ordens.

— Desculpe acordá-lo, general, mas parece que temos uma situação crítica nas mãos.

O general Shipley sentou na cama, esfregando os olhos para afugentar o sono. Fora dormir tarde, recebendo um grupo de senadores visitantes dos Estados Unidos.

— Qual é o problema, Billy?

— Acabo de receber um aviso da torre de radar, senhor. Ou todo o nosso equipamento enlouqueceu, ou estamos recebendo estranhos visitantes.

O general Shipley saiu da cama.

— Diga-lhes que estarei lá em cinco minutos.

A SALA DE RADAR estava cheia de praças e oficiais, reunidos em torno de telas iluminadas. Todos se viraram e assumiram posição de sentido quando o general entrou.

— À vontade. — Ele se encaminhou para o oficial no comando, capitão Miller.

— O que está acontecendo, Lewis?

O capitão Miller coçou a cabeça.

— Não consigo entender. Conhece algum avião que seja capaz de voar a 35 mil quilômetros por hora, parar numa fração de segundo e inverter o curso?

O general Shipley ficou aturdido.

— Do que está falando?

— Segundo nosso radar, é isso o que vem acontecendo há meia hora. A princípio, pensamos que fosse alguma espécie de artefato eletrônico sendo testado, mas conferimos com os russos, os britânicos e os franceses, e todos estão captando a mesma coisa em seus radares.

— Portanto, não pode ser alguma falha no equipamento — comentou o general Shipley, sombrio.

— Não, senhor, a menos que se queira presumir que todos os radares do mundo enlouqueceram ao mesmo tempo.

— Quantos sinais desses apareceram na tela?

— Mais de uma dúzia. Deslocam-se tão depressa que é difícil até acompanhá-los. Nós os captamos, mas eles tornam a desaparecer em seguida. Já eliminamos a possibilidade de condições atmosféricas, meteoros, balões meteorológicos, e qualquer tipo de máquinas voadoras conhecidas do homem. Pensei em despachar alguns aviões, mas esses objetos... o que quer que sejam... voam tão alto que nunca conseguiríamos chegar nem perto.

O general Shipley foi até uma das telas de radar.

— Há alguma coisa nas telas neste momento?

— Não, senhor. Desapareceram. — O técnico hesitou por um instante, mas acabou acrescentando: — Mas tenho o terrível pressentimento, general, de que voltarão em breve.

Capítulo 30

OTTAWA, 5 HORAS

Quando Janus terminou de ler em voz alta o relatório do general Shipley, o italiano levantou-se e disse, muito agitado:

— Eles estão se preparando para nos invadir!

— Já nos invadiram — comentou o francês.

— Chegamos tarde demais! — exclamou o russo. — É uma catástrofe! Não há a menor possibilidade...

Janus interveio:

— Senhores, é uma catástrofe que podemos evitar.

— Como? — perguntou o inglês. — Conhece as exigências deles.

— E essas exigências são inadmissíveis — disse o brasileiro. — Não é da conta deles o que fazemos com as nossas árvores. O suposto efeito estufa não passa de lixo científico, totalmente sem provas.

— E o que nós vamos fazer? — questionou o alemão. — Se nos obrigarem a purificar o ar por cima de nossas cidades, teríamos de fechar as fábricas. Não sobraria nenhuma indústria.

— E nós teríamos de interromper a produção de carros. — complementou o japonês. — E o que aconteceria então com o mundo civilizado?

— Estamos todos na mesma situação — afirmou o russo. — Se tivéssemos de parar com toda a poluição, como eles exigem, isso destruiria a economia internacional. Devemos ganhar mais tempo, até que Guerra na Estrelas esteja pronto para entrar em ação.

Janus disse, incisivo:

— Todos concordamos com isso. Nosso problema imediato é manter o povo calmo, evitar que o pânico se espalhe.

— Como está indo o comandante Bellamy? — indagou o canadense.

— Vem fazendo um excelente progresso. Deve terminar em um ou dois dias.

Capítulo 31

KIEV, UNIÃO SOVIÉTICA

Como a maioria de suas compatriotas, Olga Romanchanko se desencantara com a *perestroika*. No início, todas as mudanças prometidas que iriam ocorrer na Mãe Rússia pareciam emocionantes. Os ventos da liberdade sopravam pelas ruas, o ar estava impregnado de esperança. Havia promessas de carne e legumes frescos nas lojas, lindos vestidos e sapatos de couro legítimo, e uma centena de outras coisas maravilhosas. Mas agora, seis anos depois que tudo começara, a desilusão amarga assentara. Os bens de consumo se tornavam mais escassos do que nunca. Era impossível sobreviver sem o mercado negro. Havia uma escassez de praticamente tudo, os preços haviam disparado. As ruas principais ainda tinham incontáveis *rytvina* — enormes crateras. Havia manifestações de protesto nas ruas, o crime aumentava. A *perestroika* e a *glasnost* começavam a parecer tão vazias quanto as promessas dos políticos que as promoviam.

Olga trabalhara na biblioteca na praça Lenkomsomol, no centro de Kiev, durante sete anos. Tinha 32 anos e nunca viajara para fora da União Soviética. Era razoavelmente atraente, com algum excesso de peso, mas isso não era considerado uma desvantagem na Rússia. Já estivera noiva duas vezes, de homens que foram embora, abandonando-a: Dmitri, que partira para Leningrado; e Ivan, que se mudara para Moscou. Olga bem que tentara se transferir para Moscou com Ivan, mas sem uma *propiska,* uma permissão de residência em Moscou, isso não era possível.

Ao se aproximar o seu trigésimo terceiro aniversário, Olga decidira que conheceria algo do mundo exterior, antes que a Cortina de Ferro tornasse a se fechar ao seu redor. Procurara a chefe das bibliotecárias, que por acaso era sua tia.

— Eu gostaria de tirar minhas férias agora — dissera Olga.
— Quando quer partir?
— Na próxima semana.
— Divirta-se.

Fora simples assim. Nos tempos anteriores à *perestroika,* tirar férias significaria ir para o Mar Negro, Samarkand ou Tiblis, ou qualquer outro lugar dentro da União Soviética. Mas agora, se ela fosse bastante rápida, o mundo inteiro se abria à sua frente. Olga pegara um atlas e o examinara. O mundo lá fora era tão vasto! Havia a África e a Ásia, a América do Norte e a do Sul... Ela sentira medo de se arriscar tão longe. E se concentrara no mapa da Europa. *Suíça,* pensara Olga. *É para lá que eu irei.*

Jamais admitiria para nenhuma pessoa no mundo, mas o principal motivo para que a Suíça a atraísse era o fato de ter provado uma ocasião um chocolate suíço, e nunca mais o esquecera. Adorava chocolate. O chocolate russo — quando se conseguia obtê-lo — era sem açúcar e tinha um gosto horrível.

O gosto por chocolate haveria de lhe custar a vida.

A VIAGEM PELA Aeroflot para Zurique fora um começo emocionante. Olga nunca voara antes. Pousara no aeroporto internacional de Zurique na maior expectativa. Havia algo no ar que era diferente. *Talvez fosse o cheiro da verdadeira liberdade,* pensara Olga. Seus recursos eram bastante limitados, e ela fizera uma reserva num hotel pequeno e barato, o Leonhare, no número 136 da Limmatquai. Olga fora se registrar na recepção.

— Esta é a primeira vez que visito a Suíça — dissera ela, num inglês precário. — Poderia me sugerir algumas coisas para fazer?

— Claro — respondera o recepcionista. — Há muita coisa para se fazer aqui. Talvez queira começar por uma excursão pela cidade. Providenciarei tudo.

— Obrigada.

Olga achara Zurique extraordinária. Ficara impressionada com as vistas e sons da cidade. As pessoas nas ruas vestiam roupas de luxo e andavam em automóveis suntuosos. Parecia a Olga que todos em Zurique deviam ser milionários. E as lojas! Ela percorrera a Bahnhofstrasse, a principal rua comercial de Zurique e ficara maravilhada com a incrível variedade de mercadorias nas vitrines. Havia vestidos, casacos, sapatos, lingerie, joias, louças, móveis, carros, livros, televisores e rádios, brinquedos e até pianos. Parecia não haver fim para as mercadorias à venda. E depois Olga descobrira a Sprüngli's, famosa por seus confeitos e chocolates. E que chocolates! Quatro enormes vitrines estavam repletas com uma exposição deslumbrante de chocolates. Havia caixas grandes de chocolates mistos, coelhinhos de chocolate, pães de chocolate, nozes com cobertura de chocolate. Havia bananas cobertas de chocolate, e pequenos bombons com licor. Era um banquete só olhar para as vitrines. Olga queria comprar tudo, mas ao saber dos preços se contentara com uma pequena caixa de bombons sortidos e uma barra grande de chocolate.

Durante a semana seguinte, Olga visitara os jardins Zurichhorn, o museu Rietberg, o Grossmünster, a igreja construída no século XI, e uma dezena de outras atrações turísticas maravilhosas. Finalmente, a viagem se aproximava do fim. O recepcionista do Leonhare lhe dissera:

— A companhia de ônibus de turismo Sunshine oferece uma excelente excursão pelos Alpes. Creio que gostaria de realizá-la, antes de ir embora.

— Obrigada — respondera Olga. — Farei isso.

Ao deixar o hotel, Olga passara primeiro pela Sprüngli's, mais uma vez, depois fora ao escritório da Sunshine, onde se inscrevera numa excursão. E fora de fato emocionante. As paisagens eram deslumbrantes, e no meio da excursão avistaram a explosão do que ela pensara ser um disco voador, mas o banqueiro canadense sentado ao seu lado explicara que era apenas um espetáculo encenado pelo governo suíço para os turistas, que não existia nenhum disco voador. Olga não ficara totalmente convencida. Ao voltar a Kiev, discutira o assunto com a tia.

— Claro que existem discos voadores — garantira a tia. — Voam sobre a Rússia durante todo o tempo. Deveria vender sua história a um jornal.

Olga pensara nessa possibilidade, mas ficara com medo de que rissem dela. O Partido Comunista não gostava que seus membros atraíssem publicidade, ainda mais do tipo que poderia sujeitá-los ao ridículo. Em tudo e por tudo, Olga chegara à conclusão de que, pondo de lado Dmitri e Ivan, aquelas férias haviam sido o ponto alto de sua vida. Seria difícil assentar no trabalho de novo.

A VIAGEM PELA estrada recém-construída, do aeroporto ao centro de Kiev, levou uma hora, no ônibus da Intourist. Era a primeira vez que Robert visitava Kiev, e ficou impressionado com as incontáveis construções ao longo da estrada, os enormes prédios de apartamentos que pareciam aflorar por toda parte. O ônibus parou na frente do hotel Dnieper, e as duas dezenas de passageiros desembarcaram. Robert olhou para o relógio.

Oito horas da noite. A biblioteca já devia ter fechado. Teria de esperar até a manhã seguinte. Registrou-se no imenso hotel, onde fora feita uma reserva em seu nome, tomou um drinque no bar, foi para o restaurante austero, todo pintado de branco, para um jantar de caviar, pepino e tomate, acompanhado por um ensopado de batatas com pequenos pedaços de carne, coberto por uma massa saborosa, tudo acompanhado por vodca e água mineral.

O visto o esperava no hotel em Estocolmo, como o general Hilliard prometera. *Foi uma pequena amostra de cooperação internacional,* pensou Robert. *Mas para mim não haverá cooperação. "Nu" é o termo operacional.*

Depois do jantar, Robert fez algumas indagações na recepção, caminhou até a praça Lenkomsomol. Kiev era uma surpresa para ele. Uma das cidades mais antigas da Rússia, era bastante aprazível, com uma aparência europeia, à margem do rio Dnieper, com parques de muita vegetação e ruas arborizadas. Havia igrejas por toda parte, e eram exemplos espetaculares da arquitetura religiosa. Havia as igrejas de São Vladimir, Santo André e Santa Sofia, a última concluída em 1037, toda branca, com um campanário azul, e o Mosteiro Pechersk, a estrutura mais alta da cidade. *Susan adoraria tudo isso,* pensou Robert. Ela nunca estivera na Rússia. Ele especulou se Susan já teria voltado do Brasil. Num súbito impulso, ao retornar a seu quarto no hotel, telefonou para ela. Para sua surpresa, a ligação foi efetuada quase que no mesmo instante.

— Alô?

Aquela voz gutural, tão sensual...

— Oi. Como foi o Brasil?

— Robert! Liguei para você várias vezes. Ninguém atendia.

— Não estou em casa.

— Ah... — Ela era bastante bem treinada para não perguntar onde ele se encontrava. — Está passando bem?

Para um eunuco, estou numa forma maravilhosa.

— Claro. Muito bem. Como está... Monte?

— Ótimo. Partiremos para Gibraltar amanhã, Robert.

Na porra do iate de Monte de Grana, é claro. Como era mesmo o nome? Ah, sim, Halcyon.

— No iate?

— Isso mesmo. Pode ligar para mim ali. Lembra do número?

Robert lembrava. *WS 337. O que representavam as letras WS?* Wonderful Susan, *a maravilhosa Susan?...* Why separate? *Por que separar?...* Wife stealer? *Ladrão de esposa?*

— Robert?

— Claro que lembro. *Whiskey Sugar* 337.

— Vai me ligar? Apenas para me dizer que está bem.

— Certo. Sinto muita saudade de você, meu bem.

Um silêncio longo e angustiante. Robert esperou. O que imaginava que ela poderia dizer? *Venha me salvar desse homem encantador que parece com Paul Newman e me obriga a passear em seu iate de 250 pés, a viver em nossos miseráveis palácios em Monte Carlo, Marrocos, Paris, Londres, e só Deus sabia onde mais.* Como um idiota, ele se descobriu a sentir alguma esperança pelo que Susan poderia dizer.

— Também sinto saudade de você, Robert. Cuide-se.

E a ligação foi desfeita. Ele estava na Rússia, sozinho.

DIA 12, KIEV, UNIÃO SOVIÉTICA

No início da manhã seguinte, dez minutos depois da biblioteca abrir, Robert entrou no prédio enorme e escuro, aproximou-se da mesa da recepção.

— Bom-dia — disse ele.

A mulher por trás da mesa levantou os olhos.

— Bom-dia. Em que posso ajudá-lo?

— Estou procurando uma mulher que creio que trabalha aqui, Olga...

— Olga? Claro. — A mulher apontou para outra sala. — Vai encontrá-la ali.

— Obrigado.

Fora muito fácil. Robert entrou na outra sala, passando por grupos de estudantes, sentados solenemente em mesas compridas, estudando. *Preparando-se para que tipo de futuro?*, especulou Robert. Ele chegou a uma sala de leitura menor e entrou.

Uma mulher estava ocupada arrumando livros.

— Com licença — disse Robert.

Ela virou-se.

— Pois não?

— Olga?

— Isso mesmo. O que deseja comigo?

Robert sorriu, insinuante.

— Estou escrevendo uma reportagem sobre a *perestroika*, e como afeta a vida do russo comum. Fez muita diferença em sua vida?

A mulher deu de ombros.

— Antes de Gorbatchov, tínhamos medo de abrir a boca. Agora podemos abrir a boca, mas não temos nada para meter dentro dela.

Robert tentou outra tática.

— Mas deve haver algumas coisas que mudaram para melhor. Por exemplo, agora você pode viajar.

— Deve estar brincando. Com um marido e seis filhos, quem tem condições de viajar?

— Mesmo assim, foi à Suíça e...

— Suíça? Nunca estive na Suíça, em toda a minha vida.

— Nunca esteve na Suíça?

— É o que acabei de dizer. — Ela acenou com a cabeça para uma mulher de cabelos escuros, que recolhia livros em outra mesa. — Ela é a sortuda que foi à Suíça.

Robert lançou um olhar rápido.

— Como ela se chama?

— Olga, como eu.

Ele suspirou.

— Obrigado.

Um minuto depois, Robert estava falando com a segunda Olga.

— Com licença. Estou escrevendo uma reportagem de jornal sobre a *perestroika,* e o efeito que causou nas vidas dos russos.

Ela fitou-o, cautelosa.

— E o que deseja?

— Qual é o seu nome?

— Olga... Olga Romanchanko.

— Diga-me, Olga, a *perestroika* fez alguma diferença para você?

Seis anos antes, Olga Romanchanko teria medo de falar com um estrangeiro, mas agora era permitido.

— Não muito — respondeu ela, ainda cautelosa. — Tudo continua quase igual.

O estrangeiro era persistente.

— Não mudou absolutamente nada em sua vida?

Ela sacudiu a cabeça.

— Absolutamente nada. — E depois acrescentou, num rasgo de patriotismo: — É verdade que agora podemos viajar para o exterior.

Ele parecia interessado.

— E você viajou para fora do país?

— Viajei — respondeu Olga, orgulhosa. — Acabo de voltar da Suíça. É um lindo país.

— Concordo. Teve a oportunidade de conhecer alguém no país?

— Muitas pessoas. Andei de ônibus, excursionamos pelas montanhas mais altas, os Alpes.

Olga compreendeu subitamente que não deveria ter dito isso, porque o estrangeiro poderia querer interrogá-la sobre a espaçonave, e ela não queria falar a respeito. Só podia metê-la em encrenca.

— É mesmo? Fale-me sobre as pessoas no ônibus.

Aliviada, Olga disse:

— Eram muito cordiais. E se vestiam... — Ela gesticulou. — Muito ricas. Até conheci um homem da capital de seu país, Washington, D.C.

— No ônibus?

— Isso mesmo. Muito simpático. Ele até me deu seu cartão.

Robert sentiu o coração parar por uma fração de segundo.

— Ainda tem esse cartão?

— Não. Joguei fora. — Ela olhou ao redor. — É melhor não guardar essas coisas.

Droga! E depois Olga acrescentou:

— Lembro do seu nome. Parker, como a sua caneta americana. Kevin Parker. Muito importante na política. Ele diz aos senadores como devem votar.

Robert ficou aturdido.

— Foi isso o que ele lhe disse?

— Foi, sim. Leva os senadores em viagens e dá presentes, depois eles votam pelas coisas que seus clientes precisam. É assim que a democracia funciona na América.

Um lobista. Robert deixou Olga falar por mais 15 minutos, mas não conseguiu obter informações úteis sobre os outros passageiros.

Robert telefonou para o general Hilliard de seu quarto no hotel.

— Descobri a testemunha russa. Seu nome é Olga Romanchanko. Trabalha na principal biblioteca de Kiev.

— Pedirei às autoridades russas para conversarem com ela.

MENSAGEM URGENTE
ULTRASSECRETA
ASN PARA VICE-DIRETOR GRU
ASSUNTO: OPERAÇÃO JUÍZO FINAL
8. OLGA ROMANCHANKO — KIEV
FIM DA MENSAGEM

NAQUELA TARDE, Robert estava no jato Tupolev Tu-154, da Aeroflot, a caminho de Paris. Ao chegar à capital francesa, três horas e vinte e cinco minutos depois, transferiu-se para um voo da Air France, de partida para Washington, D.C.

Às 2 horas da madrugada, Olga Romanchanko ouviu o ranger de freios, quando um carro parou na frente do prédio de apartamentos em que morava, na rua Vertryk. As paredes eram tão finas que ela podia ouvir as vozes lá fora, na rua. Saiu da cama e foi olhar pela janela. Dois homens à paisana estavam saltando de um Chaika preto, do modelo usado pelas autoridades do governo. Encaminharam-se para a entrada de seu prédio. A visão dos homens provocou-lhe um calafrio. Ao longo dos anos, alguns de seus vizinhos haviam desaparecido, para nunca mais serem vistos. Alguns tinham sido mandados para os Gulags na Sibéria. Olga se perguntou a quem a polícia secreta estaria procurando desta vez. No momento mesmo em que pensava isso, houve uma batida na porta, deixando-a aturdida. *O que querem comigo?*, especulou ela. *Deve ser um engano.*

Quando ela abriu a porta, os dois homens estavam parados ali.

— Olga Romanchanko?

— Sou eu.

— Glavnoye Razvedyvatelnoye Upravleniye.

O temido GRU.

Os homens passaram por ela, entrando no apartamento.

— O que... o que vocês querem?

— Nós faremos as perguntas. Sou o Sargento Yuri Gromkov. Este é o Sargento Vladimir Zemsky.

Ela experimentou uma súbita sensação de terror.

— O que... qual é o problema? O que eu fiz?

Zemsky aproveitou a deixa:

— Ah, então você sabe que fez alguma coisa errada!

— Não, claro que não — balbuciou Olga. — Não sei por que estão aqui.

— Sente-se! — gritou Gromkov.

Olga sentou.

— Acaba de voltar de uma viagem à Suíça, *nyet*?

— Eu... sim... mas... obtive permissão da...

— Espionagem não é legal, Olga Romanchanko.

— Espionagem? — Ela estava horrorizada. — Não sei do que estão falando!

O homem maior olhava para seu corpo, e Olga compreendeu subitamente que usava apenas uma camisola fina.

— Vamos embora. Você irá conosco.

— Mas há um terrível engano! Sou apenas uma bibliotecária! Pergunte a qualquer um aqui...

Ele obrigou-a a se levantar.

— Vamos.

— Para onde estão me levando?

— Para o quartel-general. Querem interrogá-la.

Permitiram que ela vestisse um casaco por cima da camisola. Desceram a escada e entraram no Chaika. Olga pensou em todas as pessoas que já haviam viajado antes em carros como aquele e nunca mais voltaram, ficou atordoada de tanto medo.

O homem maior, Gromkov, estava ao volante. Olga sentava no banco traseiro, com Zemsky. Por algum motivo, ele lhe parecia menos assustador, mas ainda assim sentia-se apavorada pelo que eram aqueles homens, pelo que podia lhe acontecer.

— Por favor, acreditem em mim! — balbuciou Olga, frenética. — Nunca trairia meu...

— Cale-se! — ordenou Gromkov.

— Não há motivo para tratá-la com grosseria — protestou Vladimir Zemsky. — Para dizer a verdade, acredito nela.

Olga sentiu o coração disparar de esperança.

— Os tempos mudaram — continuou o camarada Zemsky. — O camarada Gorbatchov não gosta que pressionemos pessoas inocentes. Esses dias pertencem ao passado.

— E quem disse que ela é inocente? — resmungou Gromkov. — Talvez seja, talvez não. Eles descobrirão muito em breve, quando chegarmos ao quartel-general.

Olga ficou escutando os dois homens discutirem a seu respeito, como se ela não estivesse ali.

— Ora, Yuri, você sabe que no quartel-general ela vai confessar, quer seja culpada ou não — disse Zemsky.

— Não gosto disso.

— O que é uma pena. Não há nada que possamos fazer.

— Há, sim.

— O quê?

O homem sentado ao lado de Olga ficou em silêncio por um longo momento, antes de explicar:

— Por que simplesmente não a deixamos ir embora? Podemos dizer que ela não estava em casa. Vamos cozinhá-los por um ou dois dias, e eles acabarão esquecendo-a, porque têm muitas outras pessoas para interrogarem.

Olga tentou dizer alguma coisa, mas a garganta estava ressequida demais. Desejou desesperadamente que o homem ao seu lado ganhasse a discussão. Gromkov resmungou:

— Por que deveríamos arriscar nossos pescoços por ela? O que ganharíamos com isso? O que ela faria por nós?

Zemsky virou a cabeça e olhou para Olga, inquisitivo. Ela recuperou o uso da voz, balbuciando:

— Não tenho dinheiro.

— Quem precisa do seu dinheiro? Temos bastante dinheiro.

— Ela tem algo mais — sugeriu Gromkov.

Antes que Olga pudesse responder, Zemsky declarou:

— Ora, Yuri Ivanovitch, não pode esperar que ela faça isso.

— A decisão é dela. Pode ser boazinha para nós, ou ir para o quartel-general e ser espancada por uma ou duas semanas. Talvez até a ponham numa linda *shizo*.

Olga já ouvira falar sobre as *shizos*. Eram celas de 1,50 m por 2,50 m, sem aquecimento, a cama de tábuas, sem cobertas. *"Ser boazinha para nós."* O que isso significava?

— Depende dela.

Zemsky tornou a se virar para Olga.

— O que você prefere?

— Eu... eu não compreendo.

— O que meu parceiro está dizendo é que se for boazinha para nós, podemos ignorar as ordens. Dentro de pouco tempo, é bem provável que eles até se esqueçam de você.

— O que... o que eu teria de fazer?

Gromkov sorriu para ela, pelo espelho retrovisor.

— Basta nos dar alguns minutos de seu tempo. — Ele recordou algo que lera uma ocasião. — Basta deitar e pensar no czar.

O homem soltou uma risadinha. Olga compreendeu de repente o que eles queriam. Sacudiu a cabeça.

— Não. Eu não poderia fazer isso.

— Tudo bem. — Gromkov acelerou. — Eles vão se divertir com você no quartel-general.

— Espere!

Ela estava em pânico, sem saber o que fazer. Ouvira histórias de horror sobre o que acontecia com as pessoas que eram presas, e se tornavam *zeks*. Pensara que tudo isso acabara, mas podia perceber agora que se enganara. A *perestroika* ainda era apenas uma fantasia. Não lhe permitiriam ter um advogado ou falar com alguém. No passado, amigas suas haviam sido estupradas e assassinadas pelo GRU. Ela estava acuada. Se fosse para a prisão, poderiam mantê-la ali por semanas, espancando-a e a violentando, talvez pior. Com aqueles dois homens, pelo menos acabaria em poucos minutos, e depois eles a deixariam ir embora. Olga tomou uma decisão.

— Está bem — murmurou ela, angustiada. — Querem voltar a meu apartamento?

— Conheço um lugar melhor — disse Gromkov.

Ele fez a volta com o carro. Zemsky sussurrou:

— Lamento essa situação, mas ele está no comando. Não posso impedi-lo.

Olga não disse nada.

Passaram pelo teatro lírico Shevchenko, todo pintado de vermelho, seguiram para um parque enorme, cercado por árvores. Estava deserto àquela hora. Gromkov levou o carro entre as árvores, apagou os faróis, desligou o motor.

— Vamos sair — disse ele.

Os três saltaram do carro. Gromkov olhou para Olga.

— Você tem muita sorte. Vamos deixá-la escapar. Espero que saiba demonstrar seu reconhecimento.

Olga balançou a cabeça, apavorada demais para falar. Gromkov seguiu na frente para uma pequena clareira.

— Tire a roupa.

— Está frio — murmurou Olga. — Não podemos...?

Gromkov esbofeteou-a.

— Faça o que estou mandando, antes que eu mude de ideia.

Olga hesitou por mais um instante, mas quando Gromkov levantou o braço, para agredi-la de novo, começou a desabotoar o casaco.

— Tire logo.

Ela deixou o casaco cair no chão.

— Agora, a camisola.

Lentamente, Olga levantou a camisola por cima da cabeça e a tirou, estremecendo no ar frio da noite, nua ao luar.

— Belo corpo — murmurou Gromkov, apertando seus mamilos.

— Por favor...

— Se fizer qualquer barulho, vamos levá-la para o quartel-general.

Ele empurrou-a para o chão.

Não vou pensar nisso. Fingirei que estou na Suíça, na excursão de ônibus, contemplando todas aquelas lindas paisagens.

Gromkov arriara a calça, estava abrindo as pernas de Olga.

Posso ver os Alpes cobertos de neve. Lá está um trenó descendo, com um rapaz e uma moça.

Ela sentiu-o pôr as mãos em seus quadris, penetrá-la com violência, machucando-a.

Há carros bonitos na estrada. Mais carros do que jamais vi em toda a minha vida. Na Suíça, todos têm um carro.

Ele arremetia com mais força agora, beliscava-a e soltava grunhidos animais.

Terei uma casinha nas montanhas. Como é mesmo que os suíços as chamam? Chalés. E comerei chocolate todos os dias. Caixas e mais caixas.

Gromkov estava se retirando agora, a respiração ofegante.

Levantou-se e se virou para Zemsky.

— É a sua vez.

Casarei e terei filhos, e vamos todos esquiar nos Alpes durante o inverno.

Zemsky abrira a calça e a estava montando.

Será uma vida maravilhosa. Nunca mais voltarei à Rússia. Nunca. Nunca. Nunca.

Ele estava dentro dela agora, machucando-a mais do que o outro homem, apertando suas nádegas, comprimindo seu corpo contra o chão frio, até que a dor era quase insuportável.

Vamos morar numa fazenda, onde haverá paz e sossego durante todo o tempo, e teremos um jardim com lindas flores.

Zemsky terminou, olhou para seu companheiro, sorriu e disse:

— Aposto que ela gostou.

E depois estendeu as mãos e torceu o pescoço de Olga.

No dia seguinte saiu uma pequena notícia no jornal local, sobre uma bibliotecária que fora violentada e estrangulada no parque. As autoridades alertavam que era perigoso para as mulheres irem ao parque sozinhas à noite.

MENSAGEM URGENTE
ULTRASSECRETA
VICE-DIRETOR GRU PARA VICE-DIRETOR ASN
ASSUNTO: OPERAÇÃO JUÍZO FINAL
8. OLGA ROMANCHANKO — KIEV — ARQUIVADA
FIM DA MENSAGEM

Capítulo 31

Willard Stone e Monte Banks eram inimigos naturais. Ambos eram predadores implacáveis, e a selva em que rondavam eram os desfiladeiros de concreto de Wall Street, com suas operações de tomada do controle acionário, vendas sob pressão e negociações com ações.

O primeiro conflito entre os dois ocorrera durante uma tentativa de tomada do controle acionário de uma enorme companhia de serviços públicos. Willard Stone dera o primeiro lance, sem prever qualquer dificuldade. Era tão poderoso e sua reputação tão assustadora que bem poucas pessoas ousavam desafiá-lo. Por isso, fora uma grande surpresa quando soubera que um jovem arrivista, chamado Monte Banks, estava contestando seu lance. Stone fora obrigado a aumentar sua oferta, e a disputa continuara. Ao final, Willard Stone adquirira o controle da companhia, mas por um preço muito maior do que esperava pagar.

Seis meses depois, ao tentar assumir o controle de uma grande firma eletrônica, Stone fora confrontado outra vez por Monte Banks. As ofertas foram aumentando, e desta vez Banks acabara vencendo.

Ao saber que Monte Banks tencionava competir com ele pelo controle de uma companhia de computadores, Willard Stone concluíra que estava na hora de conhecer seu concorrente. Os dois se encontraram em território neutro, a Paradise Island, nas Bahamas. Willard Stone mandara efetuar uma investigação completa dos antecedentes de seu concorrente, descobrindo que Monte Banks vinha de uma rica família do petróleo e conseguira de forma brilhante expandir sua herança para um vasto conglomerado internacional.

Os dois sentaram para almoçar: Willard Stone, velho e sábio; Monte Banks, jovem e ansioso. Willard Stone iniciou a conversa:

— Você está se tornando um pé no saco.

Monte Banks sorriu.

— Partindo de você, é um grande elogio.

— O que você quer? — perguntou Stone.

— O mesmo que você, possuir o mundo.

Willard Stone comentou, pensativo:

— É um mundo bastante grande.

— E o que isso significa?

— Há espaço suficiente para nós dois.

Foi nesse dia que se tornaram sócios. Cada um dirigia seus negócios separadamente, mas quando se tratava de novos projetos — madeira, petróleo, imóveis — entravam juntos nas transações, em vez de competirem um com o outro. Em diversas ocasiões, a Divisão Antitruste do Departamento de Justiça tentou impedir suas operações, mas as ligações de Willard Stone sempre prevaleciam. Monte Banks possuía companhias químicas responsáveis por uma poluição maciça de lagos e rios, mas, sempre que era indiciado, os processos acabavam sendo misteriosamente arquivados.

Os dois tinham um relacionamento simbiótico perfeito.

A Operação Juízo Final era algo natural para eles, e ambos se achavam totalmente envolvidos. Estavam prestes a fechar um contrato de compra de dez milhões de acres na exuberante floresta tropical amazônica. Seria um dos negócios mais lucrativos de todos os tempos.

Não podiam permitir que nada interferisse com a transação.

Capítulo 33

DIA 13, WASHINGTON, D.C.

O Senado dos Estados Unidos estava reunido em sessão plenária. O senador mais novo de Utah ocupava a tribuna.

— ...e o que está acontecendo com a nossa ecologia é uma desgraça nacional. Chegou o momento do Senado compreender que tem o dever de preservar a preciosa herança que nossos antepassados nos confiaram. Não apenas é nosso dever, mas também o privilégio, proteger a terra, o ar e os mares dos interesses escusos que os destroem, com um egoísmo inadmissível. E é o que estamos fazendo? Em sã consciência, podemos proclamar que fazemos o melhor possível? Ou permitimos que a voz da ganância nos influencie?

Kevin Parker, sentado na galeria dos visitantes, olhou para seu relógio, pela terceira vez em cinco minutos. E se perguntou por quanto tempo mais o discurso se prolongaria. Só estava sentado ali porque ia almoçar com o senador e precisava de um favor dele. Kevin Parker gostava de circular pelos corredores do poder, confraternizando com deputados e senadores, dispensando benefícios, em troca de favores políticos.

Fora criado na pobreza em Eugene, Oregon. O pai era um alcoólatra que possuía uma pequena serraria. Como um empresário inepto, ele transformara o que poderia ser um próspero negócio num desastre. Kevin tivera de trabalhar desde os 14 anos; e como sua mãe fugira com outro homem, anos antes, ele não tinha qualquer vida familiar. Poderia facilmente se tornar um vagabundo e terminar como o pai, mas sua graça salvadora fora o fato de ser excepcionalmente bonito e simpático. Era louro, com feições aristocráticas, que devia ter herdado de algum ancestral há muito esquecido. Uns poucos moradores prósperos da cidade se compadeceram do garoto, dando-lhe empregos e estímulo, empenhando-se em ajudá-lo. O homem mais rico da cidade, Jeb Goodspell, mostrava-se particularmente ansioso em ajudar Kevin, oferecendo-lhe um emprego em meio expediente numa de suas companhias. Solteirão, Goodspell convidava com frequência o jovem Parker a jantar em sua casa.

— Você pode ser alguém na vida — dizia Goodspell —, mas não conseguirá nada sem amigos.

— Sei disso, senhor. E sou profundamente grato por sua amizade. Trabalhar para o senhor está me salvando a vida.

— Eu poderia fazer muito mais por você.

Nessa ocasião, estavam sentados no sofá da sala de estar, depois do jantar. Goodspell passara a mão pelos ombros do rapaz, acrescentando:

— Mas muito mais mesmo. — Ele apertara o ombro de Kevin. — Sabia que tem um corpo lindo?

— Obrigado, senhor.

— Nunca se sente solitário?

Kevin sentia-se solitário durante todo o tempo.

— Claro que me sinto, senhor.

— Pois não precisa mais se sentir solitário. — Ele acariciara o braço do rapaz. — Eu também me sinto solitário. Você precisa de alguém para abraçá-lo e confortá-lo.

— Sim, senhor.
— Já andou com garotas?
— Namorei Sue Ellen por algum tempo.
— Foi para a cama com ela?
Kevin ficara vermelho.
— Não, senhor.
— Quantos anos você tem, Kevin?
— Dezesseis, senhor.
— É uma idade maravilhosa, a idade em que deve iniciar uma carreira. — Ele estudara o rapaz por um momento. — Aposto que você se daria muito bem na política.
— Política? Não sei nada a respeito, senhor.
— É por isso que você vai para a escola, para aprender as coisas. E eu vou ajudá-lo.
— Obrigado.
— Há muitas maneiras de agradecer às pessoas. — Goodspell passara a mão pela coxa do rapaz. — Muitas maneiras.
Ele fitara Kevin nos olhos.
— Sabe o que estou querendo dizer?
— Sei, sim, Jeb.
E esse fora o começo.
Depois que Kevin Parker se formara no ensino médio da Escola Churchill, Goodspell mandara-o para a Universidade do Oregon. O rapaz estudara ciência política, e Goodspell providenciara para que seu protegido conhecesse muitas pessoas. E todas ficaram impressionadas com o atraente jovem. Com suas ligações, Parker descobrira que era capaz de prestar favores a pessoas importantes e reunir interesses comuns. Tornar-se um lobista em Washington era um passo natural, e Parker era competente nesse trabalho.

Goodspell morrera dois anos antes, mas àquela altura Parker já adquirira um talento e um gosto pelo que seu mentor lhe ensinara. Gostava de pegar rapazes, e levá-los para hotéis remotos, onde não seria reconhecido. O senador de Utah finalmente concluía seu discurso:

— ...e lhes digo agora que devemos aprovar este projeto, se queremos salvar o que resta de nossa ecologia. Neste momento, eu gostaria de pedir uma votação nominal.

Graças a Deus, a sessão interminável estava quase acabando. Kevin Parker pensou na noite que chegava e começou a ter uma ereção. Na noite anterior, conhecera um rapaz no Danny's, na P Street Station, um conhecido bar de gays. Infelizmente, o rapaz estava com um companheiro. Mas haviam passado a noite inteira trocando olhares. Antes de ir embora, Parker escrevera um bilhete e deixara na mão do rapaz, discretamente. Dizia simplesmente: "Amanhã de noite." O jovem sorrira e acenara com a cabeça.

KEVIN PARKER estava se vestindo apressado para sair. Queria estar no bar quando o rapaz chegasse. Era um jovem muito atraente, e ele não queria que fosse apanhado por outro. A campainha da porta da frente tocou. *Droga!* Parker foi abrir a porta. Era um estranho.

— Kevin Parker?

— Isso mesmo.

— Meu nome é Bellamy. Gostaria de conversar com você por um momento.

Parker disse, impaciente:

— Terá de marcar uma reunião com minha secretária. Não falo de negócios depois do expediente.

— Não se trata exatamente de negócios, Sr. Parker. Diz respeito à sua viagem à Suíça, há duas semanas.

— Minha viagem à Suíça? Qual é o problema?

— Minha agência está interessada em algumas das pessoas que pode ter conhecido lá.

Kevin Parker estudou o homem com mais atenção. O que a CIA podia querer com ele? Eram bisbilhoteiros demais. *Será que deixei meu rabo de fora?* Não havia sentido em hostilizar o homem. Parker sorriu.

— Entre. Estou atrasado para um encontro, mas não disse que vai demorar só um momento?

— Isso mesmo, senhor. Pegou um ônibus de excursão em Zurique?

Então é esse o problema. Aquela história do disco voador. Fora a coisa mais estranha que ele já vira.

— Quer saber sobre o OVNI, não é? Pois devo lhe dizer que foi uma experiência das mais fantásticas.

— Imagino que sim. Mas, para ser franco, nós na agência não acreditamos em discos voadores. Estou aqui para descobrir o que pode me dizer sobre os outros passageiros do ônibus.

Parker ficou surpreso.

— Infelizmente, não posso ajudá-lo muito nesse ponto. Eram todos estrangeiros.

— Sei disso, Sr. Parker — murmurou Robert, paciente —, mas deve lembrar *alguma coisa* sobre eles.

Parker deu de ombros.

— Algumas coisas... Lembro que troquei algumas palavras com um inglês que tirou uma fotografia nossa.

Leslie Mothershed.

— Quem mais?

— Também conversei um pouco com uma jovem russa. Muito simpática. Acho que ela disse que era bibliotecária em algum lugar.

Olga Romanchanko.

— Excelente. Pode se lembrar de mais alguém?

— Não, acho que isso é tudo... havia mais dois homens com quem falei. Um deles era americano, um texano.

Dan Wayne.

— E o outro?

— Era um húngaro. Possuía um parque de diversões, ou circo, ou algo parecido, na Hungria. — Parker pensou por um instante. — Era um parque de diversões.

— Tem certeza, Sr. Parker?

— Absoluta. Ele me contou algumas histórias sobre o negócio de parque de diversões. E ficou na maior agitação ao ver o OVNI. Se pudesse, acho que ele o apresentaria em seu parque de diversões, como um espetáculo secundário. Devo admitir que foi uma visão impressionante. Eu gostaria de comunicar o incidente, mas não posso me misturar com todos os malucos que alegam ter visto discos voadores.

— Por acaso ele mencionou seu nome?

— Mencionou, sim, mas era um desses nomes estrangeiros impronunciáveis. Não há jeito de recordar.

— Lembra mais alguma coisa sobre ele?

— Só que tinha pressa em voltar a seu parque de diversões. — Parker olhou para o relógio. — Há mais alguma em que eu possa ajudá-lo? Estou um pouco atrasado.

— Não, não há mais nada. Muito obrigado, Sr. Parker. Foi bastante útil.

— O prazer foi meu. — Ele ofereceu um sorriso jovial a Robert. — Apareça em meu escritório. Teremos uma boa conversa.

— Farei isso.

Está quase acabando, pensou Robert. *Eles poderão agora pegar meu emprego e enfiar no rabo. Chegou o momento de juntar os fragmentos de minha vida e recomeçar tudo.*

ROBERT TELEFONOU para o general Hilliard.

— Estou quase terminando, general. Descobri Kevin Parker. Ele é um lobista em Washington, D.C. Partirei agora para identificar o último passageiro.

— Não imagina como estou satisfeito — disse o general Hilliard. — Tem feito um trabalho excelente, comandante. Torne a me procurar o mais depressa que puder.

— Pois não, senhor.

MENSAGEM URGENTE
ULTRASSECRETA
ASN PARA VICE-DIRETOR CIA
ASSUNTO: OPERAÇÃO JUÍZO FINAL
9. KEVIN PARKER — WASHINGTON, D.C.
FIM DA MENSAGEM

AO CHEGAR AO DANNY'S, Kevin Parker descobriu que estava mais lotado do que na noite anterior. Os homens mais velhos vestiam ternos conservadores, enquanto a maioria dos jovens usava calças Levi's, blazers e botinas. Havia uns poucos que pareciam deslocados, em trajes de couro preto, e Kevin achou que tais elementos eram repulsivos. O contato bruto era perigoso, e ele jamais aceitara esse tipo de comportamento bizarro. *Discrição*, esse sempre fora o seu lema. *Discrição*. O rapaz bonito ainda não chegara, mas Parker também não esperava encontrá-lo tão cedo. Ele só entraria em cena mais tarde, lindo e viçoso, quando os outros no bar já estariam cansados e suados. Kevin Parker foi até o balcão, pediu um drinque, correu os olhos ao redor. Havia televisores nas paredes, sintonizados na MTV. O Danny's era um bar de A e P — Apareça e Pose. Os mais jovens assumiam poses para parecerem tão atraentes quanto possível, enquanto os mais velhos — os compradores — examinavam-nos várias vezes, até fazerem suas escolhas. Os bares de A e P eram os de mais classe. Nunca havia brigas neles, pois a maioria dos clientes tinha dentes facetados, e não podia correr o risco de perdê-los.

Kevin Parker notou que muitos dos frequentadores já haviam escolhido seus parceiros. Escutou as conversas familiares ao redor. Fascinava-o que as conversas fossem sempre as mesmas, quer ocorressem em bares de dança ou em clubes clandestinos, que mudavam de localização todas as semanas. Havia um jargão próprio que ele podia ouvir agora.

— Aquela bicha não é ninguém, mas se julga poderosa...

— Ele explodiu comigo sem nenhum motivo. Fica completamente transtornado. É tão sensível...

— Você é de cima ou de baixo?

— De cima, garota — estalando os dedos. — Gosto de dar as ordens.

— Ótimo. Gosto de obedecê-las...

— Ficou parado ali me criticando... meu peso, minha pele, minha atitude. Eu disse então: "Mary, está tudo acabado entre nós." Mas doeu. É por isso que estou aqui esta noite... para tentar esquecê-lo. Posso tomar outro drinque?

O rapaz entrou no bar à 1 hora da madrugada. Olhou ao redor, avistou Parker, aproximou-se. Era mais lindo do que Parker se lembrava.

— Boa-noite.

— Boa-noite. Desculpe o atraso.

— Não tem problema. Não me importei de esperar.

O jovem tirou um cigarro, esperou que o homem mais velho acendesse para ele.

— Estive pensando em você — disse Parker.

— É mesmo?

As pestanas do garoto eram incríveis.

— É, sim. Posso lhe pagar um drinque?

— Se isso o deixar feliz.

Parker sorriu.

— Está interessado em me fazer feliz?

O garoto fitou-o nos olhos e murmurou:

— Acho que sim.

— Vi o homem com quem você estava aqui na noite passada. Ele é errado para você.

— E você é certo para mim?

— Posso ser. Por que não descobrimos? Não gostaria de dar um passeio?

— Parece uma boa ideia.

Parker experimentou um arrepio de excitamento.

— Conheço um lugar aconchegante em que poderemos ficar a sós.

— Ótimo. Deixarei o drinque para depois.

Quando chegavam à saída, a porta foi aberta abruptamente, e dois jovens enormes entraram no bar. Pararam na frente do rapaz, bloqueando sua passagem.

— Ah, encontrei-o finalmente, seu filho da puta! Onde está o dinheiro que me deve?

O rapaz ficou aturdido.

— Não sei do que está falando. Nunca o vi...

— Não me venha com essa merda.

O homem agarrou-o pelo ombro, começou a arrastá-lo para a rua. Parker não saiu do lugar, furioso. Sentiu-se tentado a interferir, mas não podia se envolver em qualquer coisa que pudesse terminar em escândalo. Permaneceu onde estava, observando o rapaz desaparecer na noite. O segundo homem sorriu para Kevin Parker, com uma expressão de simpatia.

— Deveria escolher suas companhias com mais cuidado. Ele é uma bomba.

Parker olhou com mais atenção para seu interlocutor. Era louro e atraente, com feições quase perfeitas. Parker teve o pressentimento de que a noite podia não ser uma perda total, no final das contas.

— Talvez você tenha razão — murmurou ele.

— Nunca sabemos o que o destino nos reserva, não é mesmo?

O homem fitava Parker nos olhos.

— Não, não sabemos. Meu nome é Tom. Como se chama?

— Paul.

— Por que não me deixa lhe pagar um drinque, Paul?

— Obrigado.

— Tem algum plano especial para esta noite?

— Vai depender de você.

— Não gostaria de passar a noite comigo?

— Parece divertido.

— De quanto dinheiro estamos falando?

— Gostei de você. Por isso, 200 dólares.

— Parece razoável.

— E é mesmo. Garanto que não vai se arrepender.

Meia hora depois, Paul levava Kevin Parker para um velho prédio de apartamentos, na Jefferson Street. Subiram pela escada para o terceiro andar, entraram num pequeno aposento.

Parker olhou ao redor.

— Não é grande coisa, hein? Um hotel teria sido melhor.

Paul sorriu.

— Podemos ter mais intimidade aqui. Além do mais, só precisamos da cama.

— Tem razão. Por que não se despe? Quero ver o que estou comprando.

— Claro.

Paul começou a se despir. Tinha um corpo espetacular. Parker observava-o, sentindo o velho ímpeto familiar se tornar cada vez mais intenso.

— Agora você é que tem de se despir — sussurrou Paul. — E depressa, pois quero você.

— Eu também quero você, Mary.

Parker começou a tirar as roupas.

— O que você gosta? — indagou Paul. — Lábios ou quadris?

— Vamos fazer um coquetel. Temos a noite inteira.

— Claro — respondeu Paul. — Vou ao banheiro. Volto já.

Parker deitou nu na cama, antecipando os prazeres requintados que estavam prestes a acontecer. Ouviu seu companheiro sair do banheiro e se aproximar da cama. Estendeu os braços.

— Venha para mim, Paul.

— Estou indo.

E Parker sentiu uma pontada de agonia quando uma faca foi cravada em seu peito. Arregalou os olhos no mesmo instante, balbuciando:

— Mas o que...?

Paul estava se vestindo.

— Não se preocupe com o dinheiro — disse ele. — É por conta da casa.

MENSAGEM URGENTE
ULTRASSECRETA
CIA PARA VICE-DIRETOR ASN
ASSUNTO: OPERAÇÃO JUÍZO FINAL
9. KEVIN PARKER — WASHINGTON, D.C. — ARQUIVADO
FIM DA MENSAGEM

Robert Bellamy perdeu o noticiário porque se encontrava num avião, a caminho da Hungria, em busca de um homem que possuía um parque de diversões.

Capítulo 34

DIA 14, BUDAPESTE

O voo de Paris para Budapeste, pela empresa aérea Malév, levava duas horas e cinco minutos. Robert sabia muito pouco sobre a Hungria, exceto que durante a Segunda Guerra Mundial fora aliada do Eixo, e mais tarde se tornara satélite da União Soviética. Ele pegou o ônibus do aeroporto para o centro de Budapeste e ficou impressionado com o que viu. Os prédios eram antigos, na melhor arquitetura clássica. O prédio do Parlamento era uma vasta estrutura neogótica, dominando a cidade. Muito acima da cidade propriamente dita, na colina do Castelo, situava-se o Palácio Real. As ruas estavam repletas de carros e pessoas fazendo compras.

O ônibus parou na frente do hotel Duna Intercontinental. Robert entrou no saguão, foi até a recepção.

— Com licença — disse ele ao recepcionista. — Você fala inglês?

— *Igan*. Sim. Em que posso ajudá-lo?

— Um amigo meu esteve em Budapeste há poucos dias e me contou que visitou um maravilhoso parque de diversões. Já que tive de vir à cidade, pensei em dar uma olhada. Pode me informar onde fica?

O recepcionista franziu o rosto.

— Parque de diversões? — Ele pegou um papel e se pôs a estudá-lo. — Vamos ver... No momento, em Budapeste, temos ópera, várias produções teatrais, balé, excursões dia e noite pela cidade, excursões pelos campos... — ele levantou os olhos. — Desculpe, mas não tem nenhum parque de diversões.

— Tem certeza?

O recepcionista estendeu a lista para Robert.

— Pode verificar pessoalmente.

Estava escrita em húngaro. Robert devolveu-a.

— Certo. Há mais alguém com quem eu possa conversar a respeito?

— O Ministério da Cultura talvez possa ajudá-lo.

Trinta minutos depois, Robert falava com um funcionário do Ministério da Cultura.

— Não há nenhum parque de diversões em Budapeste. Tem certeza que seu amigo viu um na Hungria?

— Tenho, sim.

— Mas ele não disse onde?

— Não, não disse.

— Sinto muito, mas não posso ajudá-lo. — O funcionário estava impaciente. — Se não há mais nada...

— Não. Obrigado. — Robert levantou-se. Hesitou por um instante. — Se eu quisesse trazer um circo ou um parque de diversões para a Hungria, teria de obter uma autorização?

— Claro.

— Onde?

— Na Administração de Licenças de Budapeste.

O PRÉDIO ERA localizado em Buda, perto da muralha medieval da cidade. Robert esperou meia hora, antes de ser introduzido na sala de um funcionário formal e pomposo.

— Posso ajudá-lo?

Robert sorriu.

— Espero que possa. Detesto ocupar seu tempo com algo tão trivial, mas estou aqui com meu filho pequeno, e ele ouviu falar de um parque de diversões instalado em algum lugar da Hungria. Prometi que o levaria. E sabe como são as crianças quando metem uma ideia na cabeça.

O homem estava perplexo.

— E sobre o que queria me falar?

— Para ser franco, parece que ninguém sabe onde se pode encontrar um parque de diversões, e a Hungria é um país tão grande e bonito... Fui informado de que se alguém sabe tudo o que acontece na Hungria, é justamente o senhor.

O homem balançou a cabeça.

— É isso mesmo. Nada assim pode funcionar por aqui sem que este departamento emita uma licença.

Ele apertou uma campainha. A secretária entrou, houve um diálogo rápido, em húngaro. Ela saiu e voltou dez minutos depois com alguns papéis. Entregou-os ao chefe. Ele examinou e disse a Robert:

— Nos últimos três meses, concedemos duas licenças para parques de diversões. Um fechou no mês passado.

— E o outro?

— O outro se encontra no momento em Sopron, uma cidadezinha perto da fronteira alemã.

— Tem o nome do proprietário?

O funcionário tornou a consultar o papel.

— Bushfekete... Laslo Bushfekete.

LASLO BUSHFEKETE estava tendo um dos melhores dias de sua vida. Poucas pessoas são bastante afortunadas para passarem a vida fazendo exatamente o que querem, e ele era uma delas. Com mais de 1,90 metro de altura e pesando 130 quilos, Bushfekete era um homem enorme. Usava um relógio de pulso cravejado de diamantes, anéis de diamantes, e uma imensa pulseira de ouro. Seu pai possuíra um pequeno parque de diversões. Ao morrer, o filho assumira o controle. Era a única vida que ele já conhecera.

Laslo Bushfekete tinha sonhos grandiosos. Tencionava expandir seu pequeno parque de diversões, transformando-o no maior e melhor da Europa. Queria ser conhecido como o P. T. Barnum dos parques de diversões. No momento, porém, só podia oferecer as atrações habituais: a Mulher Gorda e o Homem Tatuado, os Gêmeos Siameses e a Múmia de Mil Anos, "desenterrada das entranhas de túmulos do antigo Egito". Havia também o Engolidor de Espada e o Comedor de Fogo, além da pequena e atraente Encantadora de Serpentes, Marika. No fim, porém, tudo isso se somava para fazer apenas mais um parque de diversões itinerante.

Agora, da noite para o dia, tudo isso mudaria. O sonho de Laslo Bushfekete estava prestes a se converter em realidade.

Ele fora à Suíça para assistir à audição de um artista de fuga que muito ouvira falar. A *pièce de résistance* do número era o momento em que se vendava o artista, algemava-o, trancava-o num pequeno baú, que por sua vez era trancado num baú maior, que era baixado para um tanque cheio de água. Parecia fantástico pelo telefone, mas ao voar para a Suíça, a fim de assisti-lo, Bushfekete descobrira que havia um problema insuperável: o artista demorava trinta minutos para escapar. Nenhum público do mundo passaria meia hora olhando para um baú dentro de um tanque cheio de água.

Parecia que a viagem fora um desperdício de tempo. Laslo Bushfekete resolvera fazer uma excursão para ocupar o dia, até o momento de pegar seu avião. E aquele passeio mudara sua vida.

Como os demais passageiros do ônibus, Bushfekete vira a explosão e correra pelo campo para ajudar possíveis sobreviventes, no que todos pensavam ser um desastre de avião. Mas a visão com que ele se defrontara ali fora incrível. Não podia haver a menor dúvida de que se tratava de um disco voador, e em seu interior estavam dois corpos pequenos, de estranha aparência. Os outros passageiros ficaram parados ali, boquiabertos. Laslo Bushfekete dera a volta para descobrir como era a traseira do OVNI. E também ficara imóvel, aturdido. A cerca de três metros dos destroços, caída no chão, fora das vistas dos outros turistas, havia uma pequena mão, decepada, com seis dedos e dois polegares se opondo. Sem nem mesmo pensar, Bushfekete tirara o lenço do bolso, recolhera a mão e a guardara em sua bolsa. O coração disparara. Tinha em seu poder a mão de um genuíno extraterrestre! *Daqui por diante, você pode esquecer todas as suas mulheres gordas, homens tatuados, engolidores de espada e comedores de fogo,* pensara ele. "Aproximem-se, senhoras e senhores, para a maior emoção de suas vidas. O que verão agora é algo que nenhum mortal jamais contemplou antes. É um dos objetos mais incríveis do universo. Não é um animal. Não é um vegetal. Não é um mineral. O que é então? É parte dos restos mortais de um extraterrestre... uma criatura do espaço exterior... Não é ficção científica, senhoras e senhores, é a coisa real... Por 500 florins, podem tirar uma fotografia..."

E isso lembrou-o de uma coisa. Esperava que o fotógrafo que aparecera no local do acidente não esquecesse de mandar a fotografia que prometera. Seria ampliada e exibida ao lado da barraca. O toque de mestre. *A vida é um espetáculo, nada mais do que isso.*

Ele mal pudera aguardar o momento de retornar à Hungria, e começar a realizar seus sonhos grandiosos.

Ao chegar em casa e abrir o lenço, descobrira que a mão murchara. Mas depois que Bushfekete a limpara, a mão, espantosamente, recuperara a firmeza original.

Bushfekete escondera a mão com toda segurança e encomendara uma redoma de vidro imponente, com um umidificador especial adaptado. Depois de exibi-la em seu parque de diversões, planejava viajar com a mão por toda a Europa. Pelo mundo inteiro. Faria exposições em museus. Haveria apresentações particulares para cientistas; talvez até para chefes de Estado. E ele cobraria de todos. Não haveria fim para a fabulosa fortuna que o aguardava.

Não contara a ninguém sobre sua boa sorte, nem mesmo à namorada, Marika, a pequena e sensual dançarina que trabalhava com najas e víboras africanas, que figuravam entre os ofícios mais perigosos. É verdade que as bolsas venenosas haviam sido removidas, mas o público não sabia disso, porque Bushfekete também mantinha uma naja com o saco de veneno intacto. Ele exibia a cobra de graça para o público, que a observava matar ratos. Não era de surpreender que as pessoas se sentissem excitadas ao observarem a linda Marika deixar que suas serpentes de estimação deslizassem por seu corpo sensual, seminu. Duas ou três noites por semana, Marika ia à tenda de Laslo Bushfekete e rastejava por cima de seu corpo, usava a língua como se fosse uma das serpentes. Haviam feito amor na noite anterior, e Bushfekete ainda se sentia exausto da incrível ginástica de Marika. Suas reminiscências foram interrompidas por um visitante.

— Sr. Bushfekete?

— Falando com ele. Em que posso servi-lo?

— Soube que esteve na Suíça na semana passada.

Bushfekete tornou-se cauteloso no mesmo instante. *Será que alguém me viu pegar a mão?*

— O que... qual é o problema?

— Viajou num ônibus de excursão no último domingo?

Bushfekete ficou ainda mais cauteloso.

— Viajei.

Robert Bellamy relaxou. Finalmente acabara. Aquele homem era a última testemunha. Ele fora incumbido de uma missão impossível, e realizara um excelente trabalho. *Um trabalho bom demais, se me permito o elogio.* "Não temos a menor ideia de onde estão. Ou quem são." E ele encontrara todos. Experimentava a sensação de que um tremendo fardo fora removido de seus ombros. Estava livre agora. Livre para voltar para casa e iniciar vida nova.

— O que há com a minha viagem, senhor?

— Não é importante — assegurou Robert Bellamy; e não era mesmo, não mais. — Estava interessado em seus companheiros de excursão, Sr. Bushfekete, mas creio que já disponho agora de todas as informações de que preciso. Por isso...

— Pois posso lhe falar tudo sobre eles — declarou Laslo Bushfekete. — Havia um padre italiano de Orvieto, Itália; um alemão... acho que era um professor de química de Munique; uma garota russa que trabalhava numa biblioteca em Kiev; um rancheiro de Waco, Texas; um banqueiro canadense dos Territórios; e um lobista chamado Parker, de Washington, D.C.

Essa não!, pensou Robert. *Se eu o encontrasse em primeiro lugar, poderia ganhar muito tempo. O homem é espantoso. Recordou-se de todos eles.*

— Tem uma excelente memória — comentou Robert.

— É verdade. — Bushfekete sorriu. — Ah, sim, havia também aquela outra mulher.

— A russa.

— Não, não, a *outra* mulher. A alta e magra, vestida de branco.

Robert pensou por um momento. Nenhum dos outros mencionara uma segunda mulher.

— Acho que está enganado.

— Não estou, não. — Bushfekete era insistente. — Havia duas mulheres lá.

Robert efetuou uma contagem mental. Não era possível.

— Não podia haver.

Bushfekete reagiu como se tivesse sido insultado.

— Quando aquele fotógrafo bateu as fotos de todos nós na frente do OVNI, ela estava parada bem ao meu lado. Era muito bonita. — Ele fez uma pausa. — O mais curioso é que não me recordo de tê-la visto no ônibus. Provavelmente ela sentava lá atrás. Lembro que parecia bastante pálida. Fiquei um pouco preocupado com ela.

Robert franziu o rosto.

— Quando voltaram ao ônibus, ela os acompanhou?

— Agora que penso nisso, não me lembro de ver a mulher depois. Mas a verdade é que fiquei tão impressionado com aquele OVNI, que não prestei muita atenção.

Havia algo ali que não se ajustava. *Seria possível que houvesse 11 testemunhas, em vez de 10? Terei de verificar,* pensou Robert.

— Obrigado, Sr. Bushfekete.

— De nada.

— Boa sorte.

Bushfekete sorriu.

— Obrigado.

Ele não precisava de sorte. Não mais. Não com a mão de um genuíno alienígena em seu poder.

Naquela noite, Robert Bellamy apresentou seu relatório final ao general Hilliard.

— Tenho o nome dele. É Laslo Bushfekete. Possui um parque de diversões nos arredores de Sopron, Hungria.

— É a última testemunha?

Robert hesitou por um instante.

— É, sim, senhor.

Ele ia mencionar a outra passageira, mas decidiu esperar até conseguir confirmar a sua existência. Parecia improvável demais.

— Obrigado, comandante. Fez um ótimo trabalho.

MENSAGEM URGENTE
ULTRASSECRETA
ASN PARA VICE-DIRETOR HRQ
ASSUNTO: OPERAÇÃO JUÍZO FINAL
10. LASLO BUSHFEKETE — SOPRON
FIM DA MENSAGEM

Eles chegaram de madrugada, quando o parque de diversões estava fechado. Partiram 15 minutos depois, tão silenciosamente quanto chegaram.

Laslo Bushfekete sonhou que se encontrava de pé na entrada de uma enorme tenda branca, observando a vasta multidão entrar em fila na bilheteria, a fim de comprar os ingressos de 500 florins.

"É por aqui, senhoras e senhores, vejam a parte genuína do corpo de um alienígena do espaço. Não é um desenho, não é uma fotografia, é de fato a parte do corpo de um ET. Apenas 500 florins pela emoção de uma vida inteira, uma visão que jamais esquecerão."

E depois ele estava na cama com Marika, ambos nus, podia sentir os mamilos dela se comprimindo contra seu peito, a língua deslizando por seu corpo, ela se contorcia por cima dele, e teve uma ereção. Bushfekete estendeu os braços para agarrá-la, mas suas mãos se fecharam sobre outra coisa, fria e escorregadia, e ele despertou e abriu os olhos, soltando um grito... e foi nesse instante que a naja deu o bote.

Encontraram seu corpo pela manhã. A caixa da cobra venenosa estava vazia.

MENSAGEM URGENTE
ULTRASSECRETA
HRQ PARA VICE-DIRETOR ASN
ASSUNTO: OPERAÇÃO JUÍZO FINAL
10. LASLO BUSHFEKETE — SOPRON — ARQUIVADO
FIM DA MENSAGEM

O general Hilliard fez uma ligação pelo telefone vermelho.

— Janus, acabei de receber o relatório final do comandante Bellamy. Ele descobriu a última das testemunhas. Já cuidamos de todas.

— Excelente. Informarei aos outros. Quero que prossiga imediatamente com o restante de nosso plano.

— Certo.

MENSAGEM URGENTE
ULTRASSECRETA
ASN PARA VICE-DIRETORES:
SIFAR, M16, GRU, CIA, COMSEC, DCI, CGHQ, BFV
ASSUNTO: OPERAÇÃO JUÍZO FINAL
11. COMANDANTE ROBERT BELLAMY — ARQUIVAR
FIM DA MENSAGEM

LIVRO SEGUNDO

O CAÇADO

Capítulo 35

DIA 15

Robert Bellamy estava num dilema. *Poderia haver uma décima primeira testemunha? E se houvesse, por que nenhum dos outros a mencionara antes?* O funcionário que vendera as passagens do ônibus lhe dissera que eram apenas sete passageiros. Robert estava convencido de que o proprietário do parque de diversões húngaro se enganara. E seria fácil ignorar sua declaração, presumir que era inverídica, só que o treinamento de Robert não permitia isso. Fora muito bem disciplinado. Era preciso conferir a história de Bushfekete. *Como?* Robert refletiu por um momento. *Hans Beckerman. O motorista do ônibus deve saber.*

Ele fez uma ligação para a Sunshine. O escritório estava fechado. Não havia ninguém na lista telefônica em Kappel com o nome de Hans Beckerman. *Tenho de voltar à Suíça e esclarecer a questão*, decidiu Robert. *Não posso deixar nenhum fio solto.*

Já era tarde da noite quando Robert chegou a Zurique. O ar estava frio, havia lua cheia. Ele alugou um carro, seguiu pelo caminho agora familiar até a pequena aldeia de Kappel. Passou pela igreja e parou na frente da casa de Hans Beckerman, convencido de que se empenhava em uma busca sem sentido. A casa estava às escuras. Robert bateu à porta e esperou. Bateu de novo, tremendo ao ar frio da noite.

A Sra. Beckerman finalmente abriu a porta, usando um robe desbotado de flanela.

— *Bitte?*

— Sra. Beckerman, por acaso se lembra de mim? Sou o repórter que está escrevendo o artigo sobre Hans. Lamento incomodar a esta hora, mas é importante que eu fale com seu marido.

As palavras foram recebidas com silêncio.

— Sra. Beckerman?

— Hans está morto.

Robert sentiu um choque.

— O quê?

— Meu marido morreu.

— Eu... sinto muito. Como?

— Seu carro rolou pela encosta da montanha. — A voz estava impregnada de amargura. — A *Dummkopf Polizei* disse que aconteceu porque ele havia tomado drogas.

— Drogas?

"Úlcera. Os médicos não podem nem me dar remédios para aliviar a dor. Sou alérgico a todos."

— A polícia disse que foi um acidente?

— *Ja.*

— Fizeram uma necropsia?

— Sim, e encontraram drogas. Não faz sentido.

Robert não sabia o que dizer.

— Lamento profundamente, Sra. Beckerman. Eu...

A porta foi fechada, e Robert ficou sozinho na noite escura.

Uma testemunha desaparecera. Não... duas. Leslie Mothershed morrera num incêndio. Robert ficou parado ali, pensando, por um longo tempo. Duas testemunhas mortas. Ele podia ouvir a voz de seu instrutor na Fazenda: *"Há mais uma coisa sobre a qual eu gostaria de falar hoje. A coincidência. Em nosso trabalho, não existe esse animal. Geralmente representa perigo. Se deparar várias vezes com a mesma pessoa, ou se a todo instante avistar o mesmo automóvel, quando estiver em ação, trate de se proteger. Provavelmente se encontra metido numa encrenca."*

"*Provavelmente se encontra metido numa encrenca.*" Robert foi dominado por emoções conflitantes. O que acontecera *tinha* de ser coincidência, mas... *Preciso conferir a passageira misteriosa.*

Sua primeira ligação foi para Fort Smith, Canadá. Uma mulher com a voz transtornada atendeu.

— Alô?

— William Mann, por favor.

A voz disse, chorosa:

— Lamento, mas meu marido... não está mais conosco.

— Não estou entendendo.

— Ele cometeu suicídio.

Suicídio? Aquele banqueiro intransigente? Mas o que será que está acontecendo?, perguntou-se Robert. Era inconcebível o que ele estava pensando, e, no entanto... passou a fazer uma ligação depois de outra.

— Professor Schmidt, por favor.

— *Ach!* O professor morreu numa explosão em seu laboratório...

— Eu gostaria de falar com Dan Wayne.

— Pobre coitado... Seu garanhão escoiceou-o até a morte...

— Laslo Bushfekete, por favor.

— O parque de diversões está fechado. Laslo morreu...

— Fritz Mandel, por favor.

— Fritz morreu num estranho acidente...

Os alarmes soavam a todo volume agora.

— Olga Romanchanko.
— Pobre coitada. E era tão jovem...
— Estou ligando para saber como está o padre Patrini.
— O pobre coitado morreu enquanto dormia.
— Gostaria de falar com Kevin Parker.
— Kevin foi assassinado...

MORTAS. *Todas as testemunhas estavam mortas*. E fora ele quem as descobrira e identificara. Por que não percebera o que acontecia? Porque os filhos da puta haviam esperado que deixasse cada país antes de executar suas vítimas. Ele só se reportara ao general Hilliard. *"Não devemos envolver mais ninguém nesta missão... Quero que me apresente relatórios de progresso todos os dias."*

Haviam-no usado para chegar às testemunhas. O *que há por trás de tudo isso?* Otto Schmidt fora morto na Alemanha, Hans Beckerman e Fritz Mandel na Suíça, Olga Romanchanko na Rússia, Dan Wayne e Kevin Parker nos Estados Unidos, William Mann no Canadá, Leslie Mothershed na Inglaterra, padre Patrini na Itália, e Laslo Bushfekete na Hungria. Isso significava que as agências de segurança de vários países se encontravam empenhadas na maior operação de encobrimento da História. Alguém, num nível muito alto, decidira que todas as testemunhas do acidente do OVNI deviam morrer. *Mas quem? E por quê?*

É uma conspiração internacional e eu estou no meio dela.

PRIORIDADE: *Cair na clandestinidade.* Era difícil para Robert acreditar que pretendiam matá-lo também. Era um deles. Mas até ter certeza, não podia correr nenhum risco. A primeira providência a tomar era obter um passaporte falso. O que o levava a Ricco, em Roma.

Robert embarcou no primeiro voo disponível e lutou para permanecer acordado. Não tinha percebido como estava exausto.

A pressão dos últimos 15 dias, sem falar em todo o cansaço das viagens, deixara-o esgotado.

Pousou no aeroporto Leonardo da Vinci. Ao entrar no terminal, Susan foi a primeira pessoa com quem deparou. Robert parou, chocado. Ela estava de costas, e por um momento ele ainda pensou que podia estar enganado. Mas, depois, ouviu a voz dela:

— Obrigada, mas um carro virá me buscar.

Ele se adiantou.

— Susan...

Ela virou-se, aturdida.

— Robert! Mas... que coincidência! E que surpresa agradável!

— Pensei que estivesse em Gibraltar.

Susan sorriu, contrafeita.

— Seguíamos para lá, mas Monte tinha de resolver alguns problemas aqui primeiro. Partiremos esta noite. O que está fazendo em Roma?

Fugindo para salvar minha vida.

— Estou concluindo um trabalho.

É minha última missão, querida. Vou largar tudo. Poderemos ficar juntos daqui por diante, e nunca mais nada será capaz de nos separar. Deixe Monte e volte para mim. Mas Robert não podia dizer as palavras. Susan sentia-se feliz em sua nova vida. *Deixe-a em paz,* pensou ele. Ela o observava.

— Você parece cansado.

Ele sorriu.

— Andei correndo um pouco.

Fitaram-se nos olhos. A magia ainda persistia. O desejo ardente, as recordações, o riso, o afeto. Ela pegou a mão de Robert, murmurando:

— Oh, Robert, como eu gostaria que nós...

— Susan...

E nesse momento um homem corpulento, metido num uniforme de motorista, aproximou-se de Susan.

— O carro está pronto, Sra. Banks.

O encantamento foi rompido.

— Obrigada. — Ela virou-se para Robert. — Desculpe, mas tenho de ir agora. Por favor, trate de se cuidar.

— Claro.

Robert observou-a se afastar. Havia muitas coisas que queria dizer a Susan. *A vida tem um péssimo senso de oportunidade.* Fora maravilhoso rever Susan, mas o que o perturbava? Claro! *Coincidência. Outra coincidência.*

Ele pegou um táxi para o hotel Hassler.

— Seja bem-vindo, comandante.

— Obrigado.

— Mandarei alguém levar sua bagagem.

— Espere um instante.

Robert olhou para o relógio. Dez horas da noite. Sentiu-se tentado a subir e dormir um pouco, mas devia primeiro providenciar o passaporte.

— Não vou subir agora — acrescentou Robert. — Agradeceria se levassem minha bagagem para o quarto.

— Pois não, comandante.

No instante em que Robert se virou para sair, a porta do elevador se abriu e alguns americanos saíram, rindo e conversando. Era evidente que haviam tomado alguns drinques. Um deles, corpulento, com o rosto vermelho, acenou para Robert.

— Oi, companheiro... está se divertindo?

— Maravilhosamente — respondeu Robert.

Ele atravessou o saguão, saiu e foi até o ponto de táxi. Quando se preparava para embarcar, notou um Opel cinza estacionado no outro lado da rua. Sobressaía entre os carros enormes e luxuosos ao redor.

— Via Monte Grappa — disse Robert ao motorista do táxi.

Durante o percurso, ele olhou pela janela traseira. Nada do Opel cinza. *Estou ficando nervoso demais,* pensou Robert. Ao chegarem à via Monte Grappa, ele saltou na esquina. Ia pagar ao motorista quando avistou, pelo canto dos olhos, o Opel cinza, a meio quarteirão de distância, embora pudesse jurar que não fora seguido. Pagou a corrida e se pôs a andar, afastando-se do carro, em passos lentos, parando a todo instante para olhar as vitrines. No reflexo de uma delas, percebeu o Opel, andando devagar em sua esteira. Ao chegar à rua seguinte, Robert constatou que era de mão única. Entrou nela, seguindo no sentido contrário ao tráfego intenso. O Opel hesitou na esquina, depois acelerou para alcançar Robert na outra extremidade da rua. Robert inverteu seu curso, retornou à via Monte Grappa. O Opel sumira. Ele fez sinal para um táxi.

— Via Monticelli.

O PRÉDIO ERA VELHO e abandonado, uma relíquia de outros tempos. Robert já o visitara muitas vezes antes, em diversas missões. Ele desceu três degraus e bateu à porta. Alguém espiou pelo olho mágico, e um momento depois a porta foi escancarada.

— Robert! — exclamou um homem, abraçando Robert.

— Como tem passado, *mi amico?*

Ele era gordo, na faixa dos 60 anos, barba branca por fazer, sobrancelhas espessas, dentes amarelados, várias papadas. Depois que Robert entrou, o homem fechou e trancou a porta.

— Estou ótimo, Ricco.

Ricco não tinha um segundo nome. *"Para um homem como eu"*, ele gostava de se gabar, *"um único nome é suficiente. Como Garbo."*

— Em que posso ajudá-lo hoje, meu amigo?

— Estou trabalhando num caso e tenho pressa. Pode me arrumar um passaporte?

Ricco sorriu.

— O papa é católico? — Ele foi até um armário no canto e o abriu. — De que país gostaria de ser?

Ele tirou do armário um punhado de passaportes, com capas em cores diferentes, começou a examiná-los.

— Temos um passaporte grego, turco, iugoslavo, inglês...

— Americano — disse Robert.

Ricco separou um passaporte de capa azul.

— Aqui está. O nome Arthur Butterfield lhe agrada?

— É perfeito.

— Se ficar de pé naquela parede, tirarei seu retrato num instante.

Robert foi até a parede. Ricco abriu uma gaveta e tirou uma câmera Polaroid. Um minuto depois, Robert olhava para seu retrato.

— Eu não estava sorrindo — comentou Robert.

Ricco fitou-o, perplexo.

— Como?

— Eu não estava sorrindo. Tire outro.

Ricco deu de ombros.

— Claro. Como quiser.

Robert sorriu enquanto o segundo retrato para o passaporte era tirado. Olhou-o e disse:

— Assim está melhor.

Casualmente, ele guardou a primeira fotografia no bolso.

— Agora vem a parte de alta tecnologia — anunciou Ricco.

Robert ficou observando Ricco se encaminhar para uma bancada de trabalho em que havia uma máquina de corte. Ele ajeitou a fotografia no passaporte.

Robert foi até uma mesa em que havia um amplo sortimento de canetas, tintas e outras parafernálias, meteu no bolso do paletó uma lâmina e um pequeno vidro de cola. Ricco estudava seu trabalho.

— Nada mal. — Ele entregou o passaporte a Robert. — Vai custar 5 mil dólares.

— E vale — comentou Robert, contando dez notas de 500 dólares.

— É sempre um prazer fazer negócios com seu pessoal. Sabe como me sinto em relação a você.

Robert sabia exatamente como ele se sentia. Ricco era um competente sapateiro, que trabalhava para meia dúzia de governos diferentes... e não era leal a nenhum. Ele guardou o passaporte no bolso do paletó.

— Boa sorte, Sr. Butterfield — disse Ricco, sorrindo.

— Obrigado.

No momento em que a porta se fechou por trás de Robert, Ricco estendeu a mão para o telefone. Uma informação sempre valia algum dinheiro para alguém.

Lá fora, a 20 metros do prédio, Robert tirou o novo passaporte do bolso e o largou numa lata de lixo. *A barragem de aparas de metal.* A técnica que ele usara como piloto para lançar trilhas falsas a serem perseguidas pelos mísseis inimigos. *Deixe que eles procurem por Arthur Butterfield.*

O Opel cinza estava estacionado a meio quarteirão de distância. Esperando. *Impossível.* Robert tinha certeza que o carro era o único em seu encalço. E tinha certeza também de que conseguira despistá-lo. Apesar disso, continuava a encontrá-lo. Só podiam ter alguma maneira de determinar constantemente a sua localização. E só havia uma resposta neste caso: estavam usando um transmissor de sinais. Preso em suas roupas? Não. Não haviam tido essa oportunidade. O capitão Dougherty permanecera com ele enquanto arrumava as malas, mas não poderia saber que roupas Robert levaria. Robert fez um inventário mental do que estava carregando — dinheiro, chaves, uma carteira, lenço, cartão de crédito. O *cartão de crédito! "Aqui está um cartão de crédito." "Duvido que eu vá precisar, general." "Pegue-o. É muito importante que o tenha com você em todas as ocasiões."*

O filho da puta traiçoeiro! Não era de admirar que tivessem conseguido encontrá-lo com tanta facilidade.

O Opel cinza não se encontrava mais à vista. Robert tirou o cartão do bolso e o examinou. Era um pouco mais grosso que um cartão de crédito comum. Apertando-o, ele pôde sentir uma camada interna. Deviam ter um controle remoto para ativar o cartão. *Ótimo,* pensou Robert. *Vamos manter os desgraçados bem ocupados.*

Havia diversos caminhões estacionados ao longo da rua, carregando e descarregando mercadorias. Robert começou a verificar as placas. Ao alcançar um caminhão vermelho, com placas da França, ele olhou ao redor, para se certificar de que não era observado, e jogou o cartão na traseira do veículo. Fez sinal para um táxi.

— Hassler, *per favore.*

No saguão, Robert foi falar com o gerente.

— Por favor, verifique se há algum voo que parte esta noite para Paris.

— Pois não, comandante. Tem preferência por alguma empresa aérea?

— Nenhuma. Só quero o primeiro voo.

— Terei o maior prazer em providenciar.

— Obrigado.

Robert encaminhou-se para a recepção.

— Minha chave, por favor. Quarto 314. Devo ir embora dentro de poucos minutos.

— Não tem problema, comandante Bellamy. — O recepcionista estendeu a mão para um escaninho, tirou a chave e um envelope. — Entregaram uma carta para o senhor.

O corpo de Robert se enrijeceu. O envelope estava lacrado e endereçado apenas ao "comandante Robert Bellamy". Ele tateou-o, procurando sentir qualquer plástico ou metal dentro. Abriu-o com o maior cuidado. O conteúdo era um cartão impresso de propaganda de um restaurante italiano. Bastante inocente... exceto, é claro, por seu nome no envelope.

— Por acaso lembra quem lhe deu isto?

— Desculpe, senhor — respondeu o recepcionista —, mas estivemos tão ocupados hoje...

Não era importante. Seria um homem sem rosto. Pegara o cartão em algum lugar, metera no envelope, permanecera junto da recepção, a fim de descobrir em que escaninho o envelope era guardado. Estaria esperando lá em cima agora, no quarto de Robert. Chegara o momento de ver a face do inimigo.

Robert ouviu vozes alteadas e se virou para avistar os mesmos americanos que já vira antes, entrando no saguão, rindo e cantando. Era evidente que haviam tomado ainda mais drinques. O homem corpulento disse:

— Ei, companheiro, perdeu uma grande festa!

A mente de Robert estava em disparada.

— Você gosta de festas?

— E como!

— Pois há uma festa sensacional lá em cima... com muita bebida, mulheres, qualquer coisa que quiser. Basta me seguirem, todos vocês!

— Esse é o espírito americano, companheiro. — O homem deu um tapa nas costas de Robert. — Ouviram isso, rapazes? Nosso amigo aqui está oferecendo uma festa!

Espremeram-se todos no elevador e subiram para o terceiro andar. O homem corpulento comentou:

— Esses italianos sem dúvida sabem como viver. Acho que eles inventaram as orgias, hein?

— Pois eu vou lhes mostrar uma orgia de verdade — prometeu Robert.

Eles o seguiram pelo corredor até seu quarto. Robert enfiou a chave na fechadura e se virou para o grupo.

— Estão todos prontos para se divertirem um pouco?

Houve um coro de "sins"...

Robert girou a chave, empurrou a porta e deu um passo para o lado. O quarto estava escuro. Ele acendeu a luz. Um homem alto e magro se encontrava parado no meio do quarto, começando a sacar uma Mauser equipada com silenciador. Olhou para o grupo com uma expressão espantada e rapidamente tornou a enfiar a arma no bolso.

— Ei, onde estão as bebidas? — indagou um dos americanos.

Robert apontou para o homem.

— Estão com ele. Podem pedir à vontade.

O grupo arremeteu para o homem.

— Onde estão as bebidas?

— Onde estão as mulheres?

— Vamos começar logo essa festa!

O homem magro ainda tentou alcançar Robert, mas o bando bloqueava sua passagem. Ele se limitou a observar, impotente, enquanto Robert se retirava, para descer pela escada, de dois em dois degraus. Lá embaixo, no saguão, ele se encaminhava apressado para a saída quando o gerente o chamou.

— Já fiz a sua reserva, comandante Bellamy. Está no voo 312 da Air France para Paris. Parte à 1 hora da madrugada.

— Obrigado.

Robert deixou o hotel, saindo para a pequena praça que levava à Escadaria Espanhola. Um táxi desembarcava um passageiro. Ele embarcou e disse ao motorista:

— Via Monte Grappa.

Já tinha sua resposta agora. Eles tencionavam mesmo matá-lo. *Mas vão descobrir que não será fácil.* Era a caça agora, em vez do caçador, mas contava com uma grande vantagem. Fora bem treinado. Conhecia todas as técnicas que eles usavam, suas forças e fraquezas, pretendia usar esse conhecimento para impedi-los.

Primeiro, precisava encontrar uma maneira de despistá-los. Os homens em seu encalço haviam ouvido alguma história. Provavelmente lhes disseram que ele era procurado por tráfico de drogas, assassinato ou espionagem. E teriam sido advertidos: *Ele é perigoso. Não corram riscos. Atirem para matar.* Robert disse ao motorista:

— Roma Termini.

Estava sendo caçado, mas ainda não houvera tempo para distribuir sua fotografia. Até agora, era um homem sem rosto. O táxi parou no número 36 da via Giovanni Giolitti, e o motorista anunciou:

— Stazione Termini, *signore*.

— Vamos esperar aqui por um minuto.

Robert ficou sentado no táxi, observando a entrada da estação ferroviária. Parecia haver apenas a atividade usual. Tudo dava a impressão de estar normal. Táxis e limusines chegavam e partiam, desembarcando e recolhendo passageiros. Os carregadores levavam bagagens de um lado para outro. Um guarda se ocupava em ordenar que os carros deixassem a área de estacionamento restrito. Mas havia alguma coisa que o perturbava. E de repente ele compreendeu o que havia de errado na cena à sua frente. Bem na frente da estação, na área de estacionamento proibido, havia três sedãs parados, sem ninguém lá dentro. O guarda ignorava-os.

— Mudei de ideia — disse Robert ao motorista. — Vamos para a via Veneto 110-A.

Era o último lugar do mundo em que iriam procurá-lo.

A EMBAIXADA e o consulado americanos ficavam num prédio de estuque rosa, na via Veneto, com um portão preto de ferro batido. A embaixada se encontrava fechada àquela hora, mas a divisão de passaportes do consulado funcionava 24 horas por dia, a fim de atender a emergências. No saguão, no primeiro andar, havia um fuzileiro sentado por trás de uma mesa. Ele levantou os olhos quando Robert se aproximou.

— O que deseja, senhor?

— Quero saber como posso conseguir um novo passaporte. Perdi o meu.

— É cidadão americano?

— Sou, sim.

O fuzileiro indicou uma sala na outra extremidade.

— Cuidarão de tudo ali, senhor. Última porta.

— Obrigado.

Havia meia dúzia de pessoas na sala, solicitando passaportes, comunicando a perda, obtendo renovações e vistos.

— Preciso de um visto para visitar a Albânia. Tenho parentes lá...

— Preciso que meu passaporte seja renovado esta noite. Tenho de pegar um avião...

— Não sei o que aconteceu. Devo ter esquecido em Milão...

— Tiraram o passaporte da minha bolsa...

Robert ficou parado num canto, escutando. Roubar passaportes era uma próspera indústria na Itália. Na frente da fila, um homem bem-vestido, de meia-idade, estava recebendo um passaporte americano.

— Aqui está seu novo passaporte, Sr. Cowan. Lamento que tenha passado por uma experiência tão terrível. Infelizmente, há muitos batedores de carteira em Roma.

— Cuidarei para que não me levem este também — declarou Cowan.

— É o melhor, senhor.

Robert observou Cowan guardar o passaporte no bolso do paletó e virar-se para ir embora. Avançou em sua direção. Ao passar por uma mulher, Robert esbarrou em Cowan, como se tivesse sido empurrado, quase o derrubando.

— Lamento profundamente — desculpou-se Robert, inclinando-se para endireitar o paletó do homem.

— Não foi nada — respondeu Cowan.

Robert foi para o banheiro, com o passaporte do estranho em seu bolso. Certificou-se de que se estava sozinho lá dentro, entrou num dos reservados. Pegou a lâmina e o vidro de cola que roubara de Ricco. Com todo cuidado, levantou a cobertura de plástico e removeu a fotografia de Cowan. Inseriu o seu retrato que Ricco tirara. Passou cola na cobertura de plástico, fechou-a, examinou o trabalho. Perfeito. Era agora Henry Cowan. Cinco minutos depois estava na via Veneto, embarcando num táxi.

— Aeroporto Leonardo da Vinci.

Era meia-noite e meia quando Robert chegou ao aeroporto. Passou algum tempo parado do lado de fora, atento a qualquer coisa fora do usual. Aparentemente, tudo estava normal. Não havia carros da polícia, nem homens de aparência suspeita. Robert entrou no terminal e tornou a parar, junto da porta. Havia diversos balcões de empresas aéreas espalhados pelo vasto terminal. Parecia não haver ninguém à espreita, ou escondido por trás de colunas. Mesmo assim, ele permaneceu onde estava. Não podia explicar, nem para si mesmo, mas o fato é que as coisas pareciam normais *demais*.

Havia um balcão da Air France no outro lado do terminal. *"Está no voo 312 da Air France para Paris. Parte à 1 hora da madrugada."* Robert passou pelo balcão, aproximou-se de uma mulher de uniforme por trás do balcão da Alitalia.

— Boa-noite.

— Boa-noite. Posso ajudá-lo, *signore*?

— Pode, sim. Poderia fazer o favor de pedir ao comandante Robert Bellamy para ir à cabine telefônica?

— Pois não.

Ela pegou o microfone. A poucos passos de distância, uma mulher gorda, de meia-idade, conferia algumas malas, numa discussão acalorada com um dos atendentes da empresa pela taxa de excesso de peso.

— Sinto muito, senhora, mas se deseja que todas estas malas sejam embarcadas, terá de pagar pelo excesso.

Robert chegou mais perto. Ouviu a voz da mulher no balcão da Alitalia pelo sistema de alto-falantes:

— Comandante Robert Bellamy, compareça por favor à cabine telefônica. Comandante Robert Bellamy, compareça por favor à cabine telefônica.

O comunicado ressoou pelo terminal. Um homem com uma mochila estava passando por Robert.

— Com licença — disse Robert.

O homem virou-se.

— Pois não?

— Minha esposa está me procurando no telefone, mas... — ele indicou as malas da mulher de meia-idade — não posso deixar a bagagem aqui.

Robert tirou uma nota de 10 dólares do bolso, estendeu-a para o homem e acrescentou:

— Poderia fazer o favor de ir até aquele telefone branco e avisar a ela que irei buscá-la no hotel dentro de uma hora? Eu ficaria profundamente agradecido.

O homem pegou a nota de 10 dólares.

— Claro.

Robert observou-o se encaminhar para a cabine telefônica e atender.

— Alô? Alô?

No instante seguinte, quatro homens enormes, todos vestidos de terno preto, surgiram do nada e cercaram o infeliz, espremendo-o contra a parede.

— Ei, mas o que é isso?

— Não vamos criar confusão — disse um dos homens.

— O que pensam que estão fazendo? Tirem as mãos de mim!

— Não reaja, comandante. Não vai adiantar...

— *Comandante?* Vocês pegaram o homem errado! Meu nome é Melvyn Davis, e sou de Omaha!

— Não tente nos enganar...

— Esperem um pouco! Caí numa armadilha! O homem que vocês procuram está ali!

Ele apontou para o lugar em que Robert o abordara.

Não havia ninguém lá.

NA FRENTE do terminal, um ônibus do aeroporto estava prestes a partir. Robert embarcou, misturando-se com os outros passageiros. Sentou-se no banco de trás, pensando no que faria em seguida.

Sentia-se ansioso em falar com o almirante Whittaker, a fim de tentar obter respostas para o que estava acontecendo, descobrir quem era o responsável pelo assassinato de pessoas inocentes que haviam testemunhado algo que não deveriam ter visto. Seria o general Hilliard? Dustin Thornton? Ou o sogro de Thornton, Willard Stone, o homem misterioso? Será que ele estava envolvido de alguma forma? E Edward Sanderson, o diretor da ASN? Todos estariam trabalhando juntos? E a conspiração envolveria os mais altos escalões, incluindo até o presidente dos Estados Unidos? Robert precisava de respostas.

A viagem de ônibus para Roma levou uma hora. Quando o ônibus parou, na frente do hotel Eden, Robert desembarcou.

Preciso sair do país, pensou ele. Só havia um homem em Roma em quem podia confiar. O coronel Francesco Cesar, diretor do SIFAR, o Serviço Secreto italiano. Ele ajudaria Robert a escapar da Itália.

O CORONEL CESAR estava trabalhando até tarde. Havia mensagens urgentes sendo transmitidas entre as agências de segurança estrangeiras, e todas envolviam o comandante Robert Bellamy.

O coronel Cesar já trabalhara com Robert no passado e gostava muito dele. Cesar suspirou ao olhar para a última mensagem na sua frente. *Arquivar.* Ele a lia quando a secretária entrou na sala.

— Ligação do comandante Bellamy.

O coronel Cesar levantou os olhos, surpreso.

— Bellamy? Em pessoa?

Ele esperou que a secretária se retirasse, antes de pegar o telefone.

— Robert?

— *Ciao*, Francesco. O que está acontecendo?

— Diga-me você, *amico*. Tenho recebido os mais diversos comunicados urgentes a seu respeito. O que você fez?

— É uma história comprida, e não tenho tempo para contá-la agora. O que você ouviu?

— Que você caiu fora, e está cantando como um canário.

— *O quê?*

— Fui informado que fez um acordo com os chineses e...

— Mas isso é ridículo!

— É mesmo? Por quê?

— Porque uma hora depois eles estariam ansiosos por mais informações.

— Pelo amor de Deus, Robert, isso não é motivo para piadas!

— Sei disso, Francesco. Mandei dez pessoas inocentes para a morte. E fui marcado para ser a décima primeira vítima.

— Onde você está?

— Em Roma. E parece que não consigo sair da porra da sua cidade.

— *Cacatura!* — Houve um momento de silêncio. — O que posso fazer para ajudá-lo?

— Providencie uma casa segura em que possamos conversar, e encontrarei uma maneira de escapar. Pode dar um jeito?

— Posso, sim, mas você tem de tomar muito cuidado. Irei buscá-lo pessoalmente.

Robert deixou escapar um profundo suspiro de alívio.

— Obrigado, Francesco. Não pode imaginar como fico agradecido.

— Como dizem os americanos, fica me devendo uma. Onde vou encontrá-lo?

— No bar do Lido, em Trastevere.

— Espere aí mesmo. Irei buscá-lo dentro de uma hora exatamente.

— Obrigado, *amico*.

Robert desligou. Seria uma longa hora de espera.

Trinta minutos depois, dois carros pararam a dez metros do bar do Lido. Havia quatro homens em cada carro, e todos carregavam armas automáticas. O coronel Cesar saltou do primeiro carro.

— Vamos agir depressa. Não queremos que mais ninguém saia machucado. *Andate al dietro, subito.*

Metade dos homens deu a volta, silenciosamente, para cobrir os fundos do bar.

Robert Bellamy observava do telhado do prédio no outro lado da rua, enquanto Cesar e seus homens levantavam as armas e investiam contra o bar.

Muito bem, seus filhos da puta, pensou Robert, *vamos jogar como vocês querem.*

Capítulo 36

DIA 16, ROMA, ITÁLIA

Robert ligou para o coronel Cesar de uma cabine telefônica na *piazza* del Duomo.

— O que aconteceu com a amizade? — perguntou ele.

— Não seja ingênuo, meu amigo. Estou sob ordens, assim como você. Posso lhe assegurar que não adianta fugir. Está em primeiro lugar nas listas dos mais procurados de todos os Serviços Secretos. Metade dos governos do mundo está à sua procura.

— Mas acredita que sou um traidor?

Cesar suspirou.

— Não importa em que eu acredito, Robert. Não é nada pessoal. Estou obedecendo ordens.

— Para me liquidar.

— Poderia tornar tudo mais fácil se quisesses se entregar.

— Obrigado, *paesano*. Se precisar de mais conselhos, ligarei para um consultório sentimental.

Robert bateu o telefone. Sabia o perigo que corria. Deviam ter agentes de segurança de meia dúzia de países em sua perseguição.

Tem de haver uma árvore, pensou Robert. A frase vinha da história de um caçador que relatava sua experiência num safári.

— Aquele leão enorme corria em minha direção, todos os meus carregadores de armas haviam fugido. Eu me encontrava desarmado, não tinha onde me esconder. Nem uma moita ou árvore à vista. E o leão vinha correndo, cada vez mais perto.

— Como escapou? — indagou um ouvinte.

— Corri para a árvore mais próxima e subi.

— Mas disse que não havia árvores.

— Você não entende. *Tem* de haver uma árvore!

E eu tenho de encontrá-la, pensou Robert. Ele correu os olhos pela praça. Estava quase deserta àquela hora. Decidiu que chegara o momento de conversar com o homem que desencadeara aquele pesadelo, o general Hilliard. Mas precisaria tomar muito cuidado. O moderno rastreamento eletrônico de telefone era quase instantâneo. Robert verificou que as duas cabines telefônicas ao lado se encontravam vazias. *Perfeito.* Ignorando o número particular que o general Hilliard lhe dera, discou para a mesa telefônica da ASN. Quando uma telefonista atendeu, Robert disse:

— General Hilliard, por favor.

Um momento depois, ouviu a voz de uma secretária:

— Gabinete do general Hilliard.

— Por favor, aguarde uma chamada do exterior — disse Robert.

Robert largou o fone e correu para a cabine ao lado. Discou rapidamente. Outra secretária atendeu:

— Gabinete do general Hilliard.

— Por favor, aguarde uma chamada do exterior.

Deixou o fone pendurado, entrou na terceira cabine, tornou a discar. Quando uma terceira secretária atendeu, Robert disse:

— Aqui é o comandante Bellamy. Quero falar com o general Hilliard.

Houve um arquejo de surpresa.

— Espere um momento, comandante. — A secretária tocou o interfone. — General, o comandante Bellamy está na linha 3.

O general Hilliard virou-se para Harrison Keller.

— Bellamy está na linha 3. Comece o rastreamento, depressa.

Harrison Keller foi até um telefone numa mesa no lado da sala, ligou para o centro de operações telefônicas. O oficial de plantão atendeu.

— COT. Adams.

— Quanto tempo leva para fazer o rastreamento de emergência de uma chamada recebida? — sussurrou Keller.

— Entre um e dois minutos.

— Comece agora. Ficarei esperando.

Ele olhou para o general e acenou com a cabeça. O general Hilliard pegou o telefone.

— Comandante... é mesmo você?

No centro de operações, Adams digitou um número num computador.

— Lá vamos nós! — murmurou ele.

— Achei que estava na hora de termos uma conversa, general.

— Fico contente que tenha ligado, comandante. Por que não vem até aqui para discutirmos a situação? Providenciarei um avião, e poderá estar aqui...

— Não, obrigado. Acidentes demais acontecem em aviões, general.

Na sala de comunicações, o sistema de rastreamento eletrônico fora ativado. A tela de computador se iluminou. *AX121-B... AX122-C... AX123-C...*

— O que está acontecendo? — sussurrou Keller ao telefone.

— O centro de operações em Nova Jersey está verificando os troncos da área de Washington, D.C., senhor. Aguarde um instante.

A tela ficou vazia. Um momento depois surgiram as palavras *Linha 3 Tronco Internacional.*

— A chamada vem de algum lugar da Europa. Estamos rastreando o país...

O general Hilliard dizia ao telefone:

— Creio que houve um mal-entendido, comandante Bellamy. Tenho uma sugestão...

Robert desligou. O general Hilliard olhou para Keller.

— Descobriu?

Harrison Keller perguntou a Adams pelo telefone:

— O que aconteceu?

— Nós o perdemos.

Robert entrou na segunda cabine e pegou o fone pendurado. A secretária do general Hilliard informou:

— O comandante Bellamy está chamando na linha 2.

Os dois homens se entreolharam. O general Hilliard apertou o botão da linha 2.

— Comandante?

— *Eu* farei uma sugestão — disse Robert.

O general Hilliard pôs a mão sobre o bocal.

— Recomece o rastreamento. — Harrison Keller levantou o fone e disse a Adams:

— Ele está ligando de novo. Linha 2. Ande depressa.

— Certo.

— Minha sugestão, general, é que chame de volta todos os seus homens. *Agora.*

— Creio que não está entendendo a situação, comandante. Podemos resolver este problema se...

— Eu lhe direi como podemos resolvê-lo. Há uma ordem para me arquivar. Quero que a cancele.

No centro de operações, a tela do computador transmitia uma nova mensagem: *AX155-C Subtronco A21 confirmado. Circuito 301 para Roma. Tronco Atlântico 1.*

— Já o pegamos — anunciou Adams pelo telefone. — Rastreamos o tronco até Roma.

— Obtenha o número e a localização — ordenou Keller.

Em Roma, Robert olhou para o relógio.

— Encarregou-me de uma missão. Eu a cumpri.

— E cumpriu muito bem, comandante. Aqui está...

A linha ficou muda. O general virou-se para Keller.

— Ele desligou de novo.

Keller perguntou ao telefone:

— Conseguiu?

— Não deu tempo, senhor.

Robert foi para a terceira cabine telefônica e pegou o fone. A secretária do general Hilliard avisou pelo interfone:

— O comandante Bellamy está na linha 1, general.

O general berrou:

— Descubram o filho da puta! — Ele atendeu a ligação.

— Comandante?

— Quero que me escute, general, e com toda atenção. Assassinou pessoas inocentes. Se não chamar de volta seus homens, procurarei os meios de comunicação e contarei o que está acontecendo.

— Eu o aconselharia a não fazer isso, a menos que queira provocar um pânico mundial. Os alienígenas são genuínos, e somos indefesos contra eles. Estão se preparando para entrar em ação. Você não tem ideia do que aconteceria se a notícia vazasse.

— Nem você — respondeu Robert. — Não vou lhe dar alternativa. Suspenda o contrato contra mim. Se houver mais um atentado contra a minha vida, sairei em público.

— Certo — disse o general Hilliard. — Você ganhou. Suspenderei o contrato. Tenho uma ideia. Por que não podemos...

— Seu rastreamento deve estar quase completo agora — interrompeu-o Robert. — Tenha um bom dia, general.

A ligação foi desfeita.

— Conseguiu? — berrou Keller pelo telefone.

— Quase, senhor — disse Adams. — Ele estava ligando de uma área no centro de Roma. Trocou de telefone para nos atrasar.

O general olhou para Keller.

— E então?

— Sinto muito, general. Tudo o que sabemos é que ele se encontra em algum lugar de Roma. Acredita em sua ameaça? Vamos cancelar o contrato?

— Não. Vamos eliminá-lo.

Robert repassou suas opções mais uma vez. Estariam vigiando os aeroportos, estações ferroviárias, terminais rodoviários e locadoras de automóveis. Não podia se registrar em nenhum hotel porque o SIFAR já deveria ter transmitido um alerta vermelho. Mas tinha de sair de Roma. Precisava de uma cobertura. Uma companheira. Não procurariam por um homem e uma mulher juntos. Era um começo.

Havia um táxi parado na esquina. Robert desmanchou os cabelos, afrouxou a gravata, cambaleou como se estivesse bêbado na direção do táxi.

— Ei, você aí!

O motorista fitou-o com uma expressão de repulsa. Robert tirou do bolso uma nota de 20 dólares e pôs na mão do homem.

— Ei, cara, estou a fim de uma trepada! Sabe o que isso significa? Entende alguma porra de inglês?

O motorista olhou para a nota.

— Quer uma mulher?

— É isso aí, cara. Quero uma mulher.

— *Andiamo* — disse o motorista.

Robert embarcou e o táxi partiu. Ele olhou para trás. Não estava sendo seguido. A adrenalina era bombeada com a maior intensidade. *"Metade dos governos do mundo está à sua procura."* E não haveria apelação. As ordens eram para assassiná-lo.

Vinte minutos depois chegaram a Tor di Ounto, a zona do meretrício de Roma, habitada por prostitutas e cafetões. Passaram pela Passeggiata Archeologica, e logo depois o motorista parou numa esquina, avisando:

— Encontrará uma mulher aqui.

— Obrigado, cara.

Robert pagou a quantia indicada no taxímetro, saiu cambaleando do carro, que partiu no instante seguinte, cantando pneus.

Robert olhou ao redor, avaliando o ambiente. Não havia polícia. Uns poucos carros e um punhado de pedestres. Havia mais de uma dezena de prostitutas circulando pela rua. No espírito de "vamos recolher os suspeitos", a polícia efetuara sua limpeza bimensal, para satisfazer as vozes da moral, retirando as prostitutas da cidade da via Veneto, onde tinham uma alta visibilidade, e transferindo para aquela área, onde não ofenderiam as matronas que tomavam chá no Doney's. Por esse motivo, a maioria das mulheres era atraente e bem-vestida. Havia uma em particular que atraiu a atenção de Robert.

Ela parecia ter 20 e poucos anos. Tinha cabelos compridos, escuros, usava uma elegante saia preta e blusa branca, sobre a qual vestia um casaco de pele de camelo. Robert calculou que ela devia trabalhar também como atriz ou modelo. A mulher o observava. Robert cambaleou em sua direção e balbuciou:

— Oi, meu bem. Você fala inglês?

— Falo.

— Ótimo. Então vamos ter uma festa.

Ela sorriu, indecisa. Os bêbados podiam criar problemas.

— Talvez seja melhor você ficar sóbrio primeiro.

A mulher tinha um suave sotaque italiano.

— Já estou bastante sóbrio.

— Vai lhe custar 100 dólares.

— Tudo bem, boneca.

Ela tomou uma súbita decisão.

— *Va bene.* Venha comigo. Há um hotel logo depois da esquina.

— Maravilhoso! Qual é o seu nome, meu bem?

— Pier.

— O meu é Henry. — Um carro da polícia apareceu a distância, aproximando-se. — Vamos sair daqui.

As outras mulheres lançaram olhares invejosos, enquanto Pier e seu cliente americano se afastavam.

O hotel não era nenhum Hassler, mas o garoto cheio de espinhas na recepção não pediu um passaporte. Na verdade, mal levantou os olhos ao entregar uma chave a Pier.

— Cinquenta mil liras.

Pier olhou para Robert. Ele tirou o dinheiro do bolso e entregou ao garoto.

O quarto tinha uma cama grande no canto, uma mesa pequena, duas cadeiras de madeira, e um espelho por cima da pia.

Havia ganchos para pendurar as roupas atrás da porta.

— Deve me pagar adiantado.

— Não tem problema.

Robert contou 100 dólares.

— *Grazie.*

Pier começou a se despir. Robert foi até a janela. Puxou a beira da cortina e espiou. Tudo parecia normal. Esperava que àquela altura a polícia estivesse seguindo o caminhão vermelho de volta à França. Robert largou a cortina e se virou. Pier estava nua. Possuía um corpo surpreendentemente adorável. Seios firmes, quadris arredondados, cintura fina, pernas compridas e bem torneadas. Olhava para Robert.

— Não vai se despir, Henry? — Aquela era a parte difícil.

— Para dizer a verdade, acho que bebi demais. Não posso lhe oferecer qualquer ação.

Ela assumiu uma expressão cautelosa.

— Então por que...?

— Se eu ficar aqui e dormir para passar o porre, podemos fazer amor pela manhã.

Ela deu de ombros.

— Preciso trabalhar. Ficar aqui a noite toda me custaria muito dinheiro.

— Não se preocupe. Cuidarei disso. — Robert pegou várias notas de 100 dólares e a entregou à mulher. — Dá para cobrir?

Pier olhou o dinheiro, tomando uma decisão. Era tentador. Fazia frio lá fora, o movimento era pequeno. Por outro lado, havia algo estranho naquele homem. Em primeiro lugar, não parecia estar realmente de porre. Vestia-se bem e, com tanto dinheiro, teriam ido para um bom hotel. *E daí?*, pensou Pier. *Questo cazzo se ne frega?*

— Está bem, mas só tem uma cama para nós dois.

— É suficiente.

Pier ficou observando, enquanto Robert voltava à janela e tornava a puxar a cortina para espiar a rua lá fora.

— Está procurando alguma coisa?

— O hotel tem alguma saída pelos fundos?

Em que estou me metendo?, especulou Pier. Sua melhor amiga fora assassinada por se envolver com criminosos. Pier considerava-se sábia em relação aos homens, mas aquele a desconcertava. Não parecia um criminoso, mas ainda assim...

— Tem, sim.

Houve um súbito grito, e Robert virou-se rapidamente.

— *Dio! Dio! Sono venuta tre volte!*

Era uma voz de mulher, vindo do quarto ao lado, através da parede fina como papel.

— O que foi isso? — indagou ele, o coração disparado.

Pier sorriu.

— Ela está se divertindo. Disse que acaba de gozar pela terceira vez.

Robert ouviu o rangido das molas da cama.

— Não vem para a cama?

Pier estava parada ali, nua, sem o menor constrangimento, observando-o.

— Claro.

Robert sentou na cama.

— Não vai se despir?

— Não.

— Como preferir. — Pier subiu na cama, deitou ao lado de Robert. — Espero que você não ronque.

— Poderá me dizer pela manhã.

Robert não tinha a menor intenção de dormir. Queria vigiar a rua durante a noite, para ter certeza de que eles não viriam ao hotel. Acabariam investigando aqueles pequenos hotéis de terceira classe, mas levaria algum tempo para chegarem a esse ponto. Tinham muitos outros lugares em que procurar antes. Ele deitou, exausto, e fechou os olhos para descansar um pouco. E dormiu. Voltou para casa, à sua própria cama, sentiu o corpo quente de Susan ao lado do seu. *Ela está de volta,* pensou ele, feliz. *Veio para mim. Ah, meu amor, tenho sentido tanta saudade...*

DIA 17, ROMA, ITÁLIA

Robert foi despertado pelo sol batendo em seu rosto. Sentou abruptamente, olhando ao redor por um instante em alarme, desorientado. Ao ver Pier, a memória retornou. Ele relaxou. Pier se encontrava na frente do espelho, escovando os cabelos.

— *Buon giorno* — disse ela. — Você não ronca.

Robert olhou para o relógio. Nove horas. Desperdiçara horas preciosas.

— Quer fazer amor agora? Já está pago.

— Não precisa.

Pier, nua e provocante, aproximou-se da cama.

— Tem certeza?

Eu não poderia, mesmo que quisesse, menina.

— Tenho, sim.

— *Va bene.* — Ela começou a se vestir. — Quem é Susan?

A indagação pegou-o desprevenido.

— Susan? Por que pergunta?

— Você fala enquanto dorme.

Robert recordou o sonho. Susan voltara para ele. Talvez fosse um sinal.

— É uma amiga.

É minha esposa. Vai acabar se cansando de Monte de Grana e algum dia voltará para mim. Isto é, se eu ainda estiver vivo até lá.

Robert foi até a janela. Puxou a cortina e espiou. A rua estava agora repleta de pessoas a pé, comerciantes abriam suas lojas. Não havia qualquer sinal de perigo. Estava na hora de acionar seu plano. Ele virou-se para a mulher.

— Pier, gostaria de fazer uma pequena viagem comigo? — Ela fitou-o desconfiada.

— Uma viagem... para onde?

— Preciso ir a Veneza, a negócios, e detesto viajar sozinho. Gosta de Veneza?

— Gosto...

— Ótimo. Pagarei pelo seu tempo, e tiraremos umas pequenas férias juntos. — Ele olhou outra vez pela janela. — Conheço um hotel maravilhoso em Veneza. O Cipriani.

Anos antes, ele e Susan haviam se hospedado no Royal Danieli, mas Robert estivera lá depois e descobrira que o hotel entrara em decadência, as camas eram horríveis. A única coisa que restava da antiga classe era Luciano, na recepção.

— Vai lhe custar mil dólares por dia.

Pier estava disposta a se contentar com 500 dólares.

— Negócio fechado. — Robert contou 2 mil dólares. — Começaremos com isto.

Pier hesitou. Tinha a premonição de que havia algo errado. Mas o início do filme em que lhe haviam prometido um pequeno papel fora adiado, e ela precisava do dinheiro.

— Está certo.

— Vamos embora.

LÁ EMBAIXO, Pier observou-o esquadrinhar a rua com toda atenção, antes de sair para chamar um táxi. *Ele é um alvo para alguém,* pensou Pier. *É melhor eu cair fora.*

— Escute... não tenho certeza se quero ir para Veneza com você. Eu...

— Vamos nos divertir um bocado.

Havia uma joalheria no outro lado da rua. Robert pegou a mão de Pier.

— Vamos até lá. Comprarei uma coisa bem bonita para você.

— Mas...

Ele levou-a até a joalheria. O vendedor por trás do balcão disse:

— *Buon giorno, signore.* Posso ajudá-lo?

— Pode, sim. Estamos procurando algo adorável para a dama. — Ele virou-se para Pier. — Gosta de esmeraldas?

— Eu... gosto.

Robert perguntou ao vendedor:

— Tem uma pulseira de esmeraldas?

— *Sì, signore.* Tenho uma linda pulseira de esmeraldas. — Ele foi até um mostruário e voltou com uma pulseira. — Esta é a nossa melhor. Quinze mil dólares.

Robert olhou para Pier.

— Gosta?

Ela estava incapaz de falar. Acenou com a cabeça.

— Vamos levá-la.

Robert entregou seu cartão de crédito do ONI.

— Um momento, por favor. — O vendedor desapareceu na sala no fundo. Ao voltar, perguntou: — Quer que eu embrulhe, ou...?

— Não precisa. Minha amiga vai usá-la.

Robert pôs a pulseira no pulso de Pier. Ela ficou olhando, atordoada. Ele acrescentou:

— Não acha que ficará linda em Veneza?

Pier sorriu.

— E muito!

Quando saíram para a rua, Pier murmurou:

— Não sei como agradecer.

— Só quero que você se divirta — disse Robert. — Tem carro?

— Não. Tinha um carro velho, mas foi roubado.

— Mas ainda tem a carteira de motorista?

Ela ficou perplexa.

— Tenho, sim, mas de que adianta sem um carro?

— Já vai ver. Vamos sair daqui.

Robert fez sinal para um táxi.

— Via Po, por favor.

Sentada no táxi, Pier estudou-o. Por que ele se mostrava tão ansioso por sua companhia? E nem mesmo a tocara. *Seria possível que...?*

— *Aqui!* — gritou Robert para o motorista.

Estavam a cem metros da locadora de carros Maggiore.

— Vamos saltar aqui — ele acrescentou para Pier.

Pagou ao motorista e esperou que o táxi desaparecesse. Entregou um maço de notas a Pier.

— Quero que alugue um carro para nós. Peça um Fiat ou um Alfa Romeo. Diga que ficaremos com o carro por quatro ou cinco dias. Este dinheiro cobrirá o depósito. Alugue o carro em seu nome. Esperarei por você naquele bar do outro lado da rua.

A MENOS DE OITO quarteirões dali, dois detetives interrogavam o desventurado motorista de um caminhão vermelho com placas da França.

— *Vous me faites chier.* Não tenho a menor ideia de como essa porra desse cartão foi parar na traseira do meu caminhão. Deve ter sido algum italiano maluco que o jogou ali.

Os dois detetives trocaram um olhar, e um deles murmurou:

— Vou telefonar para avisar.

FRANCESCO CESAR estava sentado à sua mesa, pensando no último desenvolvimento. Antes, a missão parecia muito simples.

"Não haverá qualquer dificuldade para encontrá-lo. Quando chegar o momento, vamos ativar o transmissor de sinais, que o levará direto a ele." Era óbvio que alguém subestimara o comandante Bellamy.

O CORONEL FRANK JOHNSON estava sentado no gabinete do general Hilliard, o corpo enorme ocupando toda a cadeira.

— Temos metade dos agentes na Europa à sua procura — disse o general Hilliard. — Até agora, não tiveram sorte.

— Será preciso mais do que sorte — comentou o coronel Johnson. — Bellamy é muito bom.

— Sabemos que ele está em Roma. O filho da puta acaba de nos debitar o custo de uma pulseira de 15 mil dólares. Mas ele se acha acuado. Não tem a menor possibilidade de deixar a Itália. Sabemos o nome que ele usa em seu passaporte... Arthur Butterfield.

O coronel Johnson sacudiu a cabeça.

— Se bem conheço Bellamy, vocês não têm a menor indicação do nome que ele está usando. A única coisa com que pode contar é que Bellamy não fará o que espera que ele faça. Estamos atrás de um homem que é tão bom quanto o melhor no ofício. Talvez até ainda melhor. Se houver algum lugar para fugir, Bellamy aproveitará. Se houver algum lugar para se esconder, ele se esconderá ali. Acho que nossa melhor possibilidade é atraí-lo para campo aberto, usar a fumaça para obrigá-lo a sair da toca. Neste momento, ele controla todos os movimentos. Precisamos lhe tirar a iniciativa.

— Ou seja, sair em público? Entregar à imprensa?

— Exatamente.

O general Hilliard contraiu os lábios.

— Seria muito arriscado. Não podemos nos expor.

— Nem será necessário. Divulgaremos um comunicado de que ele é procurado por tráfico de drogas. Assim, podemos atrair a Interpol e todos os departamentos de polícia da Europa sem nos expormos.

O general Hilliard pensou a respeito por um momento.

— Gosto da ideia.

— Ótimo. Vou para Roma — anunciou o coronel Johnson. — Assumirei pessoalmente o comando da caçada.

Ao voltar para sua sala, o coronel Frank Johnson estava pensativo. Empenhava-se num jogo perigoso, não restava a menor dúvida quanto a isso. Tinha de descobrir onde estava o comandante Bellamy.

Capítulo 37

Robert ficou escutando a campainha do telefone tocar várias vezes. Eram 6 horas em Washington. *Estou sempre acordando o velho,* pensou ele. O almirante atendeu ao sexto toque da campainha.

— Alô?
— Almirante, eu...
— Robert! O que...?
— Não diga nada. Seu telefone provavelmente está grampeado. Falarei depressa. Queria apenas lhe dizer para não acreditar em qualquer coisa que estão dizendo a meu respeito. Gostaria que tentasse descobrir o que está acontecendo. Posso precisar de sua ajuda mais tarde.
— Claro. Qualquer coisa que eu puder fazer, Robert.
— Sei disso.
— Ligarei depois para você.

Robert desligou. Não houvera tempo para um rastreamento. Ele viu um Fiat azul parar na frente do bar. Pier se achava ao volante.

— Chegue para o lado — disse Robert. — Eu dirijo.

Pier se afastou para que ele sentasse ao volante.

— Vamos seguir logo para Veneza? — perguntou ela.

— Tenho de ir a dois lugares primeiro.

Estava na hora de lançar mais uma barragem de despistamento. Ele entrou na viale Rossini. Mais à frente, ficava a agência de viagens Rossini. Robert encostou no meio-fio.

— Voltarei num minuto.

Pier observou-o entrar na agência. *Eu poderia simplesmente ir embora,* pensou ela. *Ficaria com o dinheiro, e ele nunca me encontraria. Mas a porcaria do carro está alugado em meu nome. Cacchio!*

Dentro da agência, Robert aproximou-se da mulher por trás do balcão.

— Bom-dia. Em que posso ajudá-lo?

— Sou o comandante Robert Bellamy. Preciso viajar e gostaria de fazer algumas reservas.

Ela sorriu.

— É para isso que estamos aqui, *signore*. Para onde planeja viajar?

— Gostaria de fazer uma reserva de passagem de avião para Pequim, primeira classe, só de ida.

A mulher anotou o pedido.

— E quando gostaria de partir?

— Nesta sexta-feira.

— Certo. — Ela digitou no computador. — Há um voo da Air China que sai de Roma às 19h40 da noite de sexta-feira.

— Está ótimo.

A mulher digitou novamente.

— Pronto. Sua reserva está confirmada. Vai pagar em dinheiro ou...?

— Ainda não acabei. Quero também reservar uma passagem de trem para Budapeste.

— Para quando, comandante?

— Para a próxima segunda-feira.
— Em que nome?
— O mesmo.
Ela fitou-o, estranhando.
— Vai voar para Pequim na sexta-feira e...
— Ainda não acabei — disse Robert, jovialmente. — Quero também uma passagem de avião só de ida para Miami, Flórida, no domingo.

A perplexidade da mulher era total agora.

— *Signore,* se isso é alguma espécie de...

Robert tirou do bolso o cartão de crédito do ONI e entregou à mulher.

— Debite as passagens neste cartão.

Ela estudou-o por um momento.

— Com licença.

A mulher foi para uma sala nos fundos. Voltou alguns minutos depois.

— Está tudo certo. Teremos o maior prazer em providenciar tudo o que nos pediu. Deseja que todas as reservas sejam feitas no mesmo nome?

— Isso mesmo. Comandante Robert Bellamy.

— Muito bem.

Robert observou, enquanto ela continuava a digitar. Um minuto depois, três passagens foram impressas.

— Ponha as passagens em envelopes separados — pediu Robert.

— Pois não. Gostaria que eu as mandasse para...?

— Levarei agora.

— *Sì signore.*

Robert assinou a fatura do cartão de crédito, a mulher entregou-lhe sua cópia.

— Aí está. Tenha uma boa viagem... viagens...

Robert sorriu.

— Obrigado.

Um minuto depois, ele sentava outra vez ao volante do carro.

— Para onde vamos agora? — indagou Pier.

— Ainda temos mais algumas paradas.

Pier observou-o esquadrinhar a rua com toda atenção, antes de partir.

— Quero que faça uma coisa por mim — disse Robert.

O momento chegou, pensou Pier. *Ele vai me pedir para fazer algo terrível.*

— O que é?

Haviam parado na frente do hotel Victoria. Robert entregou um dos envelopes a Pier.

— Quero que vá até a recepção e reserve uma suíte, em nome do comandante Robert Bellamy. Diga que é sua secretária e que ele chegará dentro de uma hora, mas quer subir até a suíte para aprová-la. Quando estiver lá, deixe este envelope na mesa da sala.

Ela fitou-o, surpresa.

— Isso é tudo?

— É, sim.

O homem não fazia o menor sentido.

— *Bene.*

Ela desejou saber o que o americano maluco andava fazendo. *E quem é o comandante Robert Bellamy?* Pier saltou do carro e entrou no saguão do hotel. Sentia-se um pouco nervosa. No exercício de sua profissão, já fora expulsa de alguns hotéis de primeira classe. Mas o recepcionista cumprimentou-a polidamente.

— Em que posso ajudá-la, *signora*?

— Sou a secretária do comandante Robert Bellamy. Gostaria de reservar uma suíte para ele. Deverá estar aqui dentro de uma hora.

O recepcionista consultou o quadro de reservas.

— Por acaso temos uma excelente suíte disponível.

— Posso vê-la, por favor?

— Claro. Mandarei alguém acompanhá-la.

Um assistente da gerência escoltou Pier até lá em cima. Entraram na sala de estar da suíte, e ela correu os olhos ao redor.

— É uma suíte satisfatória, *signora*?

Pier não tinha a menor ideia.

— Esta serve. — Ela tirou o envelope da bolsa, pôs numa mesinha de café. — Deixarei isto aqui para o comandante.

— *Bene.*

A curiosidade prevaleceu. Pier abriu o envelope. Lá dentro, havia uma passagem de avião para Pequim, só de ida, em nome de Robert Bellamy. Ela tornou a guardar a passagem no envelope, deixou-o em cima da mesa e desceu.

O Fiat azul estava estacionado na frente do hotel.

— Algum problema? — perguntou Robert.

— Nenhum.

— Temos apenas mais duas paradas e depois pegaremos a estrada — informou Robert, jovialmente.

A parada seguinte foi no hotel Valadier. Robert entregou outro envelope a Pier.

— Quero que reserve uma suíte aqui, em nome do comandante Robert Bellamy. Diga a eles que chegarei dentro de uma hora. E depois...

— Deixo o envelope lá em cima.

— Isso mesmo.

Desta vez Pier entrou no hotel com mais confiança. *Basta agir como uma dama,* pensou ela. *Você tem dignidade. Essa é a porra do segredo.*

Havia uma suíte disponível no hotel.

— Eu gostaria de dar uma olhada — declarou Pier.

— Pois não, *signora*.

Um assistente da gerência acompanhou-a.

— Esta é uma de nossas melhores suítes.

Era mesmo muito bonita. Pier disse, altiva:

— Acho que serve. O comandante é muito exigente.

Ela tirou o segundo envelope da bolsa, abriu-o, deu uma olhada. Continha uma passagem de trem para Budapeste, em nome do comandante Robert Bellamy. Pier ficou confusa. *Mas que jogo será esse?* Ela deixou o envelope na mesinha de cabeceira. Quando ela voltou ao carro, Robert perguntou:

— Como foi?

— Tudo bem.

— Vamos à última parada.

Agora foi o hotel Leonardo da Vinci. Robert entregou o terceiro envelope a Pier.

— Eu gostaria...

— Já sei.

Dentro do hotel, um recepcionista disse:

— Temos de fato uma excelente suíte, *signora*. Quando foi mesmo que disse que o comandante vai chegar?

— Daqui a uma hora. Eu gostaria de examinar a suíte, para verificar se é satisfatória.

— Pois não, *signora*.

A suíte era mais suntuosa do que as outras duas em que Pier estivera. O assistente da gerência mostrou-lhe o quarto enorme, com a cama de baldaquino no centro. *Que desperdício!*, pensou Pier. *Em uma noite, eu poderia ganhar uma fortuna aqui*. Ela tirou da bolsa o terceiro envelope e deu uma olhada. Continha uma passagem de avião para Miami, Flórida. Pier deixou o envelope na cama. O assistente da gerência conduziu-a de volta à sala de estar.

O homem ligou o aparelho de TV. Uma fotografia de Robert apareceu na tela. O locutor estava dizendo:

— ...e a Interpol acredita que ele se encontra no momento em Roma. É procurado para interrogatório numa operação internacional de tráfico de drogas. Aqui é Bernard Shaw, da CNN News.

O assistente da gerência desligou a televisão.

— Achou tudo satisfatório?

— Achei — murmurou Pier.

Um traficante de drogas!

— Aguardaremos ansiosos a chegada do comandante. Ao se encontrar com Robert no carro lá embaixo, Pier fitou-o com olhos diferentes.

— Agora podemos ir — declarou Robert, sorrindo.

NO HOTEL VICTORIA, um homem de terno escuro estudava o registro de hóspedes. Levantou os olhos para o recepcionista.

— A que horas o comandante Bellamy se registrou?

— Ele ainda não chegou. A secretária reservou a suíte. Disse que ele estaria aqui em uma hora.

O homem virou-se para seu companheiro.

— Mande vigiar o hotel. Peça reforços. Vou subir até a suíte. — Ele virou-se para o recepcionista. — Mande alguém abrir a porta para mim.

Três minutos depois, um assistente da gerência abria a porta da suíte. O homem de terno escuro entrou, cauteloso, o revólver na mão. A suíte estava vazia. Ele avistou o envelope na mesa e o pegou. Estava escrito na frente: "Comandante Robert Bellamy". Ele abriu o envelope. Um momento depois, ligou para o quartel-general do SIFAR.

FRANCESCO CESAR se achava reunido com o coronel Frank Johnson. O coronel Johnson desembarcara no aeroporto Leonardo da Vinci duas horas antes, mas não demonstrava qualquer sinal de fadiga.

— Pelo que sabemos até agora — Cesar dizia —, Bellamy ainda se encontra em Roma. Recebemos mais de trinta informes sobre seu paradeiro.

— Algum foi confirmado?

— Nenhum.

O telefone tocou.

— É Luigi, coronel — disse a voz ao telefone. — Nós o encontramos. Estou em sua suíte no hotel Victoria. E tenho sua passagem de avião para Pequim. Ele planeja partir na sexta-feira.

A voz de Cesar ficou exaltada.

— Excelente! Fique aí. Chegaremos num instante. — Ele desligou e virou-se para o coronel Johnson. — Receio que tenha feito uma viagem por nada, coronel. Já o pegamos. Ele se registrou no hotel Victoria. Encontraram uma passagem de avião para Pequim, em seu nome, para sexta-feira.

O coronel Johnson indagou, suavemente:

— Bellamy se registrou no hotel com o próprio nome?

— Isso mesmo.

— E a passagem de avião também é em seu nome?

— É, sim. — O coronel Cesar levantou-se. — Vamos até lá.

O coronel Johnson sacudiu a cabeça.

— Não perca seu tempo.

— Como assim?

— Bellamy nunca...

O telefone tocou de novo. Cesar atendeu.

— Alô?

— Coronel? Aqui é Mario. Localizamos Bellamy. Ele está no hotel Valadier. Pegará um trem na segunda-feira para Budapeste. O que deseja que a gente faça?

— Voltarei a ligar para você. — Cesar olhou para o coronel Johnson. — Encontraram uma passagem de trem para Budapeste, no nome de Bellamy. Não compreendo o que...

O telefone tocou mais uma vez.

— Alô?

A voz de Cesar se tornara um pouco mais estridente.

— Bruno falando, coronel. Localizamos Bellamy. Ele se registrou no hotel Leonardo da Vinci. Planeja viajar no domingo para Miami. O que devo...?

— Volte para cá! — berrou Cesar. Ele bateu o telefone. — Mas qual é o jogo dele?

— Ele está dando um jeito para que você desperdice bastante mão de obra, não é mesmo? — comentou o coronel Johnson, num tom sombrio.

— O que faremos agora?

— Vamos encurralar o filho da puta.

ELES SEGUIAM PELA via Cassia, perto de Olgiata, para o norte, na direção de Veneza. A polícia cobriria todas as principais saídas da Itália, mas esperariam que ele fosse para oeste, na direção da França ou Suíça. *De Veneza,* pensou Robert, *posso pegar o hidrofólio para Trieste e seguir para a Áustria. E depois...* A voz de Pier interrompeu seus pensamentos:

— Estou com fome.

— Como?

— Não tomamos o café da manhã nem almoçamos.

— Desculpe. — Ele estava preocupado demais para pensar em comer. — Pararemos no primeiro restaurante.

Pier observou-o, enquanto ele dirigia. Sentia-se mais espantada do que nunca. Vivia num mundo de cafetões e ladrões... e traficantes de drogas. Aquele homem não era um criminoso.

Pararam na cidadezinha seguinte, na frente de uma pequena *trattoria*. Robert e Pier saltaram.

O restaurante estava lotado, barulhento com as conversas e o chocalhar da louça. Robert encontrou uma mesa encostada na parede e sentou de frente para a porta. Um garçom aproximou-se e entregou os cardápios.

Robert pensava: *Susan deve estar no iate a esta altura. Talvez esta seja a minha última chance de falar com ela.*

— Dê uma olhada no cardápio. — Robert levantou-se. — Voltarei num instante.

Pier observou-o se encaminhar para o telefone público perto da mesa. Ele pôs uma moeda na fenda.

— Eu gostaria de falar com a telefonista marítima em Gibraltar. Obrigado.

Para quem ele está ligando em Gibraltar?, especulou Pier. *Pretende fugir por lá?*

— Telefonista, quero fazer uma chamada a cobrar para o iate americano *Halcyon,* ao largo de Gibraltar. WS 337. Obrigado.

Uns poucos minutos passaram, enquanto as telefonistas falavam entre si, e sua ligação era aceita.

Robert ouviu a voz de Susan ao telefone.

— Susan...

— Robert! Você está bem?

— Estou, sim. Eu só queria lhe dizer...

— Sei o que quer me dizer. Já saiu em todas as emissoras de rádio e televisão. Por que a Interpol está à sua procura?

— É uma longa história.

— Não tenho pressa. Quero saber.

Ele hesitou.

— É um problema político, Susan. Tenho provas de algo que alguns governos estão querendo suprimir. É por isso que a Interpol me procura.

Pier escutava atentamente ao lado a conversa de Robert.

— Como posso ajudar? — perguntou Susan.

— Não pode fazer nada, meu bem. Só liguei para ouvir sua voz mais uma vez, no caso de... se eu não conseguir escapar.

— Não diga isso. — Havia pânico na voz de Susan. — Pode me falar em que país se encontra?

— Itália.

Houve um breve silêncio

— Muito bem. Não estamos muito longe de você. Navegamos ao largo da costa de Gibraltar. Podemos apanhá-lo em qualquer lugar que indicar.

— Não, eu...

— Tem de aceitar, Robert. Provavelmente é a sua única chance de escapar.

— Não posso deixá-la fazer isso, Susan. Você correria perigo. — Monte entrara no salão a tempo de ouvir a última parte da conversa.

— Deixe-me falar com ele, Susan.

— Espere um instante, Robert. Monte quer falar com você.

— Susan, eu não...

A voz de Monte entrou na linha:

— Robert, sei que se encontra numa tremenda encrenca. — *A grande descoberta do ano.*

— Pode-se dizer assim.

— Gostaríamos de ajudá-lo. Eles não o procurariam num iate. Por que não nos deixa buscá-lo?

— Obrigado, Monte, mas a resposta é não.

— Acho que está cometendo um erro. Ficaria mais seguro aqui.

Por que ele se mostra tão ansioso em me ajudar?

— De qualquer forma, fico muito agradecido. Assumirei os riscos. Eu gostaria de falar de novo com Susan.

— Certo. — Monte entregou o telefone a Susan. — Fale com ela.

Ela voltou à linha.

— Por favor, Robert, deixe-nos ajudá-lo.

— Já me ajudou, Susan. — Ele teve de fazer uma pausa. — Você é a melhor parte de minha vida. Só queria que soubesse que sempre a amarei. — Robert soltou uma risada. — Embora o *sempre* talvez não represente mais muito tempo.

— Vai me ligar de novo?

— Se eu puder.

— Prometa.

— Está bem, eu prometo.

Robert repôs o fone no gancho, lentamente. *Por que fiz isso com ela? Por que fiz isso comigo mesmo? Você é um idiota sentimental, Bellamy.* Ele voltou à mesa.

— Vamos comer, Pier.

Pediram a comida.

— Ouvi sua conversa. A polícia está à sua procura, não é?

Robert ficou tenso. *Descuidado. Ela podia criar problemas.*

— É apenas um mal-entendido. Eu...

— Não me trate como uma imbecil. Quero ajudá-lo.

Ele a observou, cauteloso.

— Por que haveria de me ajudar?

Pier inclinou-se para a frente.

— Porque tem sido generoso comigo. E eu odeio a polícia. Não sabe o que é ficar pelas ruas, perseguida pela polícia, tratada como lixo. Prendem-me por prostituição, mas me levam para os quartos dos fundos das delegacias, sou passada de mão em mão. São verdadeiros animais. Eu faria qualquer coisa para me vingar. Qualquer coisa mesmo. Posso ajudá-lo.

— Pier, não há nada que você...

— A polícia o pegaria com a maior facilidade em Veneza. Se ficar num hotel, eles o encontrarão. Se tentar embarcar num barco, eles o prenderão. Mas conheço um lugar em que você estaria seguro. Minha mãe e meu irmão vivem em Nápoles. Poderíamos ficar na casa deles. A polícia nunca o procuraria lá.

Robert permaneceu em silêncio por um momento, pensando a respeito. Fazia sentido o que Pier dissera. Uma casa particular seria mais segura do que qualquer outro lugar, e Nápoles era um porto grande. Seria mais fácil pegar um navio para sair de lá. Mas ele hesitou antes de responder. Não queria expor Pier a qualquer perigo.

— Se a polícia me descobrir, Pier, as ordens são para me matar. E você seria considerada cúmplice. Pode estar se metendo numa encrenca.

— É muito simples. — Pier sorriu. — Não deixaremos que a polícia o descubra.

Robert retribuiu o sorriso; e tomou sua decisão.

— Está certo. E agora vamos almoçar. Depois, seguiremos para Nápoles.

O CORONEL Frank Johnson indagou:
— Seus homens não têm a menor ideia da direção que ele seguiu?

Francesco Cesar suspirou.

— Não no momento. Mas é apenas uma questão de tempo antes que...

— Não temos tempo. Já verificou o paradeiro da ex-esposa?

— Da ex-esposa? Não. E não vejo o que isso...

— Pois então não fez o seu trabalho direito — disse rispidamente o coronel Johnson. — Ela está casada com um homem chamado Monte Banks. Sugiro que os localize. E depressa.

Capítulo 38

Ela foi andando pelo largo bulevar, mal consciente do rumo que seguia. Quantos dias já haviam transcorrido desde o terrível acidente? Perdera a conta. Sentia-se tão cansada que era difícil se concentrar. Precisava desesperadamente de água; não a água poluída que os terráqueos bebiam, mas água de chuva, pura e fresca. Precisava de água para recuperar sua essência vital, adquirindo forças para encontrar o cristal. Estava morrendo.

Cambaleou e esbarrou num homem.

— Ei, tome mais cuidado! — O vendedor americano examinou mais atentamente a mulher e sorriu. — Oi. Imagine só esbarrar numa coisinha como você. *Que boneca!*

— Posso imaginar.

— De onde você é, meu bem?

— Do sétimo sol das Plêiades.

Ele riu.

— Gosto de uma garota com senso de humor. Para onde ia?

Ela sacudiu a cabeça.

— Não sei. Sou estranha aqui.

Puxa, acho que tem alguma coisa para mim aqui!

— Já jantou?

— Não. Não posso comer os seus alimentos.

É daquele tipo esquisito. Mas uma beleza.

— Onde está hospedada?

— Em lugar nenhum.

— Não tem um hotel?

— Um hotel? — Ela lembrou: *Caixas para estranhos viajantes.*
— Não. Preciso encontrar um lugar para dormir. Estou muito cansada.

O sorriso do homem se alargou.

— O papai aqui pode cuidar disso. Por que não vamos para o meu quarto de hotel? Tenho uma cama grande e confortável ali. Não gostaria?

— Gostaria muito.

Ele não podia acreditar em sua sorte.

— Maravilhoso!

Ela mal conseguia manter os olhos abertos.

— Podemos ir para a cama agora?

Ele esfregou as mãos.

— Pode apostar que sim! Meu hotel fica logo depois da esquina.

O homem pegou a chave na recepção, subiram no elevador para seu andar. Ao entrarem na sala da suíte, ele perguntou:

— Não gostaria de tomar um drinque?

Vamos relaxá-la um pouco. Ela queria beber, desesperadamente, mas não os líquidos que os terráqueos tinham a oferecer.

— Não. Onde está a cama?

Ei, que garota quente!

— É por aqui, meu bem. — Ele levou-a para o quarto. — Tem certeza que não gostaria de tomar um drinque?

— Tenho certeza.

Ele lambeu os lábios.

— Então por que você não... hum... tira as roupas?

Ela acenou com a cabeça. Era um costume terráqueo. Tirou o vestido que usava. Não tinha nada por baixo. Seu corpo era deslumbrante. O homem fitou-a, aturdido e feliz, murmurou:

— Esta é a minha noite de sorte, meu bem. A sua também.

Vou foder você como nunca foi fodida antes. Ele tirou as roupas tão depressa quanto podia, pulou na cama, ao lado dela.

— E agora vou lhe mostrar o que é ação, meu bem! — Ele olhou. — Oh, droga, esqueci a luz acesa!

Ele começou a se levantar.

— Não se preocupe — disse ela, sonolenta. — Eu apago para você.

E enquanto o americano observava, ela estendeu o braço, que foi se esticando e esticando, os dedos se transformaram em gavinhas verdes cheias de folhas, ao roçarem no interruptor de luz.

Ele estava sozinho no escuro com ela. E gritou.

Capítulo 39

Viajavam em alta velocidade pela Autostrada del Sole, que leva a Nápoles. Há meia hora que se mantinham em silêncio, cada um absorvido em seus pensamentos. Foi Pier quem rompeu o silêncio:

— Quanto tempo gostaria de ficar na casa de minha mãe?
— Três ou quatro dias, se não for problema.
— Não será.

Robert não tinha intenção de permanecer por mais de uma noite, duas no máximo. Mas não revelou seus planos. Assim que encontrasse um navio que fosse seguro, ele sairia da Itália.

— Estou ansiosa em rever minha família — comentou Pier.
— Tem só um irmão?
— Isso mesmo. Carlo. É mais novo do que eu.
— Fale-me de sua família, Pier.

Ela deu de ombros.

— Não há muito para contar. Meu pai trabalhou no cais do porto durante toda a vida. Um guindaste caiu em cima dele e o matou quando eu tinha 15 anos. Minha mãe era doente, tive de sustentá-la e a Carlo. Tinha um amigo nos estúdios de Cinecittà, e ele me arrumava pequenos papéis. Pagavam muito pouco, eu era obrigada a ir para a cama com o assistente do diretor. Concluí que poderia ganhar mais dinheiro nas ruas. Agora, faço um pouco das duas coisas.

Não havia autocompaixão em sua voz.

— Tem certeza de que sua mãe não vai protestar por você levar um estranho para casa, Pier?

— Tenho, sim. Somos muito ligadas. Mamãe ficará feliz em me ver. Você a ama muito?

Robert lançou um olhar para ela, aturdido.

— Sua mãe?

— A mulher com quem falou pelo telefone no restaurante... Susan.

— O que a faz pensar que eu a amo?

— O tom de sua voz. Quem é ela?

— Uma amiga.

— Ela tem muita sorte. Eu gostaria que alguém se importasse comigo assim. Robert Bellamy é o seu nome verdadeiro?

— É, sim.

— E é mesmo um comandante?

Isso era mais difícil de responder.

— Não tenho certeza, Pier. Já fui.

— Pode me contar por que a Interpol está atrás de você?

Robert respondeu com o maior cuidado:

— É melhor que eu não lhe diga coisa alguma. Já pode ter problemas suficientes só de estar comigo. Quanto menos souber, melhor.

— Está bem, Robert.

Ele pensou nas estranhas circunstâncias que haviam reunido os dois.

— Quero lhe fazer uma pergunta. Se soubesse que alienígenas estavam descendo para a Terra, em espaçonaves, você entraria em pânico?

Pier estudou-o por um momento.

— Fala sério?

— E muito.

Ela sacudiu a cabeça.

— Não. Acho que seria emocionante. Acredita que essas coisas existem?

— Há uma possibilidade — disse Robert, cauteloso.

O rosto de Pier se iluminou.

— É mesmo? E eles têm... são iguais aos homens?

Robert riu.

— Não sei.

— Isso tem alguma coisa a ver com o motivo pelo qual a polícia está atrás de você?

— Não. Nada a ver.

— Se eu lhe disser uma coisa, promete que não ficará zangado comigo?

— Prometo.

Quando ela voltou a falar, sua voz era tão baixa que Robert mal conseguiu ouvir:

— Acho que estou me apaixonando por você.

— Pier...

— Já sei. Estou sendo uma tola. Mas nunca disse isso a ninguém antes. Queria que soubesse.

— E me sinto lisonjeado, Pier.

— Não está rindo de mim?

— Não, não estou. — Robert olhou para o mostrador de gasolina. — É melhor pararmos num posto.

Alcançaram um posto 15 minutos depois.

— Vamos encher o tanque aqui — disse Robert.

— Certo. — Pier sorriu. — Posso ligar para casa e avisar a mamãe que estou levando um lindo estranho.

Robert parou ao lado da bomba e disse ao atendente:

— *Il pieno, per favore.*
— *Sì, signore.*
Pier inclinou-se e deu um beijo no rosto de Robert.
— Voltarei num instante.
Robert observou-a entrar no escritório e trocar uma nota por moedas para o telefone. *Ela é sem dúvida muito bonita,* pensou Robert. *E inteligente. Devo tomar cuidado para não magoá-la.*
Dentro do escritório, Pier estava discando. Virou-se, sorrindo e acenando para Robert. Quando a telefonista atendeu, Pier pediu:
— Ligue-me com a Interpol. *Subito.*

Capítulo 40

Desde o momento em que vira a notícia sobre Robert Bellamy, Pier compreendera que ia ficar rica. Se a Interpol, a força de polícia criminal internacional, estava à procura de Robert, deveria haver uma grande recompensa para quem o entregasse. E ela era a única que sabia onde ele se encontrava! A recompensa seria toda sua. Persuadi-lo a ir a Nápoles, onde poderia vigiá-lo, fora um golpe de gênio. Uma voz de homem disse ao telefone:

— Interpol. Em que posso ajudar?

O coração de Pier batia forte. Olhou pela janela para se certificar de que Robert continuava ao lado da bomba.

— Não estão procurando por um homem chamado comandante Robert Bellamy?

Houve um momento de silêncio.

— Quem está falando, por favor?

— O nome não importa. Estão procurando por ele ou não?

— Vou transferir sua ligação para outra pessoa. Quer esperar um momento na linha, por favor? — Ele virou-se para seu assistente. — Acione o rastreamento desta ligação. *Pronto*.

Trinta segundos depois, Pier estava falando com um superior.

— Pois não, *signora*. Posso ajudá-la?

Não, seu idiota, eu é que estou tentando ajudá-lo!

— Sei onde está o comandante Robert Bellamy. Vocês o procuram ou não?

— Claro que procuramos, *signora*. E sabe onde ele se encontra?

— Isso mesmo. Ele está comigo agora. Quanto vale para vocês?

— Está falando de uma recompensa?

— Claro que estou falando de uma recompensa!

Pier tornou a olhar pela janela. *Como eles podem ser tão burros?* O homem fez sinal para que seu assistente trabalhasse mais depressa.

— Ainda não fixamos um preço para ele, *signora*. Por isso...

— Pois estabeleçam um preço agora. Estou com pressa.

— Espera uma recompensa de quanto?

— Não sei. — Pier pensou por um momento. — Cinquenta mil dólares não seria um preço justo?

— Cinquenta mil dólares é muito dinheiro. Se me disser onde está, poderemos ir ao seu encontro e negociar um acordo que...

Ele deve pensar que sou uma imbecil.

— Não. Ou você concorda em pagar o que eu quero agora, ou... — Pier olhou pela janela, e viu Robert se aproximando do escritório. — Depressa! Sim ou não?

— Está bem, *signora*. Sim. Concordamos em pagar...

Robert passou pela porta. Pier disse ao telefone:

— Devemos chegar aí a tempo para o jantar, mamãe. Vai gostar dele. É muito simpático. Ótimo. Voltaremos a conversar quando eu chegar. *Ciao*.

Ela repôs o fone no gancho e se virou para Robert.

— Mamãe está ansiosa em conhecê-lo.

No QUARTEL-GENERAL da Interpol, o alto funcionário perguntou:

— Conseguiram rastrear a ligação?

— Conseguimos. Foi feita de um posto de gasolina na Autostrada del Sole. Parece que eles estão seguindo para Nápoles.

O CORONEL Francesco Cesar e o coronel Frank Johnson estudavam um mapa na parede, no gabinete de Cesar.
— Nápoles é uma cidade grande — comentou o coronel Cesar. — Há mil lugares ali em que ele poderia se esconder.
— E a mulher?
— Não temos a menor ideia de quem seja.
— Por que não descobrimos?
Cesar fitou-o, perplexo.
— Como?
— Se Bellamy precisava da companhia de uma mulher às pressas, como uma cobertura, o que faria?
— Provavelmente pegaria uma prostituta.
— Isso mesmo. Por onde começamos?
— Tor di Ounto.

ELES PASSARAM pela Passeggiata Archeologica, observando as mulheres que ofereciam suas mercadorias nas calçadas. No carro, junto com o coronel Cesar e o coronel Johnson, seguia o capitão Bellini, o supervisor policial do distrito.
— Não vai ser fácil — garantiu Bellini. — Há uma grande concorrência entre elas, mas se tornam irmãs de sangue na hora de enfrentar a polícia. Não vão falar.
— Veremos — murmurou o coronel Johnson.
Bellini ordenou que o motorista encostasse no meio-fio. Os três homens saltaram do carro. As prostitutas observaram-nos, cautelosas. Bellini aproximou-se de uma mulher.
— Boa-tarde, Maria. Como estão os negócios?
— Ficarão melhores depois que vocês forem embora.

— Não planejamos ficar. Procuramos um americano que pegou uma das garotas ontem à noite. Achamos que estão viajando juntos. Queremos saber quem ela é. Pode nos ajudar?

Ele mostrou uma fotografia de Robert. Várias outras prostitutas haviam se aproximado para escutar a conversa.

— Não posso ajudar — respondeu Maria —, mas conheço alguém que pode.

Bellini balançou a cabeça, com uma expressão de aprovação.

— Ótimo. Quem?

Maria apontou para uma loja no outro lado da rua. Um cartaz na vitrine dizia: Adivinha — Quiromante. "Madame Lucia pode ajudar você".

As mulheres desataram a rir. O capitão Bellini fitou-as.

— Gostam de brincadeiras, hein? Pois vamos fazer uma brincadeira que acho que vocês vão adorar. Estes dois cavalheiros estão ansiosos para descobrir o nome da garota que foi com o americano. Se não souberem quem ela é, sugiro que falem com suas amigas, descubram quem a conhece e me telefonem quando souberem a resposta.

— Por que deveríamos? — indagou uma mulher, em tom de desafio.

— Vão descobrir.

Uma hora depois, as prostitutas de Roma descobriram-se sitiadas. Camburões percorreram a cidade, recolhendo todas as prostitutas que trabalhavam nas ruas e seus cafetões. Houve gritos de protesto.

— Não podem fazer isso... Pago proteção à polícia...

— Este é o meu ponto há cinco anos...

— Tenho dado a você e seus amigos de graça. Onde está sua gratidão?

— Para que eu lhe pago proteção?

No dia seguinte, as ruas se achavam virtualmente vazias de prostitutas, e as cadeias lotadas. Cesar e o coronel Johnson estavam sentados no gabinete do capitão Bellini.

— Vai ser difícil mantê-las na cadeia — advertiu Bellini.

— E posso também acrescentar que isso é péssimo para o turismo.

— Não se preocupe — disse o coronel Johnson. — Alguém vai falar. Basta manter a pressão.

O resultado veio ao final da tarde. A secretária do capitão Bellini informou:

— Há um certo Sr. Lorenzo aqui que deseja lhe falar.

— Mande-o entrar.

O Sr. Lorenzo vestia um terno caro e usava anéis de diamantes em três dedos. Era um cafetão.

— O que posso fazer por você? — perguntou Bellini.

Lorenzo sorriu.

— O importante é o que eu posso fazer por *vocês*, cavalheiros. Alguns de meus associados me informaram que estão procurando por uma jovem trabalhadora específica, que deixou a cidade com um americano. Como estamos sempre ansiosos em cooperar com as autoridades, achei que poderia lhes dar o nome da moça.

— Quem é ela? — indagou o coronel Johnson.

Lorenzo ignorou a pergunta.

— Naturalmente, tenho certeza de que gostariam de demonstrar seu reconhecimento com a libertação de meus associados e suas amigas.

— Não estamos interessados em nenhuma de suas putas — declarou o coronel Cesar. — Tudo o que queremos é o nome da garota.

— É uma notícia que me enche de satisfação, senhor. É sempre um prazer lidar com homens compreensivos. Sei que...

— O nome, Lorenzo.

— Claro, claro. O nome é Pier. Pier Valli. O americano passou a noite com ela no hotel L'Incrocio, e partiram na manhã seguinte. Ela não é uma das minhas garotas. Se me permitem dizer...

Bellini já estava ao telefone.

— Traga-me a ficha de Pier Valli. *Subito.*

— Espero que os cavalheiros demonstrem sua gratidão com...

Bellini fitou-o e acrescentou ao telefone:

— E pode cancelar a Operação Puttana.

Lorenzo ficou radiante.

— *Grazie.*

A FICHA DE PIER VALLI estava na mesa de Bellini cinco minutos depois.

— Ela caiu na vida quando tinha 15 anos. Foi presa uma dezena de vezes desde então e...

— De onde ela vem? — perguntou o coronel Johnson.

— Nápoles. — Os dois homens trocaram um olhar. — Tem mãe e irmão vivendo lá.

— Pode descobrir onde?

— Vou verificar.

— Pois então faça isso. *Agora.*

Capítulo 41

Estavam passando pelos subúrbios de Nápoles. Velhos prédios de apartamentos margeavam as ruas estreitas, com roupa lavada pendurada em quase todas as janelas, fazendo com que parecessem montanhas de concreto em que tremulavam bandeiras coloridas.

— Já esteve alguma vez em Nápoles? — perguntou Pier.

— Uma vez.

A voz de Robert era tensa. *Susan sentava ao seu lado, rindo. Ouvi dizer que Nápoles é uma cidade depravada. Podemos fazer coisas depravadas aqui, querido?*

Vamos inventar algumas coisas novas, prometeu Robert. Pier observava-o.

— Você está bem?

Robert trouxe a mente de volta ao presente.

— Estou, sim.

Passavam agora pela beira da enseada, onde ficava o Castel dell'Ovo, o velho castelo abandonado, perto da água. Ao chegarem à via Toledo, Pier disse, agitada:

— Vire aqui.

Aproximavam-se de Spaccanapoli, a parte antiga da cidade. Pier informou:

— É logo à frente. Vire à esquerda, na via Benedetto Croce.

Robert virou. O tráfego ali era mais intenso, o barulho das buzinas ensurdecedor. Ele esquecera como Nápoles podia ser barulhenta. Teve de diminuir a velocidade para não atropelar os pedestres e cachorros que corriam pela frente do carro, como se fossem abençoados por alguma espécie de imortalidade.

— Vire à direita aqui — orientou Pier —, para a *piazza* del Plebiscito.

O tráfego era ainda pior ali, a área mais decadente.

— Pare! — gritou Pier.

Robert encostou no meio-fio. Estavam na frente de uma série de lojas miseráveis. Robert olhou ao redor.

— É aqui que sua mãe mora?

— Não — respondeu Pier. — Claro que não.

Ela inclinou-se e apertou a buzina. Um momento depois, uma moça saiu de uma das lojas. Pier saltou do carro e correu para cumprimentá-la. Abraçaram-se.

— Você está maravilhosa! — exclamou a mulher. — Deve andar muito bem de vida!

— É verdade. — Pier estendeu o pulso. — Olhe só a minha pulseira nova!

— São esmeraldas verdadeiras?

— Claro!

A mulher gritou para alguém dentro da loja:

— Anna! Venha ver quem está aqui!

Robert observava a cena, incrédulo.

— Pier...

— Só um minuto, querido. Tenho de dar um olá para minhas amigas.

Em poucos minutos, meia dúzia de mulheres se agrupavam em torno de Pier, admirando sua pulseira, enquanto Robert permanecia sentado no carro, impotente, rangendo os dentes.

— Ele é louco por mim — anunciou Pier. Ela virou-se para Robert. — Não é, *caro*?

Robert sentia vontade de estrangulá-la, mas não havia nada que pudesse fazer.

— Sou sim. Podemos ir agora, Pier?

— Só mais um minuto.

— *Agora!*

— Oh, está bem. — Pier virou-se para as mulheres. — Devemos ir agora. Temos um encontro muito importante. *Ciao!*

— *Ciao!*

Pier tornou a sentar no carro, as mulheres ficaram paradas na calçada, observando-os se afastarem. Pier comentou, feliz:

— São todas velhas amigas.

— Isso é ótimo. Onde fica a casa de sua mãe?

— Ela não mora na cidade.

— *O quê?*

— Ela mora fora da cidade, num pequeno sítio, a meia hora daqui.

Era ao sul de Nápoles, uma velha casa de pedra, afastada da estrada.

— Aí está! — exclamou Pier. — Não é linda?

— É, sim.

Robert gostou do fato de a casa ser longe do centro da cidade. Não haveria motivos para que alguém viesse procurá-lo ali. *Pier tinha razão. É uma casa absolutamente segura.*

Subiram para a porta da frente. Antes que pudessem alcançá-la, a porta foi aberta e a mãe de Pier apareceu, sorrindo. Era uma versão mais velha da filha, magra e grisalha, com o rosto vincado pela preocupação.

— Pier, *cara! Mi sei mancata!*

— Também senti saudade, mamãe. Este é o amigo que avisei pelo telefone que traria para casa.

A mãe não perdeu a pose.

— Ahn? *Si*, seja bem-vindo, senhor...

— Jones — respondeu Robert.

— Entre, entre.

Entraram na sala de estar. Era grande, confortável, aconchegante, atulhada de móveis.

Um rapaz de 20 e poucos anos entrou na sala. Era baixo e moreno, o rosto fino e mal-humorado, os olhos castanhos soturnos. Usava jeans e um blusão com o nome Diavoli Rossi costurado. O rosto se iluminou ao ver a irmã.

— Pier!

— Olá, Carlo.

Abraçaram-se.

— O que está fazendo aqui?

— Viemos passar alguns dias. — Ela virou-se para Robert. — Este é meu irmão, Carlo. Carlo, este é o Sr. Jones.

— Olá, Carlo.

Carlo estava avaliando Robert.

— Olá.

A mãe interveio:

— Arrumarei um lindo quarto para os pombinhos lá nos fundos.

— Se não se importa... isto é, se tiver um quarto extra, eu preferia ficar sozinho — disse Robert.

Houve uma pausa constrangida. Os três olhavam espantados para Robert. *Mamma* virou-se para Pier.

— *Omosessuale?*

Pier deu de ombros. *Não sei*. Mas ela tinha certeza de que ele *não* era um homossexual. *Mamma* olhou para Robert.

— Como quiser. — Ela tornou a abraçar Pier. — Não imagina como estou feliz em ver você. Vamos para a cozinha. Farei um café.

Na cozinha, *mamma* exclamou:

— *Benissimo!* Como o conheceu? Ele parece muito rico. E essa pulseira que você está usando... Deve ter custado uma fortuna. Esta noite farei um grande jantar. Convidarei todos os vizinhos, para que possam conhecer seu...

— Não, *mamma*, não deve fazer isso.

— Mas por que não espalhar a notícia de sua boa sorte, *cara*? Todos os nossos amigos ficarão tão satisfeitos...

— *Mamma*, o Sr. Jones quer apenas descansar por alguns dias. Sem festa. Sem vizinhos.

Mamma suspirou.

— Está bem. Como quiser.

Darei um jeito para que ele seja preso longe de casa, a fim de não perturbar mamãe.

Carlo também notara a pulseira.

— Aquela pulseira... são esmeraldas verdadeiras, não é? Comprou-a para minha irmã?

Havia alguma coisa na atitude do rapaz que não agradava a Robert.

— Pergunte a ela.

Pier e *mamma* vieram da cozinha. *Mamma* olhou para Robert.

— Tem certeza de que não quer dormir com Pier?

Robert ficou sem graça.

— Não, obrigado.

— Vou mostrar seu quarto — disse Pier.

Ela levou-o para um quarto grande e confortável, com uma cama de casal, nos fundos da casa.

— Tem medo do que *mamma* pode pensar se dormirmos juntos, Robert? Ela sabe o que eu faço.

— Não é isso. É que eu... — Não havia como ele pudesse explicar. — Sinto muito, mas...

A voz de Pier soou fria:

— Não importa.

Ela sentia-se irracionalmente ofendida. Era a segunda vez que ele a rejeitava. *Será uma lição bem merecida quando eu o entregar à polícia,* pensou ela. E, no entanto, um sentimento de culpa a atormentava. Ele era muito simpático, mas... 50 mil dólares eram 50 mil dólares.

Mamma falou muito durante o jantar, mas Pier, Robert e Carlo se mantiveram em silêncio, preocupados.

Robert concentrava-se em definir seu plano de fuga. *Amanhã,* pensou ele, *irei às docas e encontrarei um navio para sair daqui.*

Pier pensava no telefonema que pretendia dar. *Ligarei da cidade, para que a polícia não possa localizar a casa.*

Carlo estudava o estrangeiro que a irmã trouxera para casa. *Ele deve ser uma presa fácil.*

Terminado o jantar, as duas mulheres foram para a cozinha. Robert ficou a sós com Carlo.

— Você é o primeiro homem que minha irmã já trouxe para casa — comentou Carlo. — Ela deve gostar muito de você.

— Eu gosto muito dela.

— É mesmo? E vai cuidar dela?

— Acho que sua irmã sabe cuidar de si mesma.

Carlo sorriu.

— Sei disso.

O estrangeiro sentado no outro lado da mesa estava bem-vestido, era obviamente rico. Por que ele ficava na casa, quando poderia se hospedar num hotel de luxo? Carlo só podia pensar num motivo para isso: o homem estava se escondendo. O que levantava uma questão interessante. Quando um homem rico se escondia, por qualquer motivo, sempre se podia ganhar algum dinheiro com a situação.

— De onde você é? — perguntou Carlo.

— De nenhum lugar em particular — respondeu Robert, jovialmente. — Viajo muito.

Carlo balançou a cabeça.

— Entendo...

Descobrirei com Pier quem ele é. Alguém provavelmente estará disposto a pagar um bom dinheiro por ele, Pier e eu poderemos dividir.

— Trabalha em quê? — perguntou Carlo.

— Estou aposentado.

Não seria difícil obrigar esse homem a falar, refletiu Carlo. Lucca, o líder dos Diavoli Rossi, poderia forçá-lo a abrir o bico num instante.

— Quanto tempo ficará conosco?

— É difícil prever.

A curiosidade do rapaz começava a dar nos nervos de Robert. Pier e a mãe voltaram da cozinha.

— Gostaria de tomar mais café? — perguntou *mamma*.

— Não, obrigado. Foi um jantar delicioso.

Mamma sorriu.

— Não foi nada. Amanhã farei um banquete para você.

— Ótimo. — *A esta altura, ele já teria ido embora.* Robert levantou-se. — Se não se importam, gostaria de ir me deitar agora, pois estou bastante cansado.

— Claro que não nos importamos — respondeu *mamma*. — Boa-noite.

— Boa-noite.

Todos ficaram olhando Robert se encaminhar para o quarto. Carlo sorriu.

— O homem acha que você não é bastante boa para dormir com ele, hein?

O comentário deixou Pier irritada, como era a intenção. Não se importaria se Robert fosse homossexual, mas o ouvira conversar com Susan, e sabia que a verdade era outra. *Mostrarei ao* stronzo.

Deitado na cama de casal, Robert ficou pensando em seu próximo movimento. Lançar uma pista falsa com o transmissor de sinais oculto no cartão de crédito devia ter lhe proporcionado algum tempo, mas não estava contando muito com isso. Provavelmente já deviam ter encontrado o caminhão vermelho. Os homens em seu encalço eram implacáveis e eficientes. *Os líderes de governos estariam mesmo envolvidos naquela maciça operação de cobertura?*, especulou Robert. Ou haveria uma organização dentro de uma organização, uma cabala na comunidade de informações, agindo ilegalmente, por conta própria? Quanto mais Robert pensava a respeito, mais viável parecia que os chefes de estado pudessem estar alheios ao que acontecia. E um pensamento ocorreu-lhe. Sempre lhe parecera estranho que o almirante Whittaker fosse subitamente removido do ONI e transferido para alguma Sibéria burocrática. Mas se alguém o *forçara* a sair, porque sabiam que ele nunca participaria de uma conspiração, então começava a fazer sentido. *Tenho de entrar em contato com o almirante,* pensou Robert. Ele era o único em quem podia confiar para descobrir a verdade do que estava acontecendo. *Amanhã*, pensou Robert. *Amanhã*. Ele fechou os olhos e dormiu.

O rangido da porta do quarto despertou-o. Sentou na cama, alerta no mesmo instante. Alguém se aproximava da cama. Robert se contraiu, pronto para entrar em ação. Farejou o perfume de Pier, sentiu quando ela se meteu na cama, ao seu lado.

— Pier, o que você...?

— Psiu! — Ela comprimiu-se contra Robert. Estava nua. — Eu me sentia muito sozinha.

Ela se aconchegou contra ele.

— Desculpe, Pier, mas... não posso fazer nada por você.

— Não? Então deixe que eu faça por você.

A voz era insinuante.

— Não adianta. Não pode fazer nada.

Robert experimentava uma profunda frustração. Queria poupar a ambos do constrangimento.

— Não gosta de mim, Robert? Acha que não tenho um corpo bonito?

— Claro que tem.

E era verdade. Robert podia sentir o calor daquele corpo se comprimindo contra o seu. Pier o acariciava, gentilmente, passando os dedos por seu peito, para cima e para baixo, descendo cada vez mais para a virilha. Ele precisava detê-la antes que o fiasco humilhante se repetisse.

— Pier, não posso fazer amor. Não fui capaz de fazer nada com uma mulher desde que... há muito tempo.

— Não precisa fazer nada, Robert. Só quero me divertir um pouco. Não gosta de ser acariciado?

Robert nada sentia. *Maldita Susan!* Ela levara mais do que a si própria ao deixá-lo, levara uma parte de sua virilidade. Pier deslizava por seu corpo agora.

— Vire-se, Robert.

— Não adianta, Pier. Eu...

Ela virou-o, e Robert ficou estendido ali, amaldiçoando Susan, amaldiçoando sua impotência. Podia sentir a língua de Pier se deslocando por suas costas, em círculos pequenos e delicados, cada vez mais para baixo. Os dedos dela roçavam gentilmente por sua pele.

— Pier...

— Psiu!

Ele sentia a língua em espiral, cada vez mais profunda, experimentou um princípio de excitamento. Começou a se mexer.

— Fique quieto.

A língua era macia e quente, Robert sentia os seios se comprimindo contra sua pele. Sua pulsação acelerou. *Sim!*, pensou ele. *Sim! Sim!* O pênis foi inchando, até ficar duro como pedra; e quando não podia suportar por mais tempo, agarrou Pier e a virou. Ela sentiu-o e murmurou:

— Puxa, como você está grande! Quero tudo isso dentro de mim!

E um momento depois Robert penetrou-a, e era como se tivesse renascido. Pier era hábil e ardente, e Robert se deleitou na caverna escura de sua maciez aveludada. Fizeram amor três vezes naquela noite, antes de finalmente adormecerem.

DIA 18, NÁPOLES, ITÁLIA

Pela manhã, quando uma pálida claridade entrava pela janela, Robert acordou. Abraçou Pier e sussurrou:
— Obrigado.
Ela sorriu, maliciosa.
— Como se sente?
— Maravilhosamente bem.
E era verdade. Pier aconchegou-se contra ele.
— Você é um verdadeiro animal!
Robert sorriu.
— E você é ótima para o meu ego.
Pier sentou e perguntou, muito séria:
— Você não é um traficante de drogas, não é mesmo?
Era uma pergunta ingênua.
— Não.
— Mas a Interpol está à sua procura.
Era mais perto do alvo.
— Está, sim.
O rosto de Pier se iluminou de repente.
— Já sei! É um espião!
Ela ficou animada como uma criança. Robert não pôde deixar de rir.
— Sou?
E ele pensou: *Da boca das crianças...*

— Confesse — insistiu Pier. — É um espião, não é?

— Isso mesmo — declarou Robert, solene. — Sou um espião.

— Eu sabia! — Os olhos de Pier faiscavam. — Pode me contar alguns segredos?

— Que tipo de segredos?

— Segredos de espiões... códigos e coisas assim. Adoro ler romances de espionagem. Leio essas histórias sempre.

— É mesmo?

— É, sim. Mas são apenas histórias inventadas. Você conhece as coisas de verdade, não é? Como os sinais que os espiões usam. Tem permissão para me revelar algum?

Robert disse, muito sério:

— Não deveria, mas acho que um só não faria mal algum.

O que posso lhe dizer que ela acreditará?

— Há o velho truque da persiana da janela.

Pier estava com os olhos arregalados.

— O velho truque da persiana da janela?

— Isso mesmo. — Robert apontou para uma janela no quarto. — Se tudo se encontra sob controle, você deixa a persiana levantada. Mas se houver problemas, basta arriar uma persiana. É o sinal para alertar seu companheiro a não se aproximar.

— Mas é maravilhoso! — exclamou Pier, excitada. — Nunca li isso em nenhum livro!

— Nem vai ler. É um segredo.

— Não contarei a ninguém — prometeu Pier. — O que mais?

O que mais? Robert pensou por um momento.

— Há também o truque do telefone.

Pier aconchegou-se contra ele.

— Conte como é.

— Hum... digamos que outro espião da sua equipe telefona para saber se está tudo bem. Perguntará por Pier. Se estiver tudo bem, você dirá "É Pier quem está falando". Mas se houver algum problema, você diz "Discou o número errado".

— Isso é maravilhoso! — exclamou Pier.

Meus instrutores na Fazenda teriam um infarto se me ouvissem dizer essas bobagens.

— Pode me contar mais alguma coisa, Robert?

Ele riu.

— Acho que já revelei segredos suficientes por uma manhã.

— Está bem.

Pier roçou o corpo contra o dele.

— Não gostaria de tomar um banho de chuveiro, Robert?

— Adoraria.

Ensaboaram um ao outro sob a água quente. Quando Pier abriu as pernas de Robert e começou a ensaboá-lo ali, ele ficou duro outra vez.

E fizeram amor debaixo do chuveiro.

Enquanto Robert se vestia, Pier pôs um roupão e disse:

— Vou preparar nosso café da manhã.

Carlo esperava-a na sala de jantar.

— Fale-me de seu amigo, Pier.

— O que há com ele?

— Onde o conheceu?

— Em Roma.

— Ele deve ser muito rico para lhe comprar aquela pulseira de esmeraldas.

Pier deu de ombros.

— Ele gosta de mim.

— Sabe o que eu penso? Acho que seu amigo está fugindo de alguma coisa. Se contarmos à pessoa certa, poderemos ganhar uma grande recompensa.

Pier avançou para o irmão, os olhos ardendo em fúria.

— Não se meta nisso, Carlo!

— Então é verdade, ele está mesmo fugindo.

— Escute aqui, seu pequeno *piscialetto,* vou lhe avisar... cuide da própria vida!

Ela não tinha a menor intenção de partilhar a recompensa com quem quer que fosse.

Carlo disse, em tom de censura:

— Ora, irmãzinha, está querendo tudo só para você.

— Não é isso. Você não entende, Carlo.

— Não?

— Está bem, direi a verdade. O Sr. Jones está fugindo da esposa. Ela contratou um detetive para encontrá-lo. E isso é tudo.

Carlo sorriu.

— Por que não me falou antes? Isso não tem nada demais. Vou esquecer o caso.

— Ainda bem.

E Carlo pensou: *Preciso descobrir quem ele é realmente.*

JANUS ESTAVA ao telefone.

— Já tem alguma notícia?

— Sabemos que o comandante Bellamy está em Nápoles.

— E há gente nossa lá?

— Há, sim. Estão à sua procura agora. Temos uma pista. Ele viajou com uma prostituta cuja família vive em Nápoles. Achamos que podem ter ido para lá. Estamos investigando.

— Mantenha-me informado.

EM NÁPOLES, o serviço municipal de habitação se empenhava em descobrir o endereço da mãe de Pier Valli.

Uma dezena de agentes de segurança e a força policial napolitana vasculhavam a cidade, à procura de Robert.

Carlo se ocupava em formular seus planos para Robert.

E Pier se preparava para fazer outra ligação para a Interpol.

Capítulo 42

O PERIGO NO AR ERA quase palpável, e Robert experimentava a sensação de que bastava estender a mão para tocá-lo. O cais do porto era uma colmeia de atividade, com incontáveis cargueiros carregando e descarregando. Mas outro elemento fora acrescentado: Havia carros da polícia cruzando para um lado e para outro do cais, guardas uniformizados e detetives à paisana interrogando os estivadores e marinheiros. A caçada humana foi uma surpresa total para Robert. Era quase como se soubessem que ele se encontrava em Nápoles, pois seria impossível conduzirem uma busca tão intensa em todas as principais cidades da Itália. Ele nem mesmo se deu ao trabalho de sair do carro. Fez a volta e afastou-se do cais. O que ele julgara um plano fácil — embarcar num cargueiro seguindo para a França — tornara-se agora perigoso demais. De alguma forma, haviam conseguido descobrir que ele estava na cidade. Robert tornou a repassar suas opções. Viajar por qualquer distância de carro era muito arriscado. A esta altura, já haveria bloqueios nas estradas em torno da cidade. O porto era vigiado. O que significava que a estação ferroviária e o aeroporto também se achavam sob rigorosa vigilância. Robert pensou na oferta de Susan. *"Navegamos ao largo da costa de Gibraltar. Po-*

demos apanhá-lo em qualquer lugar que indicar. Provavelmente é a sua única chance de escapar." Ele relutava em envolver Susan no perigo que corria, mas não conseguia pensar em outra alternativa. Era a única maneira de escapar da armadilha em que se encontrava. Não o procurariam num iate particular. *Se eu puder encontrar uma maneira de alcançar o* Halcyon, *pensou Robert, eles poderiam me deixar perto da costa de Marselha, e eu chegaria em terra sozinho. Desse modo, eles não correriam qualquer perigo.*

Ele estacionou o carro na frente de uma pequena *trattoria,* e entrou para telefonar. A ligação para o *Halcyon* foi completada em cinco minutos.

— A Sra. Banks, por favor.

— Quem deseja falar?

Monte tem a porra de um mordomo para atender o *telefone no iate.*

— Basta dizer a ela que é um velho amigo.

Um minuto depois, ele ouviu a voz de Susan:

— Robert... é você?

— Em pessoa.

— Eles... não o prenderam, não é?

— Não, Susan. — Era difícil para ele fazer a pergunta. — Sua oferta ainda está de pé?

— Claro que sim. Quando...?

— Podem alcançar Nápoles ainda esta noite?

Susan hesitou.

— Não sei. Espere um instante. — Robert ouviu-a falar com alguém. Logo ela voltou à linha. — Monte diz que temos um problema com o motor, mas podemos chegar em Nápoles dentro de dois dias.

Droga! Cada dia que passava ali aumentava o risco de ser descoberto.

— Está bem.

— Como o encontraremos?
— Entrarei em contato com você.
— Por favor, Robert, tenha cuidado.
— Estou tentando. Juro que estou.
— Não vai deixar que lhe aconteça qualquer coisa ruim?
— Não, Susan, não deixarei que nada de ruim me aconteça. *Nem a você.*
No iate, Susan desligou, virou-se para o marido e sorriu.
— Ele virá para o iate.
Uma hora depois, em Roma, Francesco Cesar entregou um telegrama ao coronel Frank Johnson. Era do *Halcyon,* e dizia:

BELLAMY EMBARCARÁ NO HALCYON.
MANTEREI VOCÊS INFORMADOS.

NÃO HAVIA assinatura.
— Já tomei todas as providências para grampear as comunicações com o *Halcyon* — disse Cesar. — Assim que Bellamy embarcar, nós o pegaremos.

Capítulo 43

Quanto mais pensava a respeito, mais Carlo Valli se convencia de que poderia dar um grande golpe. A história de Pier, de que o americano fugia da esposa, era uma piada. O Sr. Jones fugia, sem a menor dúvida, mas da polícia. Provavelmente havia uma recompensa pelo homem. Talvez uma bem grande. O caso tinha de ser conduzido com o maior cuidado. Carlo decidiu discutir o problema com Mario Lucca, o líder dos Diavoli Rossi.

No início da manhã, Carlo montou em sua Vespa e seguiu para a via Sorcella, por trás da *piazza* Garibaldi. Parou na frente de um prédio caindo aos pedaços, apertou a campainha ao lado da caixa de correspondência com o nome "Lucca". Um minuto depois, uma voz gritou:

— Quem está aí?

— Carlo. Preciso falar com você, Mario.

— É melhor que seja algo muito bom para me incomodar a esta hora da manhã. Suba.

A campainha da porta tocou, Carlo entrou no prédio e subiu. Mario Lucca estava esperando na porta aberta, completamente nu. Carlo pôde ver que havia uma mulher na cama.

— *Che cosa?* Por que levantou tão cedo?

— Estou tão agitado que não consegui dormir, Mario. Acho que esbarrei em algo muito grande.

— É mesmo? Entre.

Carlo entrou no pequeno apartamento, sujo e desarrumado.

— Ontem à noite minha irmã levou um cara para casa.

— E daí? Pier é uma puta. Ela...

— Mas acontece que esse cara é rico. E está se escondendo.

— De quem ele está se escondendo?

— Não sei. Vou descobrir. Haverá uma recompensa.

— Por que não pergunta à sua irmã?

Carlo franziu o rosto.

— Pier quer ficar com tudo. Devia ver a pulseira que o cara comprou para ela... de esmeraldas.

— Uma pulseira, hein? Quanto vale?

— Eu direi a você mais tarde. Vou vendê-la esta manhã.

Lucca ficou imóvel por um momento, pensativo.

— Já sei o que vamos fazer. Por que não conversamos com o amiguinho de sua irmã? Podemos levá-lo para o clube esta manhã.

O clube era um armazém vazio no Quartiere Sanità, onde havia uma sala à prova de som. Carlo sorriu.

— *Bene*. Posso levá-lo até lá sem a menor dificuldade.

— Estaremos à espera. Teremos uma conversinha com ele. Torço para que tenha uma boa voz, pois vai cantar para a gente.

Ao voltar para casa, Carlo descobriu que o Sr. Jones não estava. Carlo entrou em pânico.

— Para onde o seu amigo foi? — ele perguntou a Pier.

— Dar uma volta pela cidade. Deve estar voltando. Por quê?

Carlo forçou um sorriso.

— Só curiosidade.

Ele esperou até que a mãe e a irmã fossem até a cozinha para fazer o almoço, depois entrou no quarto de Pier.

Encontrou a pulseira escondida no fundo da gaveta de lingerie da cômoda. Guardou-a no bolso e já estava saindo quando a mãe veio da cozinha.

— Carlo, não vai ficar para o almoço?

— Não, *mamma*. Tenho um encontro. Voltarei mais tarde.

Ele tornou a montar em sua Vespa e seguiu para o Quartiere Spagnolo. *Talvez a pulseira seja falsa,* pensou Carlo. *Pode ser de fantasia. Espero não bancar o idiota com Lucca.* Ele parou a Vespa na frente de uma pequena joalheria. O proprietário, Gambino, era um velho enrugado, com uma peruca preta desajustada e dentadura postiça. Levantou os olhos quando Carlo entrou.

— Bom-dia, Carlo. Levantou cedo hoje.

— É isso aí.

— O que tem para mim hoje?

Carlo tirou a pulseira do bolso e pôs em cima do balcão.

— Isto.

Gambino pegou-a. Seus olhos se arregalaram assim que começou a examiná-la.

— Onde conseguiu isto?

— Uma tia rica morreu e deixou para mim. Tem valor?

— Talvez — respondeu Gambino, cauteloso.

— Não tente me sacanear.

Gambino pareceu ficar magoado.

— Alguma vez o enganei?

— Todas as vezes.

— Vocês, garotos, estão sempre com ideias erradas. Vou lhe dizer o que farei, Carlo. Não tenho certeza se posso cuidar desta pulseira. É muito valiosa.

O coração de Carlo disparou.

— É mesmo?

— Preciso verificar se posso descarregá-la com alguém. Ligarei para você esta noite.

— Está bem. — Carlo pegou a pulseira. — Ficarei com isto até você me dar notícias.

Carlo deixou a loja andando nas nuvens. Então ele estava certo! O otário era rico e também maluco. *A não ser que fosse doido, por que alguém daria uma pulseira tão cara a uma puta?*

Na loja, Gambino ficou observando Carlo se afastar. E pensou: *Em que esses idiotas se meteram?* Ele pegou em baixo do balcão uma circular que fora enviada a todas as lojas de penhores. Tinha uma descrição da pulseira que ele acabara de ver, mas no fundo, em vez do telefone habitual da polícia, havia um aviso especial: "Notifique o SIFAR imediatamente." Gambino teria ignorado uma circular comum da polícia, como já fizera centenas de vezes no passado, mas conhecia o bastante do SIFAR para saber que nunca se podia traí-los. Detestava perder o lucro que poderia obter com aquela pulseira, mas não pretendia enfiar seu pescoço no laço do carrasco. Relutante, ele pegou o telefone e discou o número indicado na circular.

Capítulo 44

ERA A ESTAÇÃO DO MEDO, das sombras turbilhonantes e mortíferas. Anos antes, Robert fora enviado numa missão a Bornéu e se embrenhara pelo fundo da selva, no encalço de um traidor. Fora em outubro, durante a *musim takoot,* a tradicional temporada de caça de cabeças, quando os nativos da selva viviam sob o terror de *Balli Salang,* o espírito que caçava humanos por seu sangue. Era a temporada de assassinatos, e agora, para Robert, Nápoles se transformara de repente na selva de Bornéu. A morte pairava no ar. *Não se entregue gentilmente,* pensou Robert. *Eles terão de me apanhar primeiro.* Como descobriram onde ele estava? *Pier.* Fora localizado por intermédio de Pier. *Tenho de voltar à casa e avisá-la,* pensou Robert. *Mas primeiro preciso encontrar uma maneira de sair daqui.*

Ele seguiu para os arredores da cidade, onde a autoestrada começava, na esperança de que pudesse estar livre, por algum milagre. Quinhentos metros antes de alcançar a entrada da autoestrada, ele avistou a barreira policial. Fez a volta e seguiu para o centro da cidade.

Dirigia devagar, concentrado, procurando pensar como seus perseguidores. Já deveriam ter bloqueado todas as saídas da Itália.

Cada navio que deixasse o país seria revistado. E, subitamente, ocorreu-lhe um plano. Não teriam motivos para revistar navios que *não* saíssem da Itália. *É uma possibilidade,* concluiu Robert. Ele retornou ao porto.

A SINETA POR CIMA da porta da joalheria tocou, e Gambino levantou os olhos. Dois homens de terno escuro entraram. Não eram clientes.

— Em que posso servi-los?
— Sr. Gambino?
Ele exibiu a dentadura postiça.
— Sou eu.
— Telefonou para avisar sobre uma pulseira de esmeraldas.
SIFAR. Ele os esperava. Desta vez, porém, estava do lado dos anjos.
— Isso mesmo. Como patriota, achei que era meu dever...
— Corte a merda. Quem a trouxe?
— Um rapaz chamado Carlo.
— Ele deixou a pulseira?
— Não.
— Qual é o sobrenome de Carlo?
Gambino deu de ombros.
— Não sei. É um dos rapazes dos Diavoli Rossi, uma das gangues locais. É liderada por um rapaz chamado Lucca.
— Sabe onde podemos encontrar esse Lucca?
Gambino hesitou. Se Lucca descobrisse que ele falara, teria sua língua cortada. Mas se *não* contasse àqueles homens o que queriam saber, teria seu crânio arrebentado.
— Ele mora na via Sorcella, por trás da *piazza* Garibaldi.
— Obrigado, Sr. Gambino. Foi muito prestativo.
— Fico sempre feliz em cooperar com...
Os homens já haviam se retirado.

Lucca se encontrava na cama com a namorada quando os dois homens arrombaram a porta do apartamento. Lucca saltou da cama.

— Mas que negócio é esse? Quem são vocês?

Um dos homens tirou uma identificação do bolso. *SIFAR!* Lucca engoliu em seco.

— Ei, não fiz nada de errado! Sou um cidadão respeitador das leis que...

— Sabemos disso, Lucca. Não estamos interessados em você. Procuramos um rapaz chamado Carlo.

Carlo! Então era isso! A porra daquela pulseira! Em que encrenca Carlo teria se metido? O SIFAR não mandava homens em busca de joias roubadas.

— E então... você o conhece ou não?

— Talvez conheça.

— Se não tem certeza, podemos refrescar sua memória no quartel-general.

— Esperem! Estou lembrando agora. Devem estar se referindo a Carlo Valli. O que há com ele?

— Queremos ter uma conversinha com Carlo. Onde ele mora?

Todos os membros dos Diavoli Rossi tinham de prestar um juramento de sangue de lealdade, um juramento de que morreriam antes de traírem um companheiro. Era o que fazia com que os Diavoli Rossi permanecessem unidos. Um por todos, todos por um.

— Prefere dar um passeio ao centro, Lucca?

— Para quê?

Lucca deu de ombros. E informou o endereço de Carlo.

Trinta minutos depois, Pier abriu a porta para deparar com dois estranhos.

— *Signorina* Valli?

Aquilo era encrenca na certa.

— Sou eu.

— Podemos entrar?

Ela sentiu vontade de dizer não, mas não se atreveu.

— Quem são vocês?

Um dos homens tirou a carteira do bolso e mostrou o cartão de identificação. SIFAR. Não eram aquelas as pessoas com quem negociara. Pier sentiu pânico pela perspectiva de perder sua recompensa.

— O que querem comigo?

— Gostaríamos de lhe fazer algumas perguntas.

— Podem fazer. Não tenho nada a esconder.

Graças a Deus que Robert saiu!, pensou Pier. *Ainda posso negociar.*

— Saiu de carro de Roma ontem, não é mesmo?

— Saí, sim. Isso é contra a lei? Ultrapassei o limite de velocidade?

O homem sorriu. O que em nada contribuiu para mudar sua expressão.

— Havia alguém com você?

Pier tornou-se ainda mais cautelosa.

— Havia.

— Quem era, *signorina*?

Ela deu de ombros.

— Um homem que apanhei na estrada. Ele queria uma carona para Nápoles.

O segundo homem perguntou:

— Ele está aqui com você agora?

— Não sei onde ele está. Deixei-o quando chegamos à cidade, e ele desapareceu.

— O nome de seu passageiro era Robert Bellamy?

Ela franziu a testa em concentração.

— Bellamy? Não sei. Acho que ele não me disse seu nome.

— Achamos que disse. Ele pegou você no Tor di Ounto, passaram a noite no hotel L'Incrocio, e na manhã seguinte ele lhe comprou uma pulseira de esmeraldas. Mandou-a a alguns hotéis, com passagens de avião e trem, você alugou um carro e veio para Nápoles, certo?

Eles sabem de tudo. Pier assentiu, o medo aflorando em seus olhos.

— Seu amigo vai voltar, ou deixou Nápoles?

Ela hesitou, procurando decidir qual era a melhor resposta. Se lhes dissesse que Robert deixara a cidade, não iriam mesmo acreditar. Esperariam na casa, e quando ele retornasse poderiam acusá-la de mentir para ajudá-lo, seria presa como cúmplice. Ela concluiu que a verdade era mais conveniente.

— Ele voltará.

— Logo?

— Não sei.

— Pois então ficaremos à vontade para esperar. Não se importa se dermos uma olhada por aí, não é?

Os homens haviam aberto seus paletós, mostrando as armas.

— Não.

Eles foram revistar a casa. *Mamma* veio da cozinha.

— Quem são esses homens?

— São amigos do Sr. Jones — respondeu Pier. — Vieram vê-lo.

Mamma ficou radiante.

— Um homem tão simpático! Não querem almoçar?

— Claro, *mamma* — respondeu um dos homens. — O que tem para comer?

A MENTE DE PIER estava em turbilhão. *Tenho de ligar de novo para a Interpol,* pensou ela. *Disseram que me pagariam 50 mil dólares.* Enquanto isso, precisava manter Robert longe da casa, até acertar tudo para entregá-lo. Mas como? E de repente ela lembrou a conversa naquela manhã. "Se *houver problemas, basta arriar a persiana para manter a pessoa a distância.*" Os dois homens estavam sentados à mesa de jantar, comendo uma tigela de *capellini*.

— Está muito claro aqui — murmurou Pier.

Ela se levantou, foi até a sala de estar, baixou a persiana. E voltou à mesa. *Espero que Robert se lembre do sinal de advertência.*

ROBERT VOLTAVA para a casa, analisando seu plano de fuga. *Não é perfeito,* pensou ele, *mas pelo menos deve despistá-los pelo tempo suficiente para eu poder respirar.* Estava se aproximando da casa. Ao chegar perto, diminuiu a velocidade e olhou ao redor. Tudo parecia normal. Avisaria a Pier para sair dali e depois iria embora. Quando já ia parar na frente da casa, algo lhe pareceu estranho. Uma persiana estava abaixada, as outras levantadas. Provavelmente era uma coincidência, mas... Uma campainha de alarme soou. Pier teria levado a sério seu pequeno jogo? Aquilo representaria uma advertência? Robert pisou no acelerador e continuou em frente. Não podia correr qualquer risco, por mais remoto que fosse. Parou num bar 1,5 quilômetro adiante, entrou para telefonar.

Estavam todos sentados à mesa de jantar quando o telefone tocou. Os homens ficaram tensos. Um deles começou a se levantar.

— Bellamy telefonaria para cá?

Pier lançou-lhe um olhar desdenhoso.

— Claro que não. Por que deveria?

Ela se levantou e foi atender.

— Alô?

— Pier? Vi a persiana arriada e...

Bastava ela dizer que estava tudo bem, e Robert voltaria para a casa. Os homens o prenderiam, ela poderia exigir sua recompensa. Mas será que se limitariam a prendê-lo? Ela podia ouvir a voz de Robert dizendo: *"Se a polícia me encontrar, tem ordens para me matar."*

Os homens à mesa observavam-na. Havia muita coisa que ela poderia fazer com 50 mil dólares. Compraria lindas roupas, viajaria, teria um pequeno apartamento em Roma... E Robert estaria morto. Além do mais, ela odiava a polícia. Pier disse ao telefone:

— Discou o número errado.

Robert ouviu o estalo do telefone e ficou imóvel, atordoado. Pier acreditara em suas histórias e, com isso, provavelmente salvara sua vida. *Abençoada seja.*

Ele afastou-se da casa, voltando ao porto. Mas em vez de ir para a parte principal, que servia aos cargueiros e navios de passageiros deixando a Itália, foi para o outro lado, passando por Santa Lucia, até um pequeno píer, onde uma placa por cima de um quiosque dizia "Capri e Ischia". Robert estacionou o carro onde poderia ser facilmente avistado, foi até o bilheteiro.

— Quando parte o próximo hidrofólio para Ischia?
— Dentro de trinta minutos.
— E para Capri?
— Em cinco minutos.
— Dê-me uma passagem só de ida para Capri.
— *Sì, signore.*
— Que merda é essa de *"sì signore"*? — berrou Robert. — Por que vocês não falam inglês como todo mundo?

Os olhos do homem se arregalaram em choque.

— Vocês, carcamanos, são todos iguais! Estúpidos!

Robert estendeu algum dinheiro para o homem, pegou a passagem e se encaminhou para o hidrofólio.

Três minutos depois, estava a caminho da ilha de Capri. O barco começou devagar, avançando cautelosamente pelo canal. Ao chegar aos limites externos, arremeteu para a frente, elevando-se acima da água, como uma graciosa toninha. Havia a bordo uma porção de turistas, de diversos países, conversando felizes, em diferentes línguas. Ninguém prestava atenção a Robert. Ele foi para o pequeno bar em que serviam drinques. Disse ao *bartender:*

— Quero uma vodca com tônica.

— Pois não, senhor.

Ele ficou observando o *bartender* misturar o drinque.

— Aqui está, *signore.*

Robert pegou o copo e tomou um gole. Bateu com o copo em cima do balcão.

— Chama essa porcaria de um drinque? Tem um gosto pior do que mijo de cavalo! Qual é o problema com a porra dos italianos?

Pessoas ao redor se viraram para olhar. O *bartender* disse, muito tenso:

— Desculpe, *signore.* Usamos o melhor...

— Não me venha com essa merda!

Um inglês próximo protestou:

— Há mulheres aqui. Modere a linguagem.

— Não tenho que moderar porra nenhuma! — berrou Robert — Sabe quem eu sou? Pois fique sabendo que sou o comandante Robert Bellamy! E chamam isso de barco? Não passa de uma bosta flutuante!

Ele foi para a popa e se sentou. Podia sentir os olhos dos outros passageiros a observarem-no. Seu coração estava disparado, mas a farsa ainda não terminara.

Quando o hidrofólio atracou em Capri, Robert foi até a bilheteria na entrada do *funicolare.* Um homem idoso vendia as passagens.

— Uma passagem! — berrou ele. — E depressa! Não tenho o dia inteiro! Além do mais, você é muito velho para vender passagens. Deveria ficar em casa. Sua mulher provavelmente está trepando com todos os vizinhos.

O velho começou a se levantar, dominado pela raiva. Os transeuntes lançavam olhares furiosos para Robert. Ele pegou a passagem e embarcou no *funicolare* lotado, pensando: *Não esquecerão de mim*. Estava deixando uma trilha que seria impossível perder.

Assim que o *funicolare* parou, Robert abriu caminho aos empurrões pela multidão. Subiu a pé pela sinuosa via Vittorio Emanuele, até o hotel Quisisana.

— Preciso de um quarto — disse Robert ao recepcionista.

— Lamento, mas estamos lotados. Há...

Robert entregou-lhe 60 mil liras.

— Qualquer quarto serve.

— Neste caso, acho que podemos acomodá-lo, *signore*. Quer preencher o registro, por favor?

Robert assinou seu nome: Comandante Robert Bellamy.

— Por quanto tempo pretende ficar conosco, comandante?

— Uma semana.

— Não tem problema. Pode me mostrar seu passaporte, por favor?

— Está na minha bagagem. Chegará aqui dentro de poucos minutos.

— Mandarei um funcionário levá-lo ao quarto.

— Não agora. Preciso sair por alguns minutos. Volto logo.

Robert atravessou o saguão e saiu para a rua. As lembranças o atingiam como uma lufada de ar frio. Caminhara por ali com Susan, explorando as pequenas ruas transversais, descendo pela via Ignazio Cerio e a via Li Campo. Fora uma época de magia. Visitaram a Grotta Azzurra, tomaram o café da manhã na *piazza* Umberto. Subiram pelo *funicolare* até Anacapri, foram montados em burros à *villa* Jovis, em que Tibério residira, nadaram nas águas de um verde-esmeralda da Marina Piccola. Fizeram compras na via Vittorio Emanuele, subiram nas cadeirinhas até o monte Solaro, os pés roçando nas folhas das videiras e copas das árvores. À direita, podiam contemplar as casas na encosta, descendo até o mar, flores amarelas cobrindo o solo, uma viagem de 11 minutos por uma terra de fantasia, de muito verde, casas brancas, o mar azul a distância. Lá no alto, tomaram café no Ristorante Barbarossa, depois foram à pequena igreja em Anacapri para agradecer a Deus por todas as suas bênçãos, e um pelo outro. Robert pensara na ocasião que a magia era Capri. Estava enganado. A magia era Susan, que saíra de cena.

Robert voltou à estação do *funicolare* na *piazza* Umberto e desceu, misturado discretamente com os outros passageiros. Quando o *funicolare* chegou lá embaixo, ele desembarcou, contornou com todo cuidado o bilheteiro. Foi até o quiosque no cais, e perguntou, num sotaque espanhol carregado:

— *A qué hora sale el barco a Ischia?*

— *Sale en treinta minutos.*

— *Gracias.*

Robert comprou uma passagem. Foi até um bar à beira da praia, sentou no fundo, tomando um uísque. Àquela altura, já haviam com certeza encontrado o carro, e a caçada se estreitaria. Ele desdobrou o mapa da Europa em sua mente. O mais lógico seria agora seguir para a Inglaterra e encontrar um jeito de voltar aos Estados Unidos. Não faria sentido retornar à França. *Portanto, será a França,* pensou Robert. Um porto movimentado para deixar a Itália. *Civitavecchia. Preciso chegar a Civitavecchia. O* Halcyon.

Ele pegou algumas moedas com o dono do bar e usou o telefone. A telefonista marítima levou dez minutos para completar a ligação. Susan entrou na linha quase que no mesmo instante.

— Nós aguardávamos ansiosos uma notícia sua.

Nós. Ele achou interessante.

— O motor está consertado — acrescentou Susan. — Podemos chegar a Nápoles no início da manhã. Onde devemos buscá-lo?

Era arriscado demais para o *Halcyon* vir até ali.

— Lembra do palíndromo? Estivemos lá na lua de mel.

— Lembro do quê?

— Fiz uma piada a respeito, porque me sentia exausto.

Houve um momento de silêncio no outro lado da linha, antes que Susan murmurasse:

— Lembro.

— O *Halcyon* pode me encontrar ali amanhã?

— Espere um instante.

Ele esperou. Susan voltou ao telefone.

— Podemos.

— Ótimo. — Robert hesitou. Pensou em todas as pessoas inocentes que já haviam morrido. — Estou lhe pedindo muito. Se algum dia descobrirem que me ajudou, pode correr um terrível perigo.

— Não se preocupe. Vamos encontrá-lo lá. Tome cuidado.

— Obrigado.

A ligação foi cortada. Susan virou-se para Monte Banks.

— Ele está vindo.

No quartel-general do SIFAR, em Roma, escutaram a conversa na sala de comunicações. Havia quatro homens ali. O rádio-operador disse:

— Gravamos tudo, se quiser escutar de novo, senhor.

O coronel Cesar lançou um olhar inquisitivo para o coronel Johnson.

— Quero ouvir, sim. Estou muito interessado naquela parte sobre o lugar em que vão se encontrar. Parece que ele disse Palíndromo. Existe algum lugar com esse nome na Itália?

O coronel Cesar sacudiu a cabeça.

— Nunca ouvi falar. Vamos verificar. — Ele virou-se para seu assessor. — Procure no mapa. E continue a monitorar todas as transmissões do *Halcyon*.

— Certo, senhor.

Na casa da família Valli, em Nápoles, o telefone tocou.

Pier começou a se levantar para atender.

— Fique onde está — disse um dos homens. Ele foi até o telefone e atendeu. — Alô?

Escutou por um momento, depois desligou, virou-se para seu companheiro e informou:

— Bellamy pegou o hidrofólio para Capri. Vamos embora!

Pier observou os dois homens saírem apressados e pensou: *Seja como for, Deus nunca quis que eu tivesse tanto dinheiro. Espero que ele consiga escapar.*

Quando a barca para Ischia chegou, Robert misturou-se com a multidão que embarcava. Manteve-se isolado, evitando qualquer contato visual. Trinta minutos depois, quando a barca atracou em Ischia, ele desembarcou, encaminhou-se para a bilheteria no píer. Uma placa avisava que a barca para Sorrento partiria dentro de dez minutos.

— Uma passagem de ida e volta para Sorrento — pediu Robert.

Dez minutos depois, ele seguia para Sorrento, de volta ao território continental. *Com um pouco de sorte, a busca estará concentrada em Capri,* pensou ele. *Com um pouco de sorte.*

A feira livre em Sorrento estava lotada, camponeses da região vendiam frutas e legumes frescos, havia barracas de carne. A rua estava ocupada por vendedores ambulantes e compradores. Robert aproximou-se de um homem corpulento, com um avental manchado, carregando um caminhão.

— *Pardon, monsieur* — disse ele, com um sotaque francês perfeito. — Estou procurando um transporte para Civitavecchia. Por acaso vai para lá?

— Não. Vou para Salerno. — Ele apontou para um homem ali perto, carregando outro caminhão. — Giuseppe talvez possa ajudá-lo.

— *Merci.*

Robert foi até o outro caminhão.

— *Monsieur,* por acaso vai para Civitavecchia?

O homem respondeu em tom neutro:

— Talvez.

— Eu teria o maior prazer em pagar pelo transporte.

— Quanto?

Robert entregou 100 mil liras ao homem.

— Poderia comprar uma passagem de avião para Roma com esse dinheiro, não é?

Robert percebeu seu erro no mesmo instante. Olhou ao redor, aparentando nervosismo.

— A verdade é que tenho alguns credores vigiando o aeroporto. Prefiro ir de caminhão.

O homem balançou a cabeça.

— Posso entender. Muito bem, pode embarcar. Já estamos partindo.

Robert bocejou.

— Estou *très fatigué.* Como é mesmo que vocês dizem? Cansado? Será que se importaria se eu dormisse na traseira?

— Há muitos buracos na estrada, mas pode ir como preferir.

— *Merci.*

A traseira do caminhão estava cheia de caixotes e engradados vazios. Giuseppe observou Robert embarcar, depois levantou a porteira. Lá dentro, Robert escondeu-se por trás de alguns caixotes. Compreendeu subitamente como se sentia mesmo exausto. A perseguição começava a desgastá-lo. Há quanto tempo não dormia? Pensou em Pier, como ela o procurara durante a noite, fazendo-o sentir-se completo de novo, um homem outra vez. Esperava que Pier estivesse certa. E Robert dormiu.

Na cabine do caminhão, Giuseppe pensava em seu passageiro. Já se espalhara a notícia sobre um americano que as autoridades procuravam. Seu passageiro tinha um sotaque francês, mas parecia um americano, vestia-se como um americano. Valia a pena conferir. Poderia haver uma boa recompensa.

Uma hora depois, numa parada de caminhões, à beira da estrada, Giuseppe parou na frente de uma bomba de gasolina.

— Encha o tanque — disse ele.

Giuseppe deu a volta para a traseira do caminhão, deu uma espiada no interior. O passageiro dormia.

Giuseppe entrou no restaurante e telefonou para a polícia local.

Capítulo 45

A LIGAÇÃO FOI transferida para o coronel Cesar.
— Tudo indica que é mesmo o nosso homem — disse ele a Giuseppe. — Preste atenção. Ele é perigoso, por isso quero que faça exatamente o que eu mandar. Está me entendendo?
— Sim, senhor.
— Onde você está neste momento?
— Num posto de serviço para caminhões da AGIP, a caminho de Civitavecchia.
— E ele está na traseira de seu caminhão?
— Isso mesmo, senhor.
A conversa estava deixando o motorista nervoso. *Talvez fosse melhor se eu cuidasse apenas de minha vida.*
— Não faça nada que possa deixá-lo desconfiado. Dê-me o número de sua placa e uma descrição do caminhão.
Giuseppe deu.
— Ótimo. Cuidaremos de tudo. E agora trate de seguir viagem.
O coronel Cesar virou-se para o coronel Johnson e acenou com a cabeça.
— Nós o pegamos. Montarei um bloqueio na estrada. Podemos chegar lá, de helicóptero, em trinta minutos.

— Pois então vamos embora.

Ao desligar, Giuseppe enxugou as palmas suadas na camisa e voltou ao caminhão. *Espero que não haja um tiroteio. Maria me mataria. Por outro lado, se a recompensa for bastante grande...* Ele subiu na cabine do caminhão e continuou a viagem para Civitavecchia.

Trinta e cinco minutos depois, Giuseppe ouviu o barulho de um helicóptero por cima do caminhão. Deu uma olhada. Tinha os registros da polícia. À sua frente, na estrada, ele avistou dois carros da polícia, atravessados na pista, formando uma barreira. Por trás dos carros, havia policiais com armas automáticas. O helicóptero pousou ao lado da estrada, Cesar e o coronel Frank Johnson desembarcaram.

Ao se aproximar da barreira, Giuseppe diminuiu a velocidade. Parou em seguida, desligou o caminhão e saltou, correndo para os policiais, enquanto gritava:

— Ele está lá atrás!

Cesar berrou:

— Fechem o cerco!

Os policiais convergiram para o caminhão, as armas prontas para entrar em ação.

— Não atirem! — ordenou o coronel Johnson. — Eu o pegarei!

Ele se encaminhou para a traseira do caminhão e disse:

— Pode sair, Robert. Está tudo acabado.

Não houve resposta.

— Robert, você tem cinco segundos.

Silêncio. Eles esperaram. Cesar virou-se para seus homens e acenou com a cabeça.

— Não! — berrou o coronel Johnson.

Mas já era tarde demais.

A polícia começou a disparar para a traseira do caminhão.

O barulho do fogo automático era ensurdecedor. Lascas de caixotes voavam para todos os lados. Depois de dez segundos, o fogo cessou. O coronel Frank Johnson subiu na traseira do caminhão, afastou os caixotes e engradados. Depois, virou-se para Cesar.

— Ele não está aqui.

DIA 19, CIVITAVECCHIA, ITÁLIA

Civitavecchia é o antigo porto marítimo para Roma, guardada por um enorme forte, concluído por Michelangelo em 1537. O porto é um dos mais movimentados da Europa, atendendo a todo o tráfego marítimo de Roma e Sardenha. Era o início da manhã, mas o porto já fervilhava de atividade barulhenta. Robert passou pelos trilhos ferroviários e entrou numa pequena *trattoria*, impregnada de odores penetrantes de comida, pediu o café da manhã.

O *Halcyon* estaria à sua espera no lugar combinado, Elba. Ele sentia-se grato por Susan ter se lembrado. Em sua lua de mel, haviam permanecido no quarto de hotel ali, fazendo amor, por três dias e noites.

Susan indagara:

— Não quer sair para um banho de mar, querido?

Robert sacudira a cabeça.

— Não. Não posso me mexer. — E ele acrescentara o verso em inglês: — *"Able was I, ere I saw Elba."*

"Capaz eu era, antes de ver Elba." *Abençoada seja Susan, por ter se lembrado do palíndromo.*

Agora, ele só precisava encontrar um barco para levá-lo a Elba. Desceu pelas ruas que levavam ao porto. A atividade marítima ali era intensa, a enseada estava repleta de cargueiros, lanchas e iates. Havia um atracadouro para barcas. Os olhos de Robert se iluminaram ao vê-lo. *Seria o lugar mais seguro do mundo para se chegar a Elba.* Ele poderia se esconder no meio da multidão.

Ao se encaminhar para a estação das barcas, Robert notou um sedã escuro, sem qualquer identificação, estacionado a meio quarteirão de distância. Ele parou no mesmo instante. O carro tinha placas oficiais. Havia dois homens no interior, observando as docas. Robert virou-se e caminhou na outra direção.

Espalhados entre os trabalhadores e turistas, ele avistou policiais à paisana, tentando parecer discretos. Sobressaíam como faróis. O coração de Robert disparou. Como podiam ter descoberto sua presença ali? E depois ele compreendeu o que acontecera. *Essa não! Eu disse ao motorista do caminhão para onde ia! Que estupidez! Devia estar muito cansado.*

Adormecera no caminhão, mas a ausência de movimento o despertara. Levantara-se para olhar, vira Giuseppe entrar no posto para telefonar. Robert saltara, subira na traseira de outro caminhão, que seguia para o norte, na direção de Civitavecchia.

Ele próprio se metera numa armadilha. Procuravam-no ali. Não muito distante havia dezenas de barcos que poderiam lhe proporcionar a fuga. O que agora se tornara impossível.

Robert afastou-se do porto, seguiu para a cidade. Passou por um prédio em que havia um enorme cartaz colorido na parede, dizendo: "Venha para a Terra da Fantasia. Diversão Para Todos! Comida! Jogos! Passeios! Assista à Grande Corrida!" Ele parou, ficou olhando.

Encontrara o caminho para a fuga.

Capítulo 46

No parque de diversões, 8 quilômetros além da cidade, havia diversos balões, enormes e coloridos, espalhados pelo campo, parecendo arco-íris redondos. Estavam presos a caminhões, enquanto equipes de terra se empenhavam em enchê-los com ar frio. Meia dúzia de carros de rastreamento aguardavam nas proximidades, prontos para seguirem os balões, dois homens em cada um, o motorista e o observador. Robert aproximou-se do homem que parecia estar no comando.

— Estão se preparando para a grande corrida, não é? — indagou Robert.

— Isso mesmo. Já andou num balão?

— Não.

Sobrevoavam o lago Como, e ele baixou o balão até quase encostarem na água.

— *Vamos cair!* — *gritou Susan.*

Ele sorriu.

— *Não vamos, não.*

O fundo do balão dançava sobre as ondas. Ele jogou fora um saco de areia, o balão tornou a subir. Susan riu, abraçou-o e disse...

O homem estava falando:

— Deveria experimentar algum dia. É um grande esporte.

— Deve ser. Para onde vai a corrida?

— Iugoslávia. Temos um bom vento de leste. Partiremos dentro de poucos minutos. É melhor voar no início da manhã, quando o vento é frio.

— É mesmo? — murmurou Robert, polidamente.

Ele teve um súbito lampejo de um dia de verão na Iugoslávia. *"Temos quatro pessoas para tirar daqui, comandante. Devemos esperar até que o ar se torne mais frio. Um balão que pode levar quatro pessoas no ar de inverno, só consegue transportar duas pessoas no ar do verão."*

Robert notou que as equipes já haviam quase terminado de encher os balões com ar e começavam a acender os enormes maçaricos de gás propano, apontando a chama para a abertura, a fim de esquentar o ar no interior. Os balões, deitados de lado, começaram a subir, até que os cestos ficaram de pé.

— Importa-se se eu der uma olhada? — indagou Robert.

— Claro que não. Basta apenas não atrapalhar ninguém.

— Certo.

Robert foi até um balão amarelo e vermelho, cheio de gás propano. A única coisa que o retinha no chão era uma corda amarrada a um caminhão.

O homem que trabalhava no balão afastara-se por um momento, para falar com alguém. Não havia nenhuma pessoa por perto.

Robert subiu no cesto do balão. O enorme envelope parecia preencher todo o céu por cima. Ele verificou as cordas e os equipamentos, o altímetro, as cartas, um pirômetro para controlar a temperatura do envelope, um indicador do índice de subida, o estojo de ferramentas. Tudo estava em ordem. Robert abriu o estojo de ferramentas e tirou uma faca. Cortou a corda de atracação, e um momento depois o balão começou a subir.

— Ei, o que está acontecendo? — berrou Robert. — Baixem esse negócio!

O homem com quem ele falara pouco antes olhava aturdido para o balão fugitivo.

— *Figlio d'una mignotta!* — gritou ele. — Não entre em pânico. Há um altímetro a bordo. Use o lastro e permaneça a 300 metros. Nós o encontraremos na Iugoslávia. Pode me ouvir?

— Estou ouvindo!

O balão subia mais e mais, levando-o para leste, para longe de Elba, que ficava a oeste. Mas Robert não estava preocupado. O vento mudava de direção em altitudes variáveis. Nenhum dos outros balões decolara até agora. Ele avistou um dos carros de rastreamento partir para acompanhá-lo. Largou um pouco de lastro e observou o altímetro subir. Duzentos metros... 250... 330...

O vento começou a diminuir a 450 metros. O balão se encontrava quase estacionário agora. Robert largou mais lastro. Usou a técnica de escada, parando em diferentes altitudes para verificar a direção do vento.

A 600 metros, Robert sentiu que o vento começava a mudar. O balão balançou no ar turbulento por um momento, e depois, lentamente, começou a mudar de direção, seguindo para oeste.

A distância, lá embaixo, Robert podia avistar os outros balões subindo e seguindo para leste, na direção da Iugoslávia. Não havia qualquer outro som além do sussurro do vento. *"É tão sereno aqui, Robert... Parece até que estamos voando numa nuvem. Eu gostaria que pudéssemos ficar aqui em cima para sempre."* Susan o abraçara ternamente. *"Já fez amor num balão?"*, murmurara ela. *"Pois vamos experimentar."*

E mais tarde: *"Aposto que somos as únicas pessoas do mundo que já fizeram amor num balão, querido."*

Robert estava agora sobre o mar Tirreno, seguindo para noroeste, na direção da costa da Toscana. Lá embaixo, uma fileira de ilhas estendia-se num círculo, ao largo da costa, sendo Elba a maior.

Napoleão esteve exilado aqui, pensou Robert, *e provavelmente escolheu Elba porque num dia claro podia avistar sua amada*

Córsega, onde nasceu. No exílio, o único pensamento de Napoleão era como escapar e retornar à França. O meu também. Só que Napoleão não tinha Susan e o Halcyon *para salvá-lo.*

Ao longe o Monte Capanne surgiu de repente, elevando-se pelo céu por mais de mil metros. Robert puxou o cabo de segurança que abria a válvula no topo do balão, para permitir que o ar quente escapasse. O balão começou a descer. Lá embaixo, Robert podia contemplar a exuberância rosa e verde de Elba, o rosa que vinha dos afloramentos de granito e casas toscanas, e o verde das densas florestas. Praias brancas imaculadas estendiam-se pelas beiras da ilha.

Ele pousou o balão na base da montanha, longe da cidade, a fim de atrair o mínimo de atenção possível. Havia uma estrada não muito longe do lugar em que pousara, ele foi a pé até lá e ficou esperando que um carro passasse.

— Pode me dar uma carona até a cidade? — perguntou Robert.

— Claro. Entre.

O motorista parecia estar na casa dos 80 anos, com um rosto enrugado.

— Eu seria capaz de jurar que avistei um balão no céu ainda há pouco. Você também viu?

— Não.

— Visitando a ilha?

— Só de passagem. Estou a caminho de Roma.

O motorista balançou a cabeça.

— Já estive lá uma vez.

O restante da viagem foi em silêncio.

Quando chegaram a Portoferraio, a capital e única cidade de Elba, Robert saltou do carro.

— Tenha um bom-dia — disse o motorista, em inglês.

Essa não!, pensou Robert. *Os californianos já passaram por aqui.*

Robert foi andando pela via Garibaldi, a rua principal, repleta de turistas, muitas famílias, e era como se o tempo tivesse parado. Nada mudara; *exceto que eu perdi Susan e metade dos governos do mundo estão tentando me assassinar. Afora isso,* pensou Robert, amargurado, *tudo continua como antes.*

Ele comprou um binóculo, foi até a beira do mar, onde sentou a uma mesa no restaurante Estrela do Mar, de onde tinha uma visão ampla da enseada. Não havia carros suspeitos, nem barcos da polícia ou guardas à vista. Ainda pensavam que ele se encontrava encurralado no território continental. Seria mais seguro para ele embarcar no *Halcyon*. Tudo o que tinha de fazer agora era esperar sua chegada.

ELE FICOU SENTADO ali, tomando *procanico,* o delicado vinho branco local, atento à chegada do *Halcyon*. Repassou seu plano mais uma vez. O iate o deixaria perto da costa de Marselha, e ele seguiria para Paris, onde tinha um amigo, Li Po, que o ajudaria. O que era irônico. Podia ouvir a voz de Francesco Cesar dizendo: *"Soube que você fez um acordo com os chineses."*

Sabia que Li Po o ajudaria por um motivo muito simples: uma ocasião Li salvara a sua vida, e assim, segundo a antiga tradição chinesa, tornara-se responsável pela vida de Robert. Era uma questão de *win yu* — uma questão de honra.

Li Po era do Guojia Anquanbu, o ministério da segurança do estado chinês, que lidava com espionagem. Anos antes, Robert fora descoberto quando tentava tirar um dissidente da China. Fora enviado para Qincheng, a prisão de segurança máxima, em Pequim. Li Po era um agente duplo que já trabalhara com Robert antes. Providenciara a fuga de Robert. Na fronteira chinesa, Robert dissera:

— Você deve cair fora disso enquanto ainda está vivo, Li. Sua sorte não vai durar para sempre.

Li Po sorrira.

— Tenho *ren*... a capacidade de resistir, de sobreviver.

Um ano depois, Li Po fora transferido para a embaixada chinesa em Paris.

Robert decidiu que estava na hora de fazer seu primeiro movimento. Deixou o restaurante e desceu até o cais. Havia uma porção de embarcações grandes e pequenas ancoradas em Portoferraio.

Robert aproximou-se de um homem que polia o casco de uma lancha. Era uma Donzi, com um motor de centro V-8, de 351 cavalos.

— Bela lancha — comentou Robert.

O homem acenou com a cabeça.

— *Merci*.

— Eu gostaria de saber se poderia alugá-la para um passeio pela enseada.

O homem parou o que estava fazendo e estudou Robert.

— É possível. Conhece lanchas?

— Conheço. Tenho uma Donzi em casa.

O homem balançou a cabeça em aprovação.

— De onde você é?

— Oregon.

— Vai lhe custar 400 francos por hora.

Robert sorriu.

— Certo.

— E um depósito, é claro.

— Não tem problema.

— A lancha está pronta. Gostaria de sair agora?

— Não. Tenho de fazer algumas coisas antes. Pensei em dar o passeio amanhã de manhã.

— A que horas?

— Eu o avisarei.

Robert entregou algum dinheiro ao homem.

— Aqui está um depósito parcial. Voltaremos a nos falar amanhã.

Ele concluíra que seria perigoso deixar o *Halcyon* entrar no porto. Havia formalidades. A capitania do porto emitia uma *autorizzazione* para cada iate e registrava sua estadia. Robert queria que o *Halcyon* se envolvesse o menos possível com ele e, por isso, pretendia encontrá-lo no mar.

NO ESCRITÓRIO do ministério marítimo francês, o coronel Cesar e o coronel Johnson falavam com o operador de comunicações marítimas.

— Tem certeza de que não houve mais nenhuma comunicação com o *Halcyon*?

— Não, senhor, desde a última conversa que comuniquei.

— Continue escutando. — O coronel Cesar virou-se para o coronel Johnson, sorrindo. — Não se preocupe. Saberemos no momento em que o comandante Bellamy embarcar no *Halcyon*.

— Mas quero apanhá-lo antes que ele esteja a bordo.

O operador interveio na conversa:

— Coronel Cesar, não há nenhum Palíndromo relacionado no mapa da Itália. Mas creio que descobrimos do que se trata.

— E onde fica?

— Não é um lugar, senhor. É uma palavra.

— O *quê*?

— Isso mesmo, senhor. Palíndromo é uma palavra ou frase que pode ser lida da direita para a esquerda ou vice-versa, da mesma forma. Por exemplo, "orava o avaro". Passamos algumas palavras por nossos computadores.

O coronel Cesar e o coronel Johnson examinaram a lista de palavras. "Deed... bib... bob... dad... eve... gag... mom... non... Otto... pop... tot... toot..." Cesar levantou os olhos.

— Não ajuda grande coisa, hein?

— Concordo, senhor. É evidente que eles usavam alguma espécie de código. E um dos palíndromos mais famosos é de um verso em inglês, segundo o qual Napoleão teria dito: *"Able was I, ere I saw Elba."*

O coronel Cesar e o coronel Johnson se olharam.

— Elba! É lá que ele está!

DIA 20, A ILHA DE ELBA

Surgiu primeiro como uma pequena mancha no horizonte, logo foi aumentando, à primeira claridade do amanhecer. Através do binóculo, Robert observou se materializar o *Halcyon*. Não havia como se equivocar em relação ao iate. Não havia muitos assim nos mares.

Robert desceu apressado para a praia, onde combinara o aluguel da lancha.

— Bom-dia.

O dono da lancha levantou os olhos.

— *Bonjour, monsieur*. Está pronto para o seu passeio?

Robert acenou com a cabeça.

— Estou, sim.

— Por quanto tempo vai querer?

— Não mais que uma ou duas horas.

Ele entregou ao homem o restante do depósito e desceu para a lancha.

— Cuide bem dela — recomendou o homem.

— Não se preocupe — respondeu Robert. — Cuidarei muito bem.

O dono soltou o cabo de atracação, e um momento depois a lancha corria para o mar, na direção do *Halcyon*. Robert levou dez minutos para alcançar o iate. Ao se aproximar, avistou Susan e

Monte Banks no convés. Susan acenou para ele, que pôde perceber a ansiedade em seu rosto. Robert manobrou a lancha para ficar de lado para o iate, jogou um cabo para um marujo.

— Quer que icemos a lancha para bordo, senhor? — perguntou o marujo.

— Não. Pode deixá-la à deriva.

O dono da lancha logo a recuperaria, pensou Robert. Ele subiu pela escada para o impecável convés de teca. Uma ocasião Susan descrevera o *Halcyon* para Robert, que ficara impressionado. Visto pessoalmente, porém, o iate era ainda mais impressionante. Tinha 280 pés de comprimento, com um luxuoso camarote para o proprietário, oito suítes para convidados, e alojamentos para uma tripulação de 16 homens. Tinha ainda uma sala de estar, uma sala de jantar, um escritório, um salão de jogos, e uma piscina.

O *Halcyon* era impulsionado por dois motores a diesel Caterpillar D399, com 1.250 cavalos, e carregava seis pequenas lanchas para se ir a terra. A decoração do interior fora feita na Itália, por Luigi Surchio. Era um verdadeiro palácio flutuante.

— Fico contente que você tenha conseguido chegar — disse Susan.

E Robert teve a impressão de que ela se sentia constrangida, que havia algo errado. Ou seria apenas o seu nervosismo?

Susan estava absolutamente linda, mas por algum motivo ele se sentiu desapontado. *O que eu esperava? Que ela se mostrasse pálida e angustiada?* Ele virou-se para Monte.

— Quero que saiba o quanto me sinto grato por sua ajuda.

Monte deu de ombros.

— É um prazer ajudá-lo.

O homem era um santo.

— Qual é o seu plano?

— Eu gostaria de seguir na direção de Marselha. Pode me deixar ao largo da costa e...

Um homem num uniforme branco impecável aproximou-se. Tinha 50 e poucos anos, era corpulento, a barba aparada com perfeição.

— Este é o capitão Simpson. E este é...

Monte olhou para Robert, pedindo ajuda.

— Smith... Tom Smith.

— Vamos seguir para Marselha, capitão — disse Monte.

— Não vamos entrar em Elba?

— Não.

— Está bem.

O capitão Simpson parecia surpreso. Robert esquadrinhou o horizonte. Tudo limpo.

— Acho melhor descermos — sugeriu Monte.

Depois que os três sentaram no salão, Monte perguntou:

— Não acha que nos deve uma explicação?

— Devo, sim, mas não vou dar. Quanto menos souberem sobre o que está acontecendo, melhor. Só posso lhes dizer que sou inocente. Estou envolvido numa situação política. Sei demais e estou sendo caçado. Se eles me descobrirem, vão me matar.

Susan e Monte trocaram olhares.

— Eles não têm motivos para me ligarem com o *Halcyon* — continuou Robert. — Pode estar certo, Monte, de que se houvesse algum outro meio de fuga, eu não teria incomodado vocês.

Robert pensou em todas as pessoas que haviam sido mortas porque ele as localizara. Não podia suportar que acontecesse alguma coisa com Susan. Tentou manter um tom descontraído quando acrescentou:

— Eu agradeceria, para o próprio bem de vocês, se nunca mencionassem que estive a bordo deste iate.

— Claro que não diremos a ninguém — garantiu Monte.

O iate fizera a volta lentamente, agora seguia para oeste.

— Se me dão licença, agora preciso falar com o capitão.

O jantar foi um momento de constrangimento. Havia estranhas correntes de tensão que Robert não entendia, uma tensão que era quase concreta. Seria por causa de sua presença? Ou haveria algo mais? Alguma coisa entre os dois? *Quanto mais cedo eu sair daqui, melhor,* pensou Robert.

Estavam no salão, tomando um drinque depois do jantar, quando o capitão Simpson entrou.

— Quando chegaremos a Marselha? — perguntou Robert.

— Se o tempo se mantiver bom, deveremos estar lá amanhã de tarde, Sr. Smith.

Havia alguma coisa no comportamento do capitão Simpson que irritava Robert. O capitão se mostrava ríspido, quase ao ponto da grosseria. *Mas ele deve ser bom,* pensou Robert, *ou Monte não o teria contratado. Susan merece este iate. Merece o melhor de tudo.*

Às 23 horas, Monte olhou para o relógio e disse a Susan:

— Acho melhor nos recolhermos, querida.

Susan olhou para Robert.

— Está bem.

Os três se levantaram. Monte acrescentou.

— Vai encontrar roupas limpas em seu camarote. Somos mais ou menos do mesmo tamanho.

— Obrigado.

— Boa-noite, Robert.

— Boa-noite, Susan.

Robert ficou parado, observando a mulher que amava ir para a cama com seu rival. *Rival? A quem estou querendo enganar? Ele é o vencedor. Eu sou o perdedor.*

O sono era uma sombra esquiva, dançando logo além de seu alcance. Deitado na cama, Robert pensou que no outro lado da parede, a poucos metros de distância, estava a mulher que amava mais do que a qualquer outra pessoa no mundo. E pensou em Susan estendida na cama, nua — *ela nunca usou uma camisola* —, e sentiu que começava a ter uma ereção. *Monte estaria fazendo amor com ela naquele momento, ou Susan se encontrava sozinha?... E pensaria nele, recordando todos os momentos maravilhosos que haviam passado juntos? Provavelmente não. Mas muito em breve ele sairia da vida de Susan. E era bem provável que nunca mais tornasse a vê-la.*

Já estava amanhecendo quando ele fechou os olhos.

NA SALA DE COMUNICAÇÕES, no SIFAR, o radar rastreava o *Halcyon*. O coronel Cesar virou-se para o coronel Johnson e disse:

— Foi uma pena que não pudéssemos interceptá-lo em Elba, mas agora vamos pegá-lo. Temos um cruzador à espera. Só esperamos um aviso do *Halcyon* para efetuar a abordagem.

DIA 21

No início da manhã, Robert estava no tombadilho, esquadrinhando o mar sereno. O capitão Simpson aproximou-se.

— Bom-dia. Parece que o tempo vai se manter bom, Sr. Smith.

— Tem razão.

— Estaremos em Marselha às 15 horas. Ficaremos muito tempo ali?

— Não sei — respondeu Robert, jovialmente. — Veremos.

— Não tem problema, senhor.

Robert observou Simpson se afastar. *O que há com esse homem?*

Robert foi até a popa do iate e estudou o horizonte. Não podia avistar nada, mas... No passado, o instinto salvara sua vida mais de uma vez. Há muito que aprendera a confiar nele. Havia algo errado ali.

Fora de vista, além do horizonte, o cruzador *Stromboli*, da Marinha italiana, espreitava o *Halcyon*.

Quando apareceu para o café da manhã, Susan exibia um rosto pálido e contraído.
— Dormiu bem, querida? — perguntou Monte.
— Muito bem.
Então eles não partilhavam o mesmo camarote! Robert experimentou um sentimento de prazer irracional ao perceber isso. Ele e Susan sempre haviam dormido na mesma cama, ela sempre nua, o corpo sensual se aconchegando contra o dele. *Tenho de parar de pensar nisso!*

À frente do *Halcyon*, a boreste da proa, havia um barco de pesca de Marselha, transportando a colheita recente.
— Gostariam de comer peixe no almoço? — perguntou Susan.
Os dois homens acenaram com a cabeça.
— Seria ótimo.
Estavam quase emparelhando com o barco de pesca. O capitão Simpson passou por ali, e Robert perguntou:
— A que horas é nossa chegada prevista em Marselha?
— Estaremos lá dentro de duas horas, Sr. Smith. Marselha é um porto interessante. Já esteve lá alguma vez?
— É mesmo um porto interessante — murmurou Robert.

Na sala de comunicações no SIFAR, os dois coronéis leram a mensagem que acabara de chegar do *Halcyon*. Dizia apenas: "Agora."
— Qual é a posição do *Halcyon*? — berrou o coronel Cesar.
— Estão a duas horas de Marselha, seguindo para o porto.
— Mande que o *Stromboli* o alcance e efetue imediatamente a abordagem.

Trinta minutos depois, o cruzador *Stromboli,* da Marinha italiana, aproximava-se do *Halcyon.* Susan e Monte se encontravam no tombadilho do iate, observando o navio de guerra se aproximar a toda velocidade. Uma voz saiu pelos alto-falantes do cruzador:

— Ó de bordo, *Halcyon.* Parem. Vamos abordá-los.

Susan e Monte trocaram um olhar. O capitão Simpson aproximou-se apressado.

— Sr. Banks...

— Eu ouvi. Faça o que eles estão mandando. Pare os motores.

— Está bem, senhor.

Um minuto depois, a vibração dos motores cessou, e o iate ficou parado no mar. Susan e o marido observaram quando marinheiros armados do cruzador italiano foram baixados numa lancha.

Dez minutos depois, uma dezena de marinheiros subia pela escada do *Halcyon.* O oficial no comando, um capitão de corveta, anunciou:

— Desculpe incomodá-lo, Sr. Banks, mas o governo italiano tem motivos para acreditar que está abrigando um fugitivo. Temos ordens para revistar seu iate.

Susan permaneceu onde estava, enquanto os marinheiros começavam a se espalhar, descendo para procurar nos camarotes.

— Não diga nada.

— Mas...

— Nem uma só palavra.

Ficaram parados no convés, em silêncio, enquanto a busca se desenvolvia. Trinta minutos depois, todos estavam reunidos outra vez no tombadilho.

— Não há nenhum sinal dele, comandante — comunicou um marujo.

— Tem certeza?

— Absoluta, senhor. Não há passageiros a bordo, e identificamos todos os tripulantes.

O comandante ficou imóvel por um momento, frustrado. Seus superiores haviam cometido um grave erro. Ele virou-se para Monte, Susan e o capitão Simpson, dizendo:

— Devo desculpas. Lamento profundamente a inconveniência que causei. Vamos embora agora.

Ele virou-se.

— Comandante...

— Pois não?

— O homem que procuram escapou num barco de pesca, há meia hora. Não deverão ter dificuldades para apanhá-lo.

CINCO MINUTOS depois, o *Stromboli* seguia a toda velocidade para Marselha. O capitão de corveta tinha todos os motivos para se sentir satisfeito consigo mesmo. Os governos do mundo estavam perseguindo o comandante Robert Bellamy, e fora ele quem o encontrara. *Pode haver uma boa promoção nessa missão*, pensou ele. Da ponte de comando, o oficial de navegação chamou:

— Comandante, pode vir até aqui, por favor?

Será que já tinham avistado o barco de pesca? O capitão de corveta subiu apressado para a ponte.

— Olhe só, senhor!

O comandante deu uma olhada e sentiu um frio no estômago. A distância, cobrindo o horizonte, podia avistar toda a frota pesqueira de Marselha, uma centena de barcos idênticos, voltando para o porto. Não havia a menor possibilidade de se identificar o barco em que viajava o comandante Bellamy.

Capítulo 47

Ele roubou um carro em Marselha. Era um Fiat 1800 Spider, conversível, estacionado numa escura rua transversal. Estava trancado, e não havia chave na ignição. O que não era problema. Olhando ao redor, para se certificar de que ninguém o observava, Robert rasgou a capota de lona, enfiando a mão pela abertura para destrancar a porta. Entrou no carro, enfiou as mãos por baixo do painel, puxou todos os fios da ignição. Segurou o fio vermelho grosso numa das mãos, enquanto com a outra encostou nele os demais fios, um a um, até encontrar o que acendia o painel. Ligou então esses dois fios e encostou os restantes nos dois, até que o motor começou a virar. Puxou o afogador e o motor pegou. Um momento depois, Robert estava a caminho de Paris.

Sua primeira prioridade era fazer contato com Li Po. Ao chegar aos subúrbios de Paris, parou numa cabine telefônica. Ligou para o apartamento de Li e ouviu a voz familiar na secretária eletrônica:

— *Zao, mes amis... Je regrette que je ne sois pas chez moi, mais il n'y a pas du danger que je réponde pas à votre coup de téléphone. Prenez garde que vous attendiez le signal de l'appareil.*

Uma pausa e depois a repetição:

— *Bom-dia. Lamento não estar em casa, mas não há perigo de que eu não responda à sua ligação. Tome o cuidado de esperar pelo sinal do aparelho.*

Robert contou as palavras no código particular que eles usavam. As palavras-chaves eram: *Lamento... perigo... cuidado...*

O telefone estava grampeado. Li esperava sua ligação, e aquela era a sua maneira de alertar Robert. Precisava encontrá-lo o mais depressa possível. Ele usaria outro código que haviam empregado no passado.

Robert foi andando pela *rue* du Faubourg St. Honoré. Já passeara por aquela rua com Susan. Ela parara na frente de uma loja, fizera uma pose de modelo. *"Gostaria de me ver naquele vestido, Robert?" "Não, prefiro vê-la sem vestido."* E visitaram o Louvre, Susan parara fascinada na frente da Mona Lisa, os olhos marejados de lágrimas...

Robert seguiu para a sede de *Le Matin*. No quarteirão do prédio, ele abordou um adolescente.

— Gostaria de ganhar 50 francos?

O menino fitou-o com um ar desconfiado.

— Para fazer o quê?

Robert escreveu alguma coisa num pedaço de papel e entregou ao menino, com uma nota de 50 francos.

— Basta levar isso ao balcão de anúncios classificados de *Le Matin*.

— *Bon, d'accord.*

Robert observou o menino entrar no prédio. O anúncio entraria a tempo para a edição da manhã seguinte. Dizia: *"Tilly. Papai muito doente. Precisa de você. Por favor, encontre-se com ele logo. Mamãe."*

Não havia nada para fazer agora, a não ser esperar. Ele não se atrevia a ir para um hotel, porque todos estariam alertados. Paris era como uma bomba-relógio.

Robert embarcou num ônibus de excursão lotado e sentou-se nos bancos de trás, mantendo-se calado, sem querer chamar a atenção de ninguém. A excursão foi aos Jardins de Luxemburgo, ao Louvre, ao túmulo de Napoleão em Les Invalides, e a uma dezena de outros monumentos. E Robert sempre dava um jeito de sumir no meio da multidão.

DIA 22, PARIS, FRANÇA

Ele comprou um ingresso para o show da meia-noite no Moulin Rouge, como participante de outro grupo de excursão. O show começou às duas horas. Quando acabou, ocupou o restante da noite circulando por Montmartre, indo de bar em bar.

Os jornais matutinos não sairiam às ruas antes de cinco horas. Poucos minutos antes das cinco, Robert estava parado perto de uma banca de jornais, esperando. Um caminhão vermelho parou, um garoto jogou uma pilha de jornais na calçada. Robert pegou o primeiro. Procurou na seção de classificados. Seu anúncio estava ali. Agora, tinha de esperar.

Ao meio-dia, Robert entrou numa pequena tabacaria, onde havia dezenas de mensagens pessoais pregadas num quadro. Havia anúncios de pedido de ajuda, aluguel de apartamentos, estudantes procurando companheiros de quarto, bicicletas à venda. No meio do quadro, Robert encontrou a mensagem que procurava: *"Tilly ansiosa em ver você. Ligue para 50 41 26 45."*

Li Po atendeu ao primeiro toque da campainha.

— Robert?

— *Zao*, Li.

— O que está acontecendo?

— Eu esperava que você pudesse me dizer.

— Meu amigo, você está atraindo mais atenção do que o presidente da França. Os telegramas só falam em você. O que andou fazendo? Não, não me diga. O que quer que seja, está metido numa tremenda encrenca. Grampearam meus telefones, na embaixada chinesa e em casa, estão vigiando meu apartamento. E me fizeram uma porção de perguntas a seu respeito.

— Li, você tem alguma ideia do que tudo isso...?

— Não pelo telefone. Lembra onde fica o apartamento de Sung? *A namorada de Li.*

— Claro.

— Eu o encontrarei lá dentro de meia hora.

— Obrigado.

Robert estava plenamente consciente do risco que Li Po assumia. Lembrou o que acontecera com Al Traynor, seu amigo no FBI. *Sou mesmo um cara que traz azar. Todas as pessoas de quem me aproximo acabam morrendo.*

O apartamento ficava na *rue* Bénouville, num bairro tranquilo de Paris. Quando Robert chegou ao prédio, o céu estava carregado de nuvens de chuva, podia-se ouvir o rumor distante de trovoadas. Ele atravessou o saguão e foi tocar a campainha do apartamento. Li Po abriu a porta no mesmo instante.

— Entre, Robert. Depressa.

Ele fechou e trancou a porta assim que Robert entrou. Li Po não mudara desde a última vez em que Robert o vira. Continuava alto, magro e de idade indefinida.

Os dois homens trocaram um aperto de mão.

— Li, sabe o que está acontecendo?

— Sente-se, Robert.

Robert sentou. Li estudou-o por um momento.

— Já ouviu falar na Operação Juízo Final?

Robert franziu o rosto.

— Não. Tem alguma coisa a ver com os OVNIs?

— Tem tudo a ver com os OVNIs. O mundo se defronta com o desastre, Robert.

Li Po pôs-se a andar de um lado a outro.

— Há alienígenas chegando à Terra para nos destruir. Pousaram aqui há três anos, reuniram-se com autoridades governamentais, exigiram que todas as potências industriais fechassem suas usinas nucleares e parassem de queimar combustível fóssil.

Robert ficou escutando em silêncio, perplexo.

— Exigiram a suspensão da produção de petróleo, compostos petroquímicos, borracha, plásticos. Isso acarretaria o fechamento de milhares de fábricas no mundo inteiro. As fábricas de automóveis e usinas siderúrgicas seriam paralisadas. A economia mundial sofreria um colapso.

— Por que eles...?

— Alegam que estamos poluindo o universo, destruindo a terra e os mares... Querem que suspendamos a fabricação de armas, que paremos de travar guerras.

— Li...

— Um grupo de homens poderosos, de 12 países, reuniu-se... os mais importantes industriais dos Estados Unidos, Japão, Rússia, China... Um homem com o codinome de Janus organizou os Serviços Secretos do mundo inteiro para cooperarem com a Operação Juízo Final, com a intenção de deter os alienígenas. — Ele virou-se para Robert. — Já ouviu falar do SDI?

— Guerra nas Estrelas. O sistema de satélites para derrubar os mísseis balísticos intercontinentais dos soviéticos.

Li sacudiu a cabeça.

— Não. Isso era uma cobertura. O SDI não foi criado para combater os russos. Seu propósito específico é derrubar os OVNIs. É a única possibilidade de detê-los.

Robert permaneceu num silêncio atordoado, tentando absorver o que Li Po dizia, enquanto os estrondos das trovoadas se tornavam mais altos.

— Está querendo dizer que os governos estão por trás...?

— Digamos que há conluios dentro de cada governo. A Operação Juízo Final está sendo dirigida em termos particulares. Compreende agora?

— Santo Deus! Quer dizer que os governos não sabem que... — ele levantou os olhos para o amigo. — Como sabe de tudo isso, Li?

— É muito simples, Robert. Sou a conexão chinesa.

Havia uma Beretta na mão de Li. Robert olhou aturdido para a arma.

— Li!

Li apertou o gatilho, e o estampido do tiro misturou-se com o súbito e ensurdecedor estrondo de uma trovoada e o clarão de um relâmpago entrando pela janela.

Capítulo 48

As primeiras gotas da água pura da chuva despertaram-na. Estava deitada num banco de parque, exausta demais para se mexer. Durante os dois últimos dias, sentira que sua energia vital se esvaía. *Vou morrer aqui, neste planeta.* E ela mergulhou no que julgava ser seu último sono. E depois a chuva chegou. A chuva abençoada. Mal podia acreditar. Levantou a cabeça para o céu, sentiu as gotas frias escorrerem pelo rosto. A chuva foi se tornando mais e mais forte. Líquido puro e fresco. Ela se levantou, ergueu as mãos bem alto, deixando a água cair por seu corpo, proporcionando-lhe novas forças, levando-a de volta à vida. Deixou que a água da chuva enchesse seu corpo, absorvendo-a em sua própria essência, até sentir o cansaço desaparecer. Tornava-se cada vez mais forte e finalmente pensou: *Estou pronta. Posso pensar com toda lucidez. Sei quem pode me ajudar a encontrar o caminho de volta.* Ela pegou o pequeno transmissor, fechou os olhos, começou a se concentrar.

Capítulo 49

Foi o relâmpago que salvou a vida de Robert. No instante em que Li Po começava a puxar o gatilho, o súbito clarão além da janela distraiu-o por uma fração de segundo. Robert se moveu e a bala acertou-o no ombro direito, em vez do peito.

Quando Li virou a arma para disparar de novo, Robert desferiu um chute de lado, arrancando a Beretta da mão dele. Li adiantou-se e deu um soco com toda força no ombro ferido de Robert. A dor era terrível. O paletó de Robert ficou encharcado de sangue. Ele acertou um golpe com o cotovelo para a frente. Li soltou um grunhido de dor. Reagiu com uma mortífera cutilada *shuto* contra o pescoço, mas Robert se esquivou. Os dois se puseram a circular, de frente um para o outro, a respiração ofegante, à procura de uma abertura. Era uma luta silenciosa, num ritual mortal mais antigo do que o tempo, e ambos sabiam que só um sairia vivo do combate. Robert perdia as forças pouco a pouco. A dor no ombro se tornava mais e mais intensa, ele podia ver seu sangue pingando no chão.

O tempo era aliado de Li Po. *Preciso acabar com isso o mais depressa possível,* pensou Robert. Ele atacou com um chute frontal. Em vez de se esquivar, Li absorveu todo o impacto, só para chegar perto o bastante para acertar seu cotovelo no ombro de Robert, que cambaleou. Li atacou com um giro e um chute desferido para trás, fazendo Robert tropeçar. E Li partiu para um ataque implacável, golpeando várias vezes o ombro de Robert, empurrando-o através da sala. Robert estava fraco demais para deter a saraivada de golpes terríveis. Seus olhos começaram a ficar turvos. Ele caiu contra Li, agarrando-o, e os dois foram ao chão, quebrando uma mesinha de vidro. Robert ficou estendido no chão, impotente, incapaz de fazer qualquer movimento. *Acabou,* pensou Robert. *Eles venceram.*

Ele permaneceu caído, meio inconsciente, esperando que Li o liquidasse. Nada aconteceu. Devagar, com dores atrozes, Robert levantou a cabeça. Li estava estendido no chão, ao seu lado, os olhos arregalados fixos no teto. Um enorme caco de vidro se projetava de seu peito, como uma adaga transparente.

Robert fez um grande esforço para sentar. Estava muito fraco por causa da perda de sangue. Seu ombro era um oceano de dor. *Preciso encontrar um médico,* pensou ele. *Havia um nome... alguém que a agência usava em Paris... alguém no Hospital Americano. Hilsinger. Era isso mesmo. Leon Hilsinger.*

O Dr. Hilsinger já ia deixar seu consultório, ao final do expediente, quando o telefone tocou. A enfermeira já fora embora, por isso ele atendeu. A voz no outro lado da linha estava engrolada.

— Dr. Hilsinger?

— Pois não?

— Aqui é Robert Bellamy... Preciso de sua ajuda. Fui gravemente ferido. Pode me ajudar?

— Claro. Onde você está?

— Não importa. Eu o encontrarei no Hospital Americano dentro de meia hora.

— Certo. Vá direto para a sala de emergência.

— Doutor, não mencione meu chamado para ninguém.

— Tem minha palavra.

A linha ficou muda. O Dr. Hilsinger discou um número.

— Acabo de receber uma ligação do comandante Bellamy. Devo me encontrar com ele no Hospital Americano daqui a meia hora.

— Obrigado, doutor.

O Dr. Hilsinger desligou. Ouviu a porta de sua sala ser aberta e olhou. Robert Bellamy se encontrava parado ali, com uma arma na mão.

— Pensando bem, doutor — disse Robert —, achei que seria melhor se me tratasse aqui.

O médico tentou esconder sua surpresa.

— Você... deveria estar no hospital.

— Ficaria perto demais do necrotério. Pode cuidar de mim aqui mesmo... e depressa.

Era difícil falar. O Dr. Hilsinger ainda fez menção de protestar, mas mudou de ideia.

— Está certo. Como quiser. É melhor eu lhe dar um anestésico. Vai...

— Nem pense nisso. Nada de truques. — Robert segurava a arma com a mão esquerda. — Se eu não sair daqui vivo, você também não sairá. Alguma pergunta?

Ele sentia que estava prestes a perder os sentidos. O médico engoliu em seco.

— Não.

— Então comece a trabalhar...

O Dr. Hilsinger levou Robert para a sala de exame ao lado, cheia de equipamentos médicos. Devagar, com todo cuidado, Robert tirou o paletó. Sempre segurando a arma, sentou na mesa de exame. O Dr. Hilsinger tinha um bisturi na mão. O dedo de Robert no gatilho se contraiu.

— Relaxe — murmurou o Dr. Hilsinger, bastante nervoso.— Só vou cortar sua camisa.

O ferimento estava em carne viva, o sangue ainda escorria.

— A bala continua aí dentro — disse o médico. — Não vai suportar a dor se eu não lhe der...

— Não! — Ele não se deixaria drogar. — Trate apenas de tirar a bala.

— Como quiser.

Robert observou o médico ir até uma unidade de esterilização e pegar um fórceps. Ajeitou-se na beira da mesa, lutando contra a vertigem, que ameaçava engolfá-lo. Fechou os olhos por um momento, e o Dr. Hilsinger veio se postar na sua frente, empunhando o fórceps.

— Agora.

Ele empurrou o fórceps pelo ferimento. Robert soltou um berro de dor. Clarões intensos espoucaram diante de seus olhos.

E começou a perder a consciência.

— Já saiu — anunciou o Dr. Hilsinger.

Robert permaneceu em silêncio por um momento, tremendo todo, respirando fundo, fazendo um esforço para recuperar o controle. O médico observava-o atentamente.

— Você está bem?

Robert ainda demorou um instante para recuperar o uso da voz.

— Estou... E agora faça o curativo.

O Dr. Hilsinger despejou água oxigenada no ferimento, e Robert quase desmaiou outra vez. Rangeu os dentes. *Aguente firme. Já estamos quase terminando.* E, felizmente, o pior passou. O médico pôs uma atadura no ombro de Robert.

— Passe meu paletó — disse Robert.

O Dr. Hilsinger fitou-o nos olhos.

— Não pode sair agora. Nem mesmo consegue andar.

— Pegue meu paletó.

A voz era tão fraca que ele mal conseguia falar. Observou o médico atravessar a sala para buscar o paletó, e a impressão era de que havia dois homens ali.

— Perdeu muito sangue — advertiu o Dr. Hilsinger. — Seria perigoso sair daqui.

É ainda mais perigoso ficar aqui, pensou Robert. Com o maior cuidado, ele vestiu o paletó, tentou ficar de pé. As pernas começaram a vergar. Teve de se segurar na beira da mesa.

— Não vai conseguir — insistiu o médico.

Robert levantou os olhos para o vulto indistinto à sua frente.

— Vou, sim.

Mas ele sabia que o Dr. Hilsinger tornaria a usar o telefone no instante em que se retirasse. Seus olhos focalizaram o rolo de adesivo cirúrgico que o Dr. Hilsinger usara.

— Sente na cadeira.

A voz estava engrolada.

— Por quê? O que pretende...?

Robert levantou a arma.

— Sente-se.

O Dr. Hilsinger sentou. Robert pegou o rolo de fita. Era difícil, porque ele só podia usar uma das mãos. Soltou a ponta do adesivo, começou a desenrolá-lo. Aproximou-se do médico.

— Fique quieto e não sairá machucado.

Prendeu a extremidade do esparadrapo no braço da cadeira, passou a enrolá-lo em torno das mãos do médico.

— Isso não é necessário — protestou o Dr. Hilsinger. — Eu não vou...

— Cale-se.

Robert continuou a prender o médico na cadeira. O esforço provocava pontadas de dor intensa. Ele olhou para o médico e murmurou:

— Não vou desmaiar.

E desmaiou.

Estava flutuando no espaço, à deriva, sem peso, no meio de nuvens brancas, em paz. *Acorde.* Ele não queria acordar. Queria que aquela sensação maravilhosa continuasse para sempre. *Acorde.* Algo duro comprimia-se contra seu flanco. Algo no bolso do paletó. Com os olhos ainda fechados, Robert estendeu a mão e o pegou. Era o cristal. Ele resvalou de volta à inconsciência.

Robert. Era uma voz de mulher, suave, tranquilizante. Ele se encontrava numa adorável campina verde, o ar se achava impregnado de música, havia luzes intensas no céu. Uma mulher se aproximava. Era alta e bela, o rosto oval e gentil, uma pele quase translúcida. Usava um vestido branco como a neve. A voz era gentil.

"Ninguém mais vai machucá-lo, Robert. Venha para mim. Estou aqui à sua espera."

Lentamente, Robert abriu os olhos. Continuou estendido no chão por um longo momento, depois sentou, dominado por uma súbita agitação. Sabia agora quem era a décima primeira testemunha e onde encontrá-la.

Capítulo 50

DIA 23, PARIS, FRANÇA

Ele telefonou para o almirante Whittaker do consultório do médico.

— Almirante? Sou eu, Robert.

— Robert! O que está acontecendo? Eles me disseram...

— Isso não importa agora. Preciso de sua ajuda, almirante. Já ouviu falar no nome Janus?

O almirante Whittaker disse lentamente:

— Janus? Não. Nunca ouvi falar nele.

— Pois descobri que ele dirige uma espécie de organização secreta que andou matando pessoas inocentes, e agora tenta me matar também. Precisamos detê-lo.

— Como posso ajudar?

— Preciso falar com o presidente dos Estados Unidos. Pode arrumar o encontro?

Houve um momento de silêncio.

— Tenho certeza de que posso.

— Há mais. O general Hilliard está envolvido.

— O quê? Como?

— E há outros. A maioria dos Serviços Secretos da Europa também participa da conspiração. Não posso explicar mais nada agora. Mas quero que fale com Hilliard. Diga a ele que descobri uma décima primeira testemunha.

— Não estou entendendo. Uma décima primeira testemunha do quê?

— Desculpe, almirante, mas não posso lhe contar. Hilliard saberá. Quero que ele se encontre comigo na Suíça.

— Suíça?

— Diga a ele que sou o único que sabe onde se encontra essa décima primeira testemunha. Se ele fizer um só movimento em falso, o negócio está cancelado. Mande que ele vá ao Dolder Grand, em Zurique. Haverá um bilhete à sua espera na recepção. Avise também que quero Janus na Suíça... em pessoa.

— Tem certeza de que sabe o que está fazendo, Robert?

— Não, senhor, não tenho. Mas esta é a minha única chance. Quero que diga a ele que minhas condições não são negociáveis. Primeiro, quero um salvo-conduto para a Suíça. Segundo, quero que o general Hilliard e Janus se encontrem comigo lá. Terceiro, depois disso, quero uma reunião com o presidente dos Estados Unidos.

— Farei tudo o que puder, Robert. Como poderei entrar em contato com você?

— Ligarei de novo. Quanto tempo vai precisar para providenciar tudo?

— Dê-me uma hora.

— Certo.

— E Robert...

Ele podia perceber a angústia na voz do velho.

— O que é, senhor?

— Tome cuidado.

— Não se preocupe, senhor. Sou um sobrevivente. Lembra-se?

Uma hora depois, Robert estava falando outra vez com o almirante Whittaker.

— Tudo acertado, Robert. O general Hilliard ficou abalado com a notícia de outra testemunha. Deu-me sua palavra que você não será molestado. Suas condições foram aceitas. Ele voará para Zurique e estará na cidade amanhã de manhã.

— E Janus?

— Janus seguirá no mesmo avião.

Robert experimentou uma sensação de alívio.

— Obrigado, almirante. E o presidente?

— Falei com ele pessoalmente. Seus assessores marcarão a reunião assim que você estiver pronto.

Graças a Deus!

— O general Hilliard providenciou um avião para levá-lo...

— De jeito nenhum! — Ele não deixaria que o atraíssem para um avião. — Estou em Paris. Quero um carro e eu mesmo dirigirei. O carro deve ser deixado na frente do hotel Littré, em Montparnasse, dentro de meia hora.

— Pode deixar que o providenciarei.

— Almirante...

— O que é, Robert?

Era difícil manter a voz firme.

— Obrigado.

Ele foi andando pela *rue* Littré, devagar, por causa da dor. Aproximou-se do hotel com a maior cautela. Bem na frente do prédio estava estacionado um sedã preto. Não havia ninguém lá dentro. No outro lado da rua havia um carro da polícia, com um guarda uniformizado ao volante. Na calçada, dois policiais à paisana observaram Robert se aproximar. *Serviço Secreto francês.*

Robert descobriu que tinha dificuldade para respirar. O coração batia forte. Estaria caindo numa armadilha? Seu único seguro era a décima primeira testemunha. Hilliard acreditara nele? E isso seria suficiente?

Ele encaminhou-se para o Mercedes, esperando que os homens fizessem algum movimento. Eles permaneceram onde estavam, observando-o, em silêncio.

Robert foi para o lado do motorista do sedã e deu uma espiada lá dentro. As chaves estavam na ignição. Podia sentir os olhos dos homens vigiando-o atentamente, enquanto abria a porta e sentava ao volante. Ficou imóvel ali por um momento, olhando para a ignição. *Se o general Hilliard tivesse traído o almirante Whittaker, aquele era o momento em que tudo acabaria numa violenta explosão.*

É agora! Robert respirou fundo, estendeu a mão esquerda, e girou a chave na ignição. O motor pegou. Os agentes secretos apenas observaram-no partir. Quando Robert se aproximou do cruzamento, um carro da polícia surgiu na sua frente. Por um momento, ele pensou que seria detido. Em vez disso, o carro da polícia acendeu a luz vermelha, e todo o tráfego pareceu sair da frente. *Eles estão me proporcionando a porra de uma escolta!*

ROBERT OUVIU o barulho de um helicóptero. Levantou os olhos. No lado do helicóptero pôde avistar as insígnias da polícia federal francesa. O general Hilliard fazia tudo o que era possível para que ele chegasse são e salvo à Suíça. *E depois que eu lhe mostrar a última testemunha,* pensou Robert, *ele pensa que poderá me matar. Mas uma grande surpresa aguarda o general.*

ROBERT ALCANÇOU a fronteira suíça às 16 horas. Ali, o carro da polícia francesa ficou para trás, e um carro da polícia suíça assumiu a escolta. Pela primeira vez desde que tudo começara, Robert passou a relaxar um pouco. *Graças a Deus que o almirante Whittaker tinha amigos nos altos escalões.* Com o presidente dos Estados Unidos aguardando uma reunião com Robert, o general Hilliard não ousaria lhe fazer qualquer coisa. Sua mente concentrou-se na mulher de branco, e, nesse instante, ele ouviu sua voz. O som reverberou pelo carro.

"*Depressa, Robert. Estamos todos à sua espera.*"

Todos? Há mais de uma? Descobrirei em breve, pensou Robert.

EM ZURIQUE, Robert parou no hotel Dolder Grand e escreveu um bilhete para o general.

— O general Hilliard perguntará por mim — disse Robert ao recepcionista. — Por favor, entregue-lhe este bilhete.

— Pois não, senhor.

Saindo do hotel, ele foi até o carro da polícia que o escoltara. Inclinou-se para o motorista.

— Daqui por diante, irei sozinho.

O motorista hesitou.

— Está bem, comandante.

Robert voltou a seu carro, partiu na direção de Uetendorf e do local em que o OVNI caíra. Enquanto dirigia, pensou em todas as tragédias que haviam ocorrido por causa disso, em todas as vidas que haviam sido ceifadas. *Hans Beckerman e padre Patrini; Leslie Mothershed e William Mann; Daniel Wayne e Otto Schmidt; Laslo Bushfekete e Fritz Mandel; Olga Romanchanko e Kevin Parker. Mortos. Todos mortos.*

Quero ver a cara de Janus, pensou Robert, *e olhar em seus olhos.*

AS ALDEIAS PARECIAM passar em disparada pelo carro, e a beleza imaculada dos Alpes era uma contradição a todo o derramamento de sangue e terror que haviam começado ali. Robert aproximou-se de Thun e sentiu que a adrenalina fluía com uma intensidade crescente. À sua frente estava o campo em que ele e Beckerman encontraram o balão meteorológico, onde se iniciara o pesadelo. Robert parou o carro no acostamento e o desligou. Fez uma prece silenciosa. Saltou e atravessou a estrada, foi avançando pelo campo.

Mil recordações afloraram em sua mente. O telefonema às 4 horas da madrugada: *"Deve se apresentar ao general Hilliard, na Agência de Segurança Nacional, em Fort Meade, às 6 horas desta manhã. Mensagem entendida, comandante?"*

Como ele sabia tão pouco na ocasião! Recordou as palavras do general Hilliard: *"Deve encontrar essas testemunhas. Todas elas."* E a busca o levara de Zurique a Berna, Londres, Munique, Roma e Orvieto; de Waco a Fort Smith; de Kiev a Washington e Budapeste. Mas finalmente a trilha sangrenta chegava ao fim, ali, onde tudo começara.

ELA O ESPERAVA, como Robert tinha certeza que aconteceria, e parecia exatamente como surgira em seu sonho. Avançaram um para o outro, ela parecia flutuar, com um sorriso radiante.

"Obrigada por ter vindo, Robert."

Ele a ouvira falar, ou apenas ouvia seus pensamentos? Como se falava com uma alienígena?

— Eu tinha de vir — disse ele, simplesmente.

A cena parecia totalmente irreal. *Estou parado aqui, falando com alguém de outro mundo! Deveria estar apavorado, mas nunca me senti tão em paz em toda a minha vida.*

— Mas tenho de avisá-la — acrescentou. — Estão vindo para cá alguns homens que querem lhe fazer mal. Seria melhor que você partisse antes da chegada deles.

"Não posso partir."

E Robert compreendeu. Enfiou a mão esquerda no bolso e tirou o pequeno pedaço de metal que continha o cristal. O rosto da mulher se iluminou.

"Obrigada, Robert."

Ele entregou e a observou ajustá-lo na peça que tinha em sua mão.

— O que acontece agora? — perguntou Robert.

"Agora posso me comunicar com meus amigos. Eles virão me buscar."

Haveria algo de sinistro nessa frase? Robert recordou as palavras do general Hilliard: *"Disseram que voltariam para dominar o planeta e nos converter em escravos."* E se o general Hilliard estivesse certo? E se os alienígenas pretendessem conquistar a Terra? Quem poderia detê-los? Robert olhou para o relógio. Estava quase na hora do general Hilliard e Janus chegarem. No instante mesmo em que pensou isso, Robert ouviu o ruído de um enorme helicóptero Huey se aproximando, do norte.

"Seus amigos chegaram."

Amigos. Eram seus inimigos mortais, e ele estava decidido a denunciá-los como assassinos, a destruí-los.

A relva e as flores no campo balançaram violentamente, enquanto o helicóptero descia para o pouso.

Ele estava prestes a se encontrar cara a cara com Janus. O pensamento fez aflorar uma raiva assassina. A porta do helicóptero se abriu.

E Susan saltou.

Capítulo 51

Na nave-mãe, flutuando muito acima da Terra, havia grande alegria. Todas as luzes no painel faiscavam verdes.

"Nós a encontramos!"

"Devemos nos apressar."

A imensa nave começou a seguir a toda velocidade para o planeta lá embaixo.

Capítulo 52

Por um único instante, o tempo ficou parado, e depois se desintegrou em mil pedaços. Robert ficou olhando, atordoado, enquanto Susan descia do helicóptero. Ela parou ali, por um segundo, e depois se encaminhou para Robert, mas Monte Banks, que desembarcou logo atrás, segurou-a.

— Fuja, Robert! Fuja! Eles vão matá-lo!

Robert deu um passo em sua direção, e nesse momento o general Hilliard e o coronel Frank Johnson saltaram do helicóptero. O general Hilliard disse:

— Estou aqui, comandante. Cumpri minha parte do acordo. — Ele aproximou-se de Robert e da mulher de branco. — Presumo que esta é a décima primeira testemunha. A alienígena desaparecida. Tenho certeza de que a acharemos muito interessante. Portanto, finalmente acabou.

— Ainda não. Você disse que traria Janus.

— Ah, sim. Janus insistiu em vir para vê-lo.

Robert olhou para o helicóptero. O almirante Whittaker estava parado à porta.

— Pediu para falar comigo, Robert?

Robert fitou-o, incrédulo, havia uma película vermelha diante de seus olhos. Era como se o mundo tivesse desmoronado.

— Não! Por quê...? Em nome de Deus, por quê?

O almirante avançou em sua direção.

— Você não compreende, não é mesmo? Jamais compreendeu. Preocupa-se com umas poucas vidas insignificantes. Nós estamos preocupados em salvar nosso mundo. Este planeta nos pertence, para fazermos o que quisermos.

Ele virou-se para olhar a mulher de branco.

— Se vocês, criaturas, querem guerra, então a terão. E nós venceremos! — O almirante tornou a se virar para Robert. — Você me traiu. Era meu filho. Deixei que tomasse o lugar de Edward. Dei-lhe uma oportunidade de servir a seu país. E como me retribuiu? Veio ganindo para mim, suplicando que eu o deixasse ficar em casa, para fazer companhia à sua esposa. — A voz estava impregnada de desprezo. — Nenhum filho meu jamais faria isso. Eu deveria ter percebido como seus valores eram distorcidos.

Robert sentia-se paralisado, chocado demais para falar.

— Rompi seu casamento, porque tinha fé em você, mas...

— Rompeu meu...?

— Lembra quando a CIA o mandou atrás do Raposa? Fui eu quem arrumou tudo. Esperava que isso o fizesse recuperar o bom-senso. Você fracassou porque não havia nenhum Raposa. Pensei que o tinha endireitado, que passara a ser um dos nossos. E de repente você me disse que ia largar a agência. Foi quando compreendi que não era um patriota, que precisava ser eliminado, destruído. Mas primeiro devia nos ajudar em nossa missão.

— Sua *missão*? Matar aquelas pessoas inocentes? Está louco!

— Precisavam ser mortas para impedir que espalhassem o pânico. Agora estamos prontos para os alienígenas. Só precisávamos de mais algum tempo, e você nos deu.

A mulher de branco ficara escutando, sem dizer nada, mas seus pensamentos se infiltraram nas mentes dos que se encontravam no campo.

"Viemos aqui para evitar que vocês destruam seu planeta. Somos todos parte de um só universo. Olhem para cima."

Todos olharam para o céu. Havia lá em cima uma enorme nuvem branca, que mudou diante de seus olhos. Era uma visão da calota polar, que começou a se derreter enquanto a observavam, a água despejando-se pelos rios e oceanos do mundo, inundando Londres e Los Angeles, Nova York e Tóquio, as cidades costeiras de todo o planeta, numa superposição de imagens vertiginosa. A visão mudou para uma paisagem desolada de terras agrícolas, as colheitas queimadas até as cinzas por um sol ardente e implacável, cadáveres de animais por toda parte. A cena tornou a mudar, e eles viram distúrbios na China, a fome na Índia, e uma devastadora guerra nuclear, e finalmente pessoas vivendo em cavernas. A visão sumiu lentamente. Houve um momento de silêncio assustador.

"É esse o futuro de vocês, se continuarem como estão."

O almirante Whittaker foi o primeiro a se recuperar.

— Hipnose coletiva — disse ele, bruscamente. — Tenho certeza de que pode nos mostrar outros truques interessantes.

Ele avançou para a alienígena.

— Vou levá-la para Washington. Temos informações para arrancar de você. — O almirante olhou para Robert. — Está liquidado.

Ele virou-se para Frank Johnson e ordenou:

— Cuide dele.

O coronel Johnson tirou a pistola do coldre. Susan desvencilhou-se de Monte e correu para Robert.

— Não! — gritou ela.

— Mate-o! — disse o almirante Whittaker.

O coronel Johnson apontou a arma para o almirante.

— Almirante, considere-se preso.

O almirante Whittaker fitou-o aturdido.

— O que... o que está dizendo? Eu mandei matá-lo. Você é um dos nossos.

— Está enganado. Nunca fui. Infiltrei-me em sua organização há muito tempo. Procurava o comandante Bellamy para salvá-lo, não para matá-lo. — Ele olhou para Robert. — Lamento não ter conseguido alcançá-lo antes.

O rosto do almirante Whittaker estava branco.

— Então você será destruído também. Ninguém pode se interpor em nosso caminho. Nossa organização...

— Não tem mais nenhuma organização. Neste momento, todos os membros estão sendo presos. Acabou, almirante.

Por cima deles, o céu parecia vibrar de luz e som. A imensa nave-mãe descia na direção deles, luzes verdes faiscando em seu interior. Todos observaram o pouso, intimidados. Uma espaçonave menor surgiu, depois outra, mais outra e mais outra, até que o céu parecia ocupado por elas. Houve um tremendo estrondo no ar, transformado em música gloriosa, ressoando pelas montanhas. A porta da nave-mãe se abriu e um alienígena apareceu. A mulher de branco virou-se para Robert.

"Estou partindo agora."

Ela se aproximou do almirante Whittaker, do general Hilliard e de Monte Banks.

"Vocês irão comigo."

O almirante Whittaker recuou.

— Não! Não irei de jeito nenhum!

"Irá, sim. Não vamos lhe fazer mal."

Ela estendeu a mão. Por um instante, nada aconteceu. Depois, enquanto os outros observavam, os três homens se encaminharam, lentos e atordoados, para a espaçonave. O almirante Whittaker ainda gritou:

— Não!

E continuava a gritar quando os três desapareceram no interior da espaçonave. A mulher de branco virou-se para os outros.

"Eles nada sofrerão. Têm muito o que aprender. Depois que aprenderem, serão trazidos de volta."

Susan abraçava Robert.

"Diga às pessoas que devem parar de matar o planeta, Robert. Faça com que compreendam."

— Sou apenas um homem.

"Há milhares como você. Todos os dias seus números aumentam. Um dia haverá milhões, e todos devem falar com uma só voz forte. Fará isso?"

— Tentarei. Juro que tentarei.

"Estamos partindo agora. Mas continuaremos a observá-los. E voltaremos."

A mulher de branco virou-se e entrou na nave-mãe. As luzes internas se tornaram ainda mais intensas, até que pareciam iluminar todo o céu. E de repente a nave-mãe decolou, seguida pelas naves menores, até que todas desapareceram.

"Diga às pessoas para não matarem o planeta." Certo, pensou Robert. *Sei agora o que vou fazer pelo restante de minha vida.*

Ele olhou para Susan e sorriu.

O Princípio

Nota do autor

Na pesquisa para este romance, li numerosos livros, artigos de revistas e jornais citando astronautas que supostamente tiveram experiências com extraterrestres: o coronel Frank Borman, da *Gemini 7*, teria tirado fotos de um OVNI que supostamente seguira sua cápsula. Neil Armstrong, na *Apollo 11*, avistou duas espaçonaves não identificadas quando pousou na Lua. Buzz Aldrin fotografou espaçonaves não identificadas na Lua. O coronel L. Gordon Cooper encontrou um enorme OVNI num voo do Projeto Mercury, sobre Perth, Austrália, e gravou vozes falando uma língua que mais tarde se constatou não ser nenhuma das línguas conhecidas da Terra.

Conversei com esses homens, e também com outros astronautas, e todos me asseguraram que as histórias eram apócrifas, em vez de apocalípticas, que não tiveram experiências de qualquer tipo com OVNIs. Poucos dias depois de minha conversa pelo telefone com o coronel Gordon Cooper, ele tornou a me ligar. Respondi à sua chamada, mas ele se tornou subitamente inacessível. Um ano depois, consegui obter uma carta escrita por ele, datada de 9 de novembro de 1978, discorrendo sobre os OVNIs.

Telefonei outra vez para o coronel Cooper, a fim de indagar se a carta era autêntica. Desta vez, ele foi mais franco. Confirmou que era de fato autêntica, e que testemunhara pessoalmente, em suas viagens pelo espaço, vários voos de OVNIs. Também mencionou que outros astronautas tiveram experiências similares, mas foram advertidos a não comentá-las.

Já li dezenas de livros que provam de maneira conclusiva que os discos voadores existem. Já li dezenas de livros que provam de maneira conclusiva que os discos voadores *não* existem. Já assisti vídeos supostamente de discos voadores, já conversei com terapeutas nos Estados Unidos e no exterior especialistas em hipnotizar pessoas que alegam terem sido levadas à bordo de OVNIs. Os terapeutas informam que cuidaram de centenas de casos em que os detalhes das experiências das vítimas são surpreendentemente similares, inclusive marcas idênticas e inexplicáveis em seus corpos.

Um general da Força Aérea no comando do Projeto Blue Book — um grupo formado pelo governo dos Estados Unidos para investigar discos voadores — assegurou-me que nunca houve qualquer prova concreta de discos voadores ou alienígenas.

Contudo, no prefácio ao extraordinário livro de Timothy Good, *Above Top Secret: The Worldwide UFO Cover-Up,* Lorde Hill-Norton, almirante de esquadra e chefe do Estado-Maior da defesa britânico de 1971 a 1973, escreve:

> As provas de que há objetos que foram vistos em nossa atmosfera, ou mesmo em terra firme, que não podem ser explicados como objetos fabricados pelo homem, ou como qualquer força ou efeito físico conhecidos por nossos cientistas, parecem-me ser inegáveis. (...) Uma grande quantidade de contatos visuais desse tipo são garantidos por pessoas com uma credibilidade que parece ser incontestável. É espantoso que tantos observadores treinados, como policiais, pilotos comerciais e militares...

Em 1933, o 4º Corpo Aéreo sueco iniciou a investigação sobre uma misteriosa aeronave sem qualquer identificação que sobrevoava a Escandinávia. No dia 30 de abril de 1934, o general Erik Reuterswaerd emitiu a seguinte declaração à imprensa:

> As comparações desses relatos demonstram que não pode haver qualquer dúvida a respeito do tráfego aéreo ilegal sobre nossas áreas militares secretas. Há muitos relatos de pessoas confiáveis que descrevem a observação próxima da enigmática aeronave. Em todos os casos, há uma constatação comum: nenhuma insígnia ou marca de identificação é visível nas máquinas. (...) A questão é a seguinte: Quem ou o que são, e por que têm invadido o nosso espaço aéreo?

Em 1947, o professor Paul Santorini, um eminente cientista grego, foi convidado a investigar os mísseis que sobrevoavam a Grécia. Sua pesquisa, no entanto, foi reduzida: "Logo determinamos que não eram mísseis. Mas antes que pudéssemos fazer mais alguma coisa, o Exército, depois de conferenciar com autoridades estrangeiras, ordenou que a investigação fosse suspensa. Cientistas estrangeiros voaram à Grécia para conversas secretas comigo." (Grifo meu.)

O professor confirmou que "um manto internacional de sigilo" encobria a questão dos OVNIs, porque as autoridades, entre outros motivos, relutavam em admitir a existência de uma força contra a qual não havia "nenhuma possibilidade de defesa".

De 1947 a 1952, o ATIC (Air Technical Intelligence Center — Centro de Informações Técnicas Aéreas) recebeu cerca de 1.500 relatórios oficiais sobre esses contatos visuais. Desses, a Força Aérea considera que 20 por cento são inexplicáveis.

O marechal do ar Lorde Dowding, comandante do Comando de Caças da RAF durante a Batalha da Inglaterra, em 1940, escreveu:

> Mais de dez mil contatos visuais foram comunicados, a maioria dos quais não pôde ser esclarecida por qualquer "explicação científica". Foram rastreados em telas de radar... e as velocidades observadas foram de até 15 mil quilômetros por hora. (...) *Estou convencido de que esses objetos existem e que não são fabricados por qualquer nação da Terra.* Por isso, não posso ver alternativa à teoria de que vêm de uma fonte extraterrestre. (Grifo meu.)

NA DÉCADA DE 1970, em Elmwood, Winsconsin, nos Estados Unidos, a cidade inteira assistiu a discos voadores se deslocando pelo céu, durante vários dias.

O general Lionel Max Chassin, que foi comandante da Força Aérea francesa e serviu como coordenador da defesa aérea das forças aliadas da OTAN na Europa Central, escreveu:

> O fato de que coisas estranhas têm sido avistadas é agora indubitável. (...) O número de pessoas instruídas, inteligentes e ponderadas, em plena posse de suas faculdades mentais, que "viu alguma coisa" e descreveu o contato aumenta a cada dia.

HÁ TAMBÉM o famoso Incidente Roswell, em 1947. Segundo relatos de testemunhas, ao anoitecer do dia 2 de julho, um objeto brilhante, em forma de disco, foi avistado sobre Roswell, Novo México. No dia seguinte, destroços amplamente dispersos foram encontrados pelo gerente de um rancho local e seus dois filhos. As autoridades foram alertadas, e um comunicado oficial foi divulgado, confirmando que haviam sido recuperados os destroços de um disco voador.

Um segundo comunicado à imprensa foi distribuído logo em seguida, informando que os destroços não passavam dos restos de um balão meteorológico, que foram exibidos numa entrevista coletiva. Enquanto isso, os verdadeiros destroços foram enviados para Wright Field. Os corpos foram descritos por uma testemunha como

> parecendo humanos, mas não eram humanos. As cabeças eram redondas, os olhos pequenos, e não tinham cabelos. Os olhos eram bastante separados. Eram pequenos por nossos padrões e as cabeças maiores em proporção aos corpos. As roupas pareciam inteiriças, de cor cinza. Davam a impressão de serem todos homens e havia vários. Os militares assumiram o controle da situação, e fomos advertidos a deixar a área e não falar com ninguém sobre o que havíamos visto.

SEGUNDO UM DOCUMENTO obtido de uma fonte da comunidade de informações em 1984, um comitê secreto, com o codinome Majestic 12, ou MJ-12, foi criado pelo presidente Truman, em 1947, para investigar os OVNIs e relatar suas descobertas diretamente ao presidente. O documento, datado de 18 de novembro de 1952 e classificado como ultrassecreto, teria sido preparado pelo almirante Hillenkoetter para o presidente americano eleito, Dwight Eisenhower, e inclui a espantosa declaração de que quatro corpos de alienígenas foram encontrados a três quilômetros do local do acidente em Roswell.

Cinco anos depois de sua criação, o comitê escreveu um memorando para o presidente eleito Eisenhower sobre o projeto OVNI e a necessidade de sigilo:

> As implicações para a segurança nacional são de permanente importância, visto que os motivos e intenções finais desses visitantes permanecem completamente desconhecidos. É por esses motivos, como também pelas considerações tecnológicas

internacionais óbvias e pela suprema necessidade de evitar um pânico público a qualquer custo, que o Grupo Majestic 12 formula a opinião unânime de que se deve manter o mais absoluto sigilo, sem interrupção na nova administração.

A EXPLICAÇÃO OFICIAL de contestação é a de que a autenticidade do documento é duvidosa.

A AGÊNCIA de Segurança Nacional estaria retendo mais de uma centena de documentos relacionados com os OVNIs; a CIA, cerca de 50; e a DIA, 6.

O major Donald Keyhoe, um ex-assessor de Charles Lindbergh, acusou publicamente o governo dos Estados Unidos de negar a existência dos OVNIs, a fim de evitar o pânico público.

Em agosto de 1948, quando uma Avaliação de Situação ultrassecreta do ATIC apresentou a opinião de que os OVNIs eram visitantes interplanetários, o general Vandenberg, chefe do Estado-Maior da Força Aérea na ocasião, ordenou que o documento fosse queimado.

HÁ UMA CONSPIRAÇÃO internacional de governos para esconder a verdade do público?

No breve período de seis anos, 23 cientistas ingleses, que trabalhavam em projetos do tipo Guerra nas Estrelas, morreram em circunstâncias estranhas. Todos haviam trabalhado em áreas diferentes da guerra eletrônica, que inclui a pesquisa de OVNIs. Aqui está uma lista dos mortos, e as datas e circunstâncias de suas mortes:

1. 1982. Professor Keith Bowden: morto em acidente de automóvel.
2. Julho de 1982. Jack Wolfenden: morto em acidente de planador.

3. Novembro de 1982. Ernest Brockway: suicídio.
4. 1983. Stephen Drinkwater: suicídio por asfixia.
5. Abril de 1983. Tenente-coronel Anthony Godley: desaparecido, declarado morto.
6. Abril de 1984. George Franks: suicídio por enforcamento.
7. 1985. Stephen Oke: suicídio por enforcamento.
8. Novembro de 1985. Jonathan Wash: suicídio pulando do alto de um prédio.
9. 1986. Dr. John Brittan: suicídio por envenenamento com monóxido de carbono.
10. Outubro de 1986. Arshad Sharif: suicídio pondo uma corda em volta de seu pescoço, amarrando a outra ponta a uma árvore, e depois dando a partida em seu carro a toda velocidade. Ocorreu em Bristol, a 160 quilômetros de sua casa, em Londres.
11. Outubro de 1986. Vimal Dajibhai: suicídio pulando de uma ponte em Bristol, a 160 quilômetros de sua casa, em Londres.
12. Janeiro de 1987. Avtar Singh-Gida: desaparecido, declarado morto.
13. Fevereiro de 1987. Peter Peapell: suicídio e arrastado para baixo do carro na garagem.
14. Março de 1987. David Sands: suicídio lançando o carro em alta velocidade contra um café.
15. Abril de 1987. Mark Wisner: morte por autoasfixia.
16. 10 de abril de 1987. Stuart Gooding: morto em Chipre.
17. 10 de abril de 1987. David Geenhalgh: caiu de uma ponte.
18. Abril de 1987. Shani Warren: suicídio por afogamento.
19. Maio de 1987. Michael Baker: morto em acidente de automóvel.

20. Maio de 1988. Trevor Knight: suicídio.
21. Agosto de 1988. Alistair Beckham: suicídio por autoeletrocussão.
22. Agosto de 1988. Brigadeiro Peter Ferry: suicídio por autoeletrocussão.
23. Data desconhecida. Victor Moore: suicídio.

Coincidências?

NAS ÚLTIMAS TRÊS décadas, houve pelo menos setenta mil relatos de objetos misteriosos no céu, e incontáveis contatos visuais, que não foram registrados.

Os relatos sobre OVNIs vêm de dezenas de países do mundo inteiro. Na Espanha, os OVNIs são chamados de *objetos foladores no identificados;* na Alemanha, *fliegende Untertassen;* Na França, *soucoupes volantes;* na antiga Tchecoslováquia, *letajici talire.*

O eminente astrônomo Carl Sagan calculou que só a nossa Galáxia, a Via Láctea, pode conter cerca de 250 bilhões de estrelas. Cerca de um milhão delas, ele acredita, podem ter planetas capazes de sustentar alguma forma de civilização.

O GOVERNO AMERICANO nega a existência de qualquer inteligência extraterrestre, mas no Dia de Colombo, em 1992, na Califórnia e Porto Rico, a NASA havia programado ativar radiotelescópios equipados com receptores especiais e computadores capazes de analisar dezenas de milhões de canais de rádio ao mesmo tempo, em busca de sinais de vida inteligente no universo.

A NASA deu o nome de missão MOP, para Microwave Observing Project, Projeto de Observação de Micro-ondas, mas os astrônomos chamam de SETI, para Search Extraterrestrial Intelligence (Busca de Inteligência Extraterrestre).

Perguntei a dois ex-presidentes dos Estados Unidos se têm qualquer conhecimento de OVNIs ou alienígenas, e suas respostas foram negativas. Mas teriam me falado se tivessem tais informações? Tendo em vista o manto de sigilo que envolve o assunto, creio que não.

Os discos voadores realmente existem? Estamos sendo visitados por alienígenas de outro planeta? Com a nova tecnologia sondando mais e mais o universo, procurando por sinais de vida inteligente no espaço, talvez tenhamos a resposta muito mais cedo do que esperamos.

Há muitas pessoas trabalhando na exploração espacial, em astronomia e em cosmologia que não se contentam em esperar por essa resposta, e fazem as próprias predições. Jill Tartar, astrofísica e cientista do projeto SETI, no Centro de Pesquisas Ames, em Ames, Iowa, é uma delas:

> Há quatrocentos bilhões de estrelas na galáxia. Somos feitos de poeira de estrela, uma matéria bastante comum. Num universo repleto de poeira de estrela, é difícil acreditar que sejamos as únicas criaturas que podem existir.

9 de novembro de 1978

Embaixador Griffith
Missão de Granada na Organização das Nações Unidas
866 Second Avenue
Suíte 502
Nova York, Nova York 10017

Prezado Embaixador Griffith:

Quero transmitir minhas opiniões sobre nossos visitantes extraterrestres, popularmente conhecidos como "OVNIs", e sugerir o que se pode fazer para tratar com eles.

Creio que esses veículos extraterrestres e suas tripulações estão visitando este planeta de outros planetas, que obviamente são um pouco mais avançados tecnicamente do que somos aqui na Terra. Acho que precisamos ter um programa coordenado de alto nível para coletar e analisar cientificamente os dados de toda a Terra referentes a qualquer tipo de contato e determinar a melhor maneira de lidar com esses visitantes, de uma maneira amistosa. Talvez primeiro tenhamos de demonstrar a eles que aprendemos a resolver nossos problemas por meios pacíficos, em vez da guerra, antes de sermos aceitos como membros plenamente qualificados da comunidade universal. Essa aceitação traria tremendas possibilidades de progresso para o nosso mundo, em todas as áreas. Sendo assim, parece-me que a ONU tem um interesse indiscutível de cuidar desse assunto da maneira apropriada e rápida.

Devo ressaltar que não sou um experiente pesquisador profissional de OVNIs. Ainda não tive o privilégio de voar num OVNI, nem de conhecer a tripulação de algum. Acho que tenho alguma qualificação para discuti-los, já que estive nas margens das vastas áreas em que eles viajam. Também tive a oportunidade, em 1951, durante dois dias, de observar muitos voos deles, de diferentes tamanhos, voando em formação de combate, em geral de leste para oeste, sobre a Europa. Estavam numa altitude superior à que podíamos alcançar com nossos caças a jato naquela época.

Também gostaria de ressaltar que a maioria dos astronautas reluta até em discutir os OVNIs por causa do grande número de pessoas que indiscriminadamente venderam falsas histórias e documentos forjados, abusando de seus nomes e reputações sem a menor hesitação. Os poucos astronautas que continuaram a ter uma participação na área dos OVNIs sempre atuaram com a maior cautela. Há vários de nós que acreditam nos OVNIs, e que já tiveram a oportunidade de avistar um OVNI no solo, ou de um avião.

Se a ONU concordar em prosseguir nesse projeto, emprestando-lhe sua credibilidade, talvez mais pessoas qualificadas concordem em se apresentar para prestar ajuda e informações.

Aguardo ansioso a oportunidade de encontrá-lo pessoalmente em breve.

Cordialmente,

L. Gordon Cooper
Coronel USAF (Reformado)
Astronauta

Este livro foi composto na tipografia
Minion Pro Regular, em corpo 11/15, e impresso em
papel off-white no Sistema Digital Instant Duplex
da Divisão Gráfica da Distribuidora Record.